MW01274549

Paulo.

Dic. 2005

Secretos de hermanas

Cammie McGovern

Secretos de hermanas

Traducción de Nora Watson

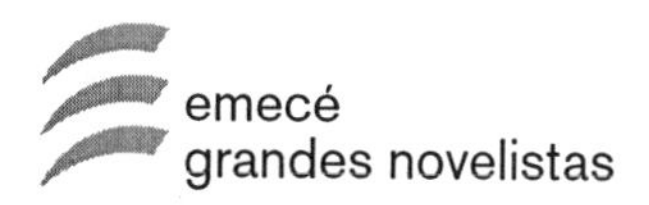

McGovern, Cammie
Secretos de hermanas.– 1ª ed.– Buenos Aires : Emecé Editores, 2005.
288 p. ; 24x16 cm.

Traducido por: Nora Watson

ISBN 950-04-2729-X

1. Narrativa Estadounidense I. Watson, Nora, trad. II. Título
CDD 813

Emecé Editores S.A.
Independencia 1668, C 1100 ABQ, Buenos Aires, Argentina
www.editorialplaneta.com.ar

Título original: *The Art of Seeing*

Diseño de cubierta: *Mario Blanco*
1ª edición: setiembre de 2005
Impreso en Printing Books,
Mario Bravo 835, Avellaneda,
en el mes de agosto de 2005.

IMPRESO EN LA ARGENTINA / PRINTED IN ARGENTINA
Queda hecho el depósito que previene la ley 11.723
ISBN: 950-04-2729-X

Para mi familia

Agradecimientos

Varios libros fueron de enorme ayuda para mí: *Planet of the Blind*, de Stephen Kuusisto, y *Sight Unseen*, de Georgina Kleege.

Estoy en deuda con mis queridos amigos y primeros lectores de este libro: Christina Adam, Bay Anapol, Stacey D'Erasmo, Gordon Kato, Diane Wood Brown. Y con mi bellísimo taller literario ¿literario?: William Diehl, Rachel Haas, Robin Lewis, Ben James y, en especial a Jeannie Birdsall, que a sus talentos de lectora perspicaz y de escritora añade el de fotógrafa. Me siento afortunada de haber encontrado a Eric Simonoff y Gillian Blake, quienes cumplen con su tarea con gran habilidad y buen ánimo.

Un agradecimiento especial a Elizabeth Haas, cuya amistad me ha sido de gran apoyo como escritora y en la vida; a mi abuela, quien me compró mi primera computadora; a mi hermana, cuya vida siempre fue para mí una fuente de inspiración. Y estoy segura de que este libro no existiría si no fuera por la extraordinaria fe y entrega de mi madre. Por último, gracias a mis hijos a quienes tanto quiero: Mike, Ethan y Charlie.

Primera parte

Cuando se es la hermana menor, una nace con la vista fija no en el horizonte sino en el ruedo de una falda que está justo adelante, en el movimiento de una cola de caballo que se mece de un lado al otro. Una aprende a permanecer inmóvil y a seguir con la vista el movimiento de otra persona en la calle, en un árbol, en una rama que le romperá el brazo de manera tan grave que se hablará incluso de amputación. "Estuvieron a punto de cortármelo, pero después no lo hicieron", dirá ella mientras con aire triunfal aunque un poco demasiado teatral traza una línea en su yeso.

Tiene mucha habilidad para contar cuentos, para atraer a una cantidad de chicos del vecindario, moverse entre ellos y representar la escena de la caída como si se tratara del acto de una comedia. Sólo una entiende lo grave que podría haber sido —después de todo, un brazo es algo sin lo cual no es fácil vivir—, que una debe tener cuidado, permanecer *inmóvil.* No debe correr en busca de alguna línea lejana y no esperar que, tarde o temprano, algo caiga sobre una: un camión, un tornado, chicos que juegan al hockey donde no deberían hacerlo.

Una cree que esa inmovilidad la sostiene, lo suficiente para mantenerla con vida. Existe un hilo invisible entre las dos que se romperá si una no la observa con mucha atención, porque una *sí* tiene efecto sobre ella. Nuestros ojos pueden detenerla, en una esquina, en medio de una conversación, a tiempo. Para los demás, una parece la tranquila, la callada, pero sólo una sabe que, incluso en ese silencio y en esa inmovilidad... es una la que tiene todo el poder.

O lo tenía.

Jemma, 1975

Después de dos semanas en el jardín de infantes, todo el mundo se ha adaptado menos yo. Las tres chicas con los nombres más bonitos —Hayley, Stephanie y Claire— y el pelo más largo y más lacio, han formado una amistad que yo observo a solas, desde lejos. Ellas comparten secretos y estipulan reglas que todas las demás obedecen. "Prohibido beber agua de ese bebedero por la mañana. Prohibido beber agua de allí para siempre".

Aunque trato de ser invisible, un proceso complicado que incluye caminar sin permitir que los dedos de mis pies toquen el interior de los zapatos, confieso que me cuesta mucho hacerlo. Aun así, a veces ellas advierten mi presencia. Ese día anuncian que porque llevo puesta una camisa color púrpura nadie debe dirigirme la palabra. Por lo general *nadie* lo hace, pero esa orden me suena tan definitiva que una oleada de terror me recorre y en ese momento me hago pis encima.

Sólo yo sé que ocurrió porque estoy sentada en una silla de madera con el asiento en forma cóncava. Durante la siguiente hora y cuarto no hablo ni me muevo. Por último, cuando una maestra me pregunta si está todo bien, le pido que llame a mi hermana. Algo en mi voz debe de haberle transmitido mi urgencia porque pocos minutos después Rozzie está de pie frente a mí, encantada de que la llamaran y, por lo tanto, la hicieran salir de la clase. En esta aula, todas son más jóvenes, la observan y ella lo sabe.

Rozzie se inclina frente a mí, como si ella fuera la madre y tuviera que acomodar una enorme diferencia de altura.

—¿Qué sucede? —me pregunta y sé que quiere atraer más la atención, que su voz es más fuerte de lo necesario si sólo debo oírla yo. Pero eso no me importa. Estoy tan agradecida de verla, que es todo lo que puedo hacer para no llorar allí mismo y agravar mi problema.

—Me hice pis encima —le susurro.

Ella no parece escandalizada ni demasiado sorprendida.

—¿Por qué? —pregunta, como si yo lo hubiera hecho por alguna razón en especial.

—Ellas dijeron que mi camisa era color púrpura.

—Tu camisa *es* de ese color.

—Bueno, yo no lo sabía. Y ahora, a nadie le está permitido hablar conmigo.

Ella hace lo que yo esperaba que hiciera, porque es muy valiente. Se da media vuelta y mira con fijeza el grupo:

—¿Quién dijo eso? —pregunta. Yo le señalo el triunvirato de chicas que están en un rincón, intercambiando hebillas. Rozzie se les acerca. —¿Ustedes le dijeron a mi hermana que algo está mal con su camisa?

Ellas parpadean, asustadas. Rozzie es sólo dos años mayor, pero parece mucho más. En este momento, se la ve capaz de hacer cualquier cosa que podría hacer una maestra: dictar una clase, dar una advertencia, dictaminar tiempo de descanso, lo que fuera. En cambio, permanece de pie frente a ellas con los brazos en jarras.

—Esto es patético —dice, empleando una palabra que conozco pero que nunca pronuncié en voz alta—. Inventar algo para que otra persona se sienta mal es malvado y patético.

Ellas se sienten más contritas de lo que se habrían sentido con cualquier otro castigo. Las tres bajan la vista. Una —Stephanie— se echa a llorar. En ese instante, amo a Rozzie más de lo que he amado a nadie en toda mi vida, incluida mi madre. Pienso que a lo mejor todo estará bien y siento que mi estómago se distiende y que mi estado de ánimo mejora. Rozzie está aquí.

Más tarde, Rozzie sale del aula, se quita sus calzas y regresa. Me las entrega hechas un bollo en su puño. Al hacerlo, se acerca a mi oreja. Huele a su champú, Esencia de Hierbas de Clairol, y es así cómo imagino que es el olor de una jungla.

—Limpia la silla con tu falda cuando te pares —susurra. Esta vez, ni siquiera mueve los labios. Hago lo que me dice, indefensa frente a su encanto. Y funciona. Nadie se sienta en la silla húmeda y descubre la verdad. Milagrosamente salí indemne de una transgresión por la que estaba segura de que tendría que pagar durante el resto de mi vida.

Después de la visita de Rozzie me siento transformada y ya no invisible. Otras chicas me ofrecen pinceles. ("¿Necesitas esto?", preguntan. "Bueno, sí", contesto.) Las chicas comparten conmigo sus crayones, sus molinetes, me pasan papel higiénico por debajo de las puertas de los compartimentos del baño. Una chica me deja usar su peluca de hilaza durante veinte minutos.

Después, una de las integrantes del triunvirato me invita a jugar con ellas en el recreo. Es Hayley, la que tuvo que soportar los gritos de Rozzie, y sé que en realidad no es a mí a quien quiere sino a mi hermana. El desdén sufrido se le ha clavado hondo, se le ha infectado y convertido en una terrible necesidad. Yo soy el camino hacia la aprobación de mi hermana. Lo único que tengo que hacer es aceptar ese papel, algo tan sencillo como respirar, por siempre jamás, amén. Y lo hago.

—Está bien —digo y tomo en la mano la suave pelota de goma. No soy buena en este juego, pero el momento es diferente: ya no soy yo misma, no soy la llorona que extraña su casa una hora después de estar en el colegio. Soy un puente, una conexión tangible entre estas chicas y Rozzie. Y, como tal, acepto, sin problemas, ser la cuarta. Todo saldrá bien.

Entonces levanto la vista y veo a Rozzie en el otro extremo del patio de juegos, dando vueltas en el aire. Lo sabe hacer muy bien y es capaz de dar cinco vueltas seguidas. Las otras chicas también la ven hacerlo. Con los ojos trazan una línea, de modo que esa fuerza que nos conecta ya no es invisible. También los demás la ven y, en ese instante, siento que puedo ir y venir, cambiar instantáneamente de cuerpo y ser ella por un rato, sentir cómo es moverse sin miedo, volar en círculos con mi vestido levantado y mostrando la ropa interior. Ser observada todo el tiempo y desearlo.

También sé lo peligroso que es. Esa ropa interior, del mismo modo que los ombligos y los secretos de familia, no deberían mostrarse.

Habrá un precio que pagar por unirse a ese grupo, por ver cómo mi cautela se transforma en un boleto de popularidad. Significa que ya nadie observa a ninguna. Significa que cualquiera, en cualquier minuto, podría caer.

Jemma, actualmente

En el hospital, la única diferencia entre la noche y el día es el número de enfermeras en servicio. El turno noche tiene tres menos, la mitad del personal del piso. Así que las que están de servicio son más delgadas y se mueven más rápido; son también mujeres más especiales que han elegido estar despiertas cuando los demás duermen. Aunque tienen más que hacer, a veces hablan más; cada tanto oigo la historia de toda una vida: "Otra cosa que hice fue casarme con un hombre al que no amaba. ¿Quieres saber cuál es, en definitiva, la diferencia? No mucha. Juro por Dios que no mucha".

Una mujer me dice:

—Yo también tengo una hermana. —Durante un buen rato no dice nada más, como si estuviera decidiendo cuál parte de su vida contarme. Finalmente continúa: —Mayor que yo. Como la tuya.

Mi hermana está acostada entre nosotras dos, por fin dormida, su cara casi tapada por los vendajes.

—Y hermosa como ella.

Yo sonrío y pienso: *Por favor, no empieces. Háblame de otra cosa, no de esto.* Estoy segura de que mi cara expresa mi incapacidad de oír hablar de las hermanas de otras personas, porque ella calla y, durante un rato largo, permanece en silencio. Después elige decir lo obvio, lo tradicional:

—Mi hermano la ama. La ha amado siempre —inclina la cabeza hacia Rozzie y cambia una bolsa que pende en la oscuridad que hay encima de ella.

—¿Quieres saber cuál es tu problema? —me pregunta Rozzie, como si el hecho de estar allí, acostada en un cuarto de hospital, no fuera ningún problema para ella. En este momento come su almuerzo y lucha con la compota de manzana que no acierta a recoger, como si la cuchara tuviera vida propia.

—Bueno, en realidad, no —respondo—. Pero, está bien, dímelo.

—Tu problema es que no sabes cómo hablar de ti misma. Siempre derivas la conversación hacia otros temas.

Yo sonrío.

—No quiero hablar de eso.

He llegado a conocer a una enfermera más que a las otras. Su nombre es Paula; es alta, de pelo corto y brazos grandes y, en la oscuridad, puede parecer un hombre. Es la única que sabe tomarle los signos vitales a Rozzie durante la noche sin despertarla. Con frecuencia se escribe en el dorso de la mano los datos que recoge: la temperatura, la presión arterial. "Olvidé las malditas hojas", dice entonces.

Una vez le pregunté:

—¿Tienes que registrar todo esto?

Aun en la oscuridad, la veo poner los ojos en blanco.

—Sí, claro. Todo lo que entra y todo lo que sale. En el puesto de enfermeras tenemos una carpeta con todas estas tonterías.

Más tarde, esa misma noche, junto a las máquinas expendedoras me cruzo con ella, ya fuera de servicio. Tiene una taza de café en una mano y un paquete de cigarrillos en la otra.

—Vaya sorpresa —digo y le señalo los cigarrillos.

—Oh, vamos.

Le pregunto si me puede dar uno y ella parece complacida, sacude dos del paquete y lo extiende hacia mí. Yo aprecio mucho a Paula porque nunca la vi con una expresión lastimera en la cara, nunca sentí su mirada fija en mí en busca de claves. No tiene que saber quién es Rozzie, debe considerarla sólo una paciente más en un piso donde hay muchas. Para Paula somos sólo nombres en el papel, signos vitales que pronto serán olvidados. Para las demás somos una historia que cuentan en su casa; no una historia poco bondadosa, pero historia al fin. *Ella es tan agradable*, me parece oírlas decirle a su familia. *Es increíble lo dulce que es.*

A Paula eso no le importa. Me enciende el cigarrillo y después mira en todas direcciones en busca de algo de que hablar. Señala una revista *Time* cuya portada alude a los chicos que les disparan a sus compañeros de clase.

—¿Puedes creer ese horror?

El hecho de estar sentada junto a ella me recuerda que todavía somos parte de un mundo, que deberíamos leer esas historias y tener una opinión al respecto. Muchas personas le han escrito a Rozzie o le han enviado regalos —cajas con golosinas que yo abro y, en su mayor parte, como— que me dan la impresión de que nosotras somos las únicas personas que aparecen en las noticias, lo cual, desde luego, no es verdad.

Mientras fumamos, Paula me pregunta cuánto hace que vivimos en Minnesota.

—No vivimos aquí. Sólo vinimos por el tratamiento.

—¿En serio? —Paula parece sorprendida. —Pero tienen el acento de aquí.

Me pregunto si eso es cierto. Ssiempre tuvimos una voz parecida y, por teléfono, nadie distingue a una de la otra. ¿Será que las dos, en un intento de fusión, comenzamos a sonar como las enfermeras que nos rodean?

Por la noche, mis padres y yo nos turnamos para quedarnos en la habitación hasta que Rozzie se duerme. Como es comprensible, ella tiene miedo de dormir y nosotros no queremos que el agotamiento se sume a sus problemas, así que cuando ella dice en voz baja: "¿Te puedes quedar hasta que me duerma?", yo lo hago. Trato de hablarle de cosas intrascendentes, de pensamientos que he tenido, comentarios relativos a ese día, para acompañarla y ayudarla a quedarse dormida. Hablo de las enfermeras y se las describo. Si hubiera alguien cerca yo no haría que resultara tan obvio que Rozzie nunca las ha visto. Durante el día, cuando entran y salen visitas o pasan por la habitación admiradores suyos que se han enterado de que Rozzie está aquí, las dos apelamos a un pequeño truco, aunque nunca lo hayamos hablado o explicitado. Yo me pongo detrás de quienquiera que entra y por encima de su hombro digo: “Mira, Rozzie, es Vanessa”. Entonces Rozzie sonríe y mueve la cabeza hacia donde estamos. Siempre y cuando la persona en cuestión no se mueva, tampoco yo me muevo y todo sale bien. En realidad, no sé por qué hacemos este teatro cuando es obvio que Rozzie está ciega, con enormes vendajes sobre los ojos. Ella habla acerca de que no ve y nosotros igual hacemos esto.

Por la noche terminamos con esa farsa. Yo le cuento quien vino a verla, quien ha engordado y quien no. La aburro con detalles de lo que no ha visto con la esperanza de darle sueño y que no se note. “Miriam tenía puestos hoy unos zapatos *viejísimos*”, digo, por ejemplo.

Porque estamos en Minnesota, algunas personas dieron por sentado que estamos en la Clínica Mayo y que Rozzie tiene cáncer. Ayer nos llegó por correo un sobre abultado y anónimo lleno de marihuana.

—¿Tiene remitente? —pregunta Rozzie.

Doy vuelta el sobre.

—No. Sólo un papelito autoadhesivo que dice: “Por si la necesitas”.

Rozzie se echa a reír.

—*¿Por si?*

Todas las mañanas imagino que, al entrar en su habitación, la encontraré llorando, pero un día se funde con el siguiente y puede que ella esté callada o sumida en sus pensamientos, pero de pronto bromea o su risa es tan sincera que yo pienso: *Dios mío, a lo mejor yo soy la única que tiene problemas.*

Necesito entender por qué me cuesta tanto hablar de mi propia vida. Frente a cada pregunta de Rozzie, yo tengo ganas de contestarle con: “¿Alguna vez quisiste ser maestra como mamá?” Un día ella me lo pregunta a mí, y yo quisiera responderle con: “No estoy segura. ¿Y tú?” Yo siempre quiero oír primero qué diría ella. No sólo porque así podría repetir su respuesta sino porque su respuesta le da forma a la mía.

Recuerdo que, cuando éramos chicas, mi madre me dijo que era importante que yo pensara por mi cuenta.

Paula y yo empezamos a fumar juntas en un saloncito sin alfombra, amueblado con sillas de plástico, donde está permitido hacerlo. Compro un paquete de la marca preferida por ella y le pido que lo tenga para que mis padres no lo encuentren. Lo más probable es que ellos hayan percibido el olor a tabaco —sé que Rozzie lo notó—, pero en nuestra familia son muchas las cosas que dejamos pasar sin mencionarlas, en especial si no vemos las pruebas concretas.

—Es algo muy maduro —dice Paula y se guarda el paquete en un bolsillo.

Una tarde se instala junto a mí, del otro lado del cenicero, me da un cigarrillo y advierto algo diferente en ella. Alguien se lo ha dicho.

—Nunca supe a qué se dedicaba tu hermana. —Enciende su cigarrillo y, después, el mío. —El cine, ¿no?

Yo asiento.

—Raro, ¿verdad?

Vuelvo a asentir.

—Yo no voy mucho al cine. ¿Ella es muy famosa?

—No lo sé. Hay mucha gente más famosa que ella. —Por lo general tengo respuestas preparadas para las preguntas que suelen hacerme: *¿Qué se siente? ¿Nunca le tuviste celos?* Esta vez, no.

—De modo que esto de los ojos es un problema aun más grande. Supongo que no hay muchas actrices ciegas.

—Así es —digo.

—Aunque, desde luego, con cualquier clase de trabajo, quedarse ciega sería —gira la mano— algo terrible.

Asiento. Por supuesto, me encojo de hombros.

—¿Cómo lo está tomando?

Por un momento fumamos en silencio y siento un escozor en los ojos. Sé que corro peligro de echarme a llorar frente a esa mujer que no quiere ver mis lágrimas, que sólo trata de terminar su cigarrillo y se siente obligada a hablarme.

—Bastante bien —digo en voz muy baja.

—¿Y tú?

Yo no digo nada. Si hablo, lloraré, así que me limito a asentir. Hace dos semanas que Rozzie está en el hospital y, aunque nuestros padres están aquí, ellos tienen trabajos que los obligan a irse cada tanto por una hora o una mañana. No son la presencia constante que soy yo, que vuelvo a llenar los vasos de agua, contesto el teléfono y atiendo a las visitas. Seguramente, a las enfermeras debo darles la impresión de que no tengo más vida que ésta de servidumbre para con mi hermana. Lo cual no es cierto. Tengo una vida de la que estoy huyendo. Y en los últimos meses he pasado la misma cantidad de tiempo hiriendo a mi hermana que ayudándola. De modo que la impresión que doy es falsa.

Paula me mira de reojo y me pregunta por qué estoy aquí, fumando a escondidas, portándome como una criatura. Si pudiera hacerlo sin llorar lo repasaría todo, como lo he estado haciendo mentalmente, para tratar de entender tantas cosas: cuándo empezó ese problema de sus ojos, cuándo empecé yo a no ver lo que era obvio.

Me pregunto si he permanecido demasiado cerca o demasiado lejos. A veces pienso que, para explicarlo, tendría que retroceder hasta el principio, que es lo que he estado haciendo. Mi memoria se remonta al recuerdo de observarla, de estudiar sus movimientos desde mi rincón en sombras del porche, de ver las hojas que crujían y se apartaban a medida que ella se movía por el árbol, cada vez más alto y más lejos, hacia la rama, en busca del nido de un ave que ella creía haber visto. Es como si mi vida hubiera comenzado en el terrible momento en que mi hermana cayó y que, en ese mismo instante, comprendí que siempre sería responsable por ella.

Todavía lo soy. Eso lo sé.

Pero es complicado. Trato de dejar atrás el pasado con una sensación de orgullo, como si hacerlo fuera una señal de que me acerco más al futuro. Últimamente he estado yendo de visita a casa por períodos más breves y decidiendo todo lo referente a la Navidad a último momento. Muchas personas se sorprenden cuando les digo mi edad. Me creían mayor, y yo lo tomo como que significa que parezco una persona que ha puesto distancia entre ella y su infancia. La primera impresión que doy no es la de ser una hija, como lo son algunas mujeres jóvenes, que enhebran una madre a través de muchas de sus historias.

O una hermana, pienso y después me lo pregunto.

Quizás el hecho de *no* hablar de ella, como lo he estado haciendo durante los últimos ocho meses, es tan obvio como la forma en que solía incluirla en todas mis conversaciones. Durante años ése fue mi fuerte, mi regalo de invitada a cualquier cena. "Cuéntame de la vez que estuviste en el set de filmación en Italia", me decía alguien, y yo esperaba el tiempo suficiente para que la gente callara, que una invitada le dijera a otra con la mirada *Escucha*, y entonces empezaba con un cuento acerca de uno de mis encuentros reales o inventados con celebridades e imaginaba que, en la habitación, una telaraña se tejía alrededor de todas nosotras y nos conectaba.

Ahora me doy cuenta de que lo que hacía en realidad era aislarme de los demás. Las anécdotas acerca de los ricos y famosos hacen que la gente tosa en el puño o vuelva a plegar la servilleta y fije la vista en las rodillas. Por un momento no entendía por qué; pensé que tal vez mis anécdotas no eran suficientemente entretenidas, así que traté de exagerarlas. Me inventé un lugar en fiestas a las que asistían personas muy, muy famosas, pero el efecto no fue diferente, de modo que no seguí adelante.

Entonces simulé no conocer a nadie, ni siquiera a mi propia hermana.

Me encogía de hombros cuando alguien me preguntaba si había visto alguna buena película.

Rozzie, actualmente

Ella colecciona secretos, los atesora.

Sin la posibilidad de otro trabajo, esto se ha convertido en su tarea: parecer una cosa, improvisar todo el tiempo. En una época quiso ser muchas cosas además de actriz: pintora, activista. Ahora sólo quiere desaparecer, hacer lo que haga falta para estar segura de que nunca nadie la verá de nuevo. De modo que todo es una mentira.

Por ahora, significa tener la apariencia de estar bien para su familia, no pedir nada.

Ella se pregunta si estará deprimida, pero ha estado deprimida antes y sabe lo que se siente en ese estado —el panorama chato e insulso del paso de los días—, y esto es diferente. Esto es, a veces, incluso excitante, la forma en que ella ve ciertas cosas, como la claridad de la muerte y la liberación que esa muerte representaría.

Rozzie no quiere morir, pero sí hacer algo que se le parece mucho. Se imagina cayendo en esta oscuridad y abrazándola, viviendo en ella para siempre. Si pudiera, también dejaría de oír y, así, no permitiría que nada la penetrara. Se sentaría a solas en una habitación llena de libros que no podría leer pero que imaginaría, los que todavía no había tenido tiempo de ver, pero que están en su biblioteca. Apretaría la cara contra las páginas y encontraría las palabras con su único ojo, letra por letra: *Anna Karenina, Madame Bovary*. Se llenaría la mente con las historias tristes de mujeres que son más víctimas que ella, y ese hecho la consolaría, le permitiría encontrar solaz en los personajes que jamás interpretaría. He aquí —pensaría— una vida peor que la mía. Y aquí.

Otras veces, de veras desea morir.

Lo considera un dormir sereno y comprensible. ¿Quién podría culparla?, piensa. Son tantas las personas que han muerto de enfermedades que, técnicamente, no son fatales.

A veces hasta redacta una carta, dirigida a su familia, en la que les asegura que no es culpa de ellos. Al final, no es el miedo lo que la detiene, es otra cosa. La curiosidad, piensa ella, por falta de una palabra mejor, porque algo está sucediendo. Se inicia en los bordes, aunque está cubierta de vendas que le bloquean toda luz. Es un leve parpadeo de color, primero rojo, después de distintas tonalidades de rojo, carmesí y fucsia.

Está segura de que se trata de algún recuerdo y no se lo cuenta a nadie. De todos modos, ¿qué podría decir? ¿Ayer vi algo rojo? ¿Adónde la llevaría eso? ¿Qué podría ser?

Jemma, 1976

En mitad de la noche, nos despierta el sonido de sirenas que alborota nuestra calle, por lo general silenciosa. Me levanto de la cama y me acerco al lado de la habitación donde se encuentra Rozzie. Ella está acostada e inmóvil, con los ojos abiertos.

—¿Tú hiciste algo? —pregunta, como si las dos estuviéramos por meternos en problemas por ese ulular.

—No —contesto muy segura, aunque lo que las palabras de mi hermana implican es muy fuerte. Yo tengo seis años y ella, ocho. *A lo mejor sí hice algo*, pienso. *Quizá me levanté dormida e inicié un incendio.*

Sabemos que es un incendio porque está tan cerca que olemos el humo. Resultó que era justo al lado, en la casa de nuestros amigos los Cantaloni, el otro par de hermanas de esta misma cuadra, Wendy y Jane. Nos acercamos a la ventana y primero vemos las autobombas de los bomberos y, después, el fuego, que sale de la ventana del piso de arriba y parece los brazos rojos de un ángel.

—Ése es el cuarto de Jane —dice Rozzie, justo en el momento en que yo pienso: No, no puede ser.

Pasa mucho tiempo antes de que nuestros padres finalmente entren y nos aparten de lo que no debemos ver: la madre de nuestras amigas gritando en plena calle, con el camisón abierto; los bomberos sacando a Jane, el rescate dramático de una chiquilla que más tarde se supo que ya estaba muerta.

Una semana después, se nos dice que la madre culpa al padre de lo sucedido. Demasiado escaso de fondos para contratar a un auténtico electricista, él mismo hizo la instalación eléctrica que después provocó el fuego que asfixió a su hija. Nuestra madre nos dice que no escuchemos, que Jane está ahora en el cielo y es muy feliz allí. Al decirlo llora y eso hace que dudemos un poco de sus palabras.

Imagino el fuego, que llega hasta el cielo y transporta en él a Jane. Creo que eso es posible, tal como sigo creyendo que, si rezo por las noches, Dios escuchará lo que le digo. Una semana después del funeral, la familia distribuye los juguetes de Jane a sus amigas del vecindario; Wendy, la hermana de Jane, pasa por casa para darnos a Rozzie y a mí una cajita de música con un ángel de cerámica.

—Toma —me dice al entregármela—. Mamá quiere que tú tengas esto. —No nos mira. ¿Cómo podría hacerlo? Nosotros seguimos siendo un par; ahora ella es sólo ella, con padres que, según todos dicen, preferirían divorciarse antes de intentar tener otro hijo.

Entonces Wendy dice algo en voz muy baja. Tiene siete años y pelo tan corto que muchas veces la toman por varón. Cada vez que esto sucedía, Jane se ocupaba de corregir a la persona en cuestión. Yo nunca oí a Wendy aclararle a nadie que ella no era un varón.

—En realidad, Jane no está muerta —susurra—. Ahora vive en los bosques, al fondo de la calle.

Rozzie y yo somos suficientemente grandes como para saber que no es así. Nuestros padres asistieron al funeral y trajeron a casa una estampa con la foto de Jane.

—Yo le llevo comida —prosigue Wendy—. Cualquier cosa rica que encuentro. Caramelos, espaguetis, cosas que a ella le gustan.

Miro a Rozzie. *¿Qué deberíamos hacer?*, le pregunto con los ojos, y mi hermana me responde contestándole a Wendy:

—¿Qué hace ella en el bosque?

Wendy se encoge de hombros.

—Quería alejarse de las peleas de mamá y papá. Yo le dije que estaba bien.

—¿Va a volver a casa?

—Probablemente, no. Todavía no lo ha decidido.

Rozzie vacila.

—¿Está feliz?

Sobre eso, Wendy no tiene ninguna duda.

—Sí, por supuesto.

Aunque sus padres permanecen juntos y Wendy seguirá viviendo en nuestra calle durante los siguientes diez años, nunca más la oigo mencionar la vida de Jane en los bosques. Nunca la oigo pronunciar el nombre de Jane hasta muchos años más tarde, en la escuela secundaria, cuando ya no existe ningún peligro. Iremos a la tumba de Jane; hoy habría sido su cumpleaños.

Me pregunto durante cuánto tiempo Wendy creyó que su hermana estaba viva y necesitaba comida, durante cuánto tiempo estuvo convencida de que, en algún sentido fundamental, Jane seguía siendo la hermana que siempre había sido. A lo largo de los años, cada tanto esto sigue preocupándome: el que en algún momento me pueda pasar a mí la misma cosa.

En la Navidad de dos años más tarde, el fuego sigue acosándonos. Hay luces encendidas en nuestra casa, pero no en la casa de al lado. Hemos oído decir que la madre de Wendy ya no confía en la electricidad y que, en lo posible, permanece sentada en la oscuridad.

Rozzie y yo terminamos de abrir los regalos, sentadas en nuestro cuarto, rodeadas de nuestro cargamento. Todavía ni siquiera es la hora del almuerzo, así que éste es el momento en que falta más tiempo para la próxima Navidad. Se lo digo a Rozzie; todavía compartimos la habitación y casi todos nuestros pensamientos, pero en los últimos tiempos ella se ha vuelto más callada, más introvertida. Yo digo algo y advierto que ella no me escucha, que tiene la vista fija en el cajón de sus calzas o en las líneas de la palma de su mano. Ahora no dice nada porque está concentrada en el regalo que más ha atraído su atención, un álbum llamado *Mud slide Slim*, de James Taylor. Hasta ahora, el disco que más escuchamos es *Ten Years Together*, de Peter, Paul y Mary, y nuestra canción favorita es *Leaving on a Jet Plane*. Es obvio que este álbum es diferente. En la portada está la fotografía de Taylor. Tiene pelo largo y bigotes y los pulgares trabados en tiradores que parece a punto de quitarse. Rozzie lee la letra que está en la parte de atrás del álbum.

Mi regalo secreto y favorito es el que me dio mi tía Emily, la hermana de mamá, quien se supone que está triste porque se divorció dos veces, pero yo siempre la considero bonita y divertida. Estoy un poco grande para el kit para decorar la lunchera, pero observo lo que contiene: sellos de goma, resaltadores, tijeras de metal acanalado. Quiero empezar a usar todo enseguida, aunque no pienso perder mi tiempo con luncheras. Tengo pensado algo como un póster con collage que mi amiga Mary hizo con fotografías de labios. Yo quiero hacer lo mismo, sólo que no con labios; tal vez con ojos y algo más abstracto con estos resaltadores y sellos.

—Escucha esto —dice Rozzie.

Escucho. Ella lee:

—Mud Slide Slim y los Blue Horizon. Mud Slide. Dependo de ti.

La miro y ella sonríe.

—¿No lo entiendes?

—¿Entender qué?

—Son las drogas.

—¿Qué son las drogas?

—Mud Slide.

¿*Mud slide* significa "drogas"? Es tan poco lo que sé, sólo lo que he oído y leído en *Go Ask Alice*, donde la gente pone drogas en las latas de bebida cola en las fiestas, y que una sola vez es suficiente para convertirse en adicto. Enseguida siento miedo. ¿Por qué pidió Rozzie ese disco? ¿Por qué se lo compró mamá? Quiero que ella mire mi caja, vea lo que contiene y desee lo mismo que yo: pasar el día cortando revistas y haciendo un collage. Pero ella no lo hará. Es Navidad y yo tengo miedo de que ella no quiera pasarla conmigo, de que llame a su amiga Carol y se ponga a leer con ella la letra de esas canciones. Carol entenderá qué cosas significan droga y cuáles quieren decir sexo.

Por un buen rato me quedo acostada en el piso entre nuestras dos camas y me siento más triste de lo que me he sentido jamás con respecto a algo que todavía no ha sucedido. Esto me sucede con frecuencia en los últimos tiempos, aunque no tengo palabras para explicar este sentimiento ni para impedir que me abrume. Pienso en la pobre Wendy, que ya no tiene ninguna hermana.

Entonces oigo que Rozzie dice:

—¿Sabes qué tengo ganas de hacer?

Levanto la vista, pero ella ha sacado el disco de su sobre, lo sostiene por los bordes y estudia los surcos como si eso la ayudara a entender el significado de la letra de las canciones. Me pregunto si imaginé que ella decía algo. No digo nada.

Ella vuelve a poner el disco en el sobre y en el álbum.

—Tengo ganas de preparar bizcochos.

Estoy tan sorprendida que me quedo callada. La veo pararse y dirigirse a la puerta.

—¿Quieres venir?

—Sí, claro. —Y entonces es como si yo hubiera estado conteniendo la respiración durante mucho tiempo y de pronto está bien. Ahora todo está bien. Me paro y vamos a la cocina, donde no recordaré qué sucede a continuación, pero puedo adivinarlo. Éstas siguen siendo épocas en que las dos comemos lo mismo, en que estamos compuestas por más o menos el mismo material, las mismas urgencias. Las dos comeremos suficiente masa de bizcochos como para sentirnos descompuestas, así que no recordaré esa parte; sólo recordaré la parte anterior, la que sigue sucediendo una y otra vez, tanto que se convertirá en toda nuestra relación, en toda nuestra vida: esa sensación de que estoy a punto de perderla y, después, a último momento, no la pierdo.

Jemma, 1983

—Jemma, por favor —dice Rozzie con voz cansada. Últimamente no le interesa mucho su papel de hermana mayor, pero si estamos solas en el asiento de atrás del auto, o caminando a casa desde el colegio, ella se tomará su tiempo para explicarme el mundo, para pasarme sus perlas de conocimiento. —Sólo a los esnobs les preocupa que sus medias hagan juego con el suéter de cuello alto.

Yo tengo trece años, Rozzie tiene quince, y las dos damos lástima, pero por diferentes razones. A Rozzie le está creciendo su pelo rubio, que es tan claro y finito que algunos días parece desaparecer y confundirse con el estampado de su camisa. Aunque están de moda las hebillas grandes, ella no usa ninguna; nunca se entresacó el pelo ni se lo rizó con un enrulador caliente. Yo soy un poco fofa en algunos lugares extraños —debajo del mentón, en la parte de atrás de los brazos—, pero tengo piernas flacas. Aunque uso corpiño, no sé bien para qué. Cuando me lo saco, mis pechos, libres ya, se parecen bastante a los pliegues del pecho de un muchachito gordo. Ya sé que mi pelo es mi verdadera fuerza: grueso y ondulado, es mucho más oscuro que el de Rozzie. A veces se pone demasiado crespo, pero algunas personas me comentaron: "Mataría por tener tu pelo". También conozco mi punto débil: tengo los dientes muy separados; una de esas separaciones es tan grande que podría caber en ella una regla. Si no tengo cuidado, mis cejas serían tan espesas que parecerían dos rectángulos que cuelgan sobre mis ojos.

Yo tengo mis propios problemas, bien distintos de los de mi hermana. En un año y medio, ella ha crecido unos buenos quince centímetros. Por las noches, me dice que hasta puede sentir que le crece.

"Me duele", asegura y se empuja hacia arriba los anteojos, que ya no se adecuan a su cara y se niegan a permanecer montados en su nariz. A veces, durante la cena, se le caen al plato. "¿Lo ves?", dice cuando eso ocurre. "¿Te das cuenta de lo que tengo que soportar?"

Rozzie pasó de ser el alegre centro de atención de nuestro grupo vecinal de doce chicos a transformarse en una suerte de sombra, una muchacha siempre resentida que siempre está en contra de nuestros padres y también de su ropa, sus amigas y su cuerpo, cuyos cambios la horrorizan. Todo le resulta penoso; cada noche es una batalla. En el terrible drama en que su vida se ha convertido, yo no desempeño ningún papel hablado. Yo soy parte de la casa en que ella está obligada a vivir, con la misma importancia, digamos, que un retrato en la pared o, quizás, una lámpara. Durante algunas cenas ella cuenta una historia tras otra sin siquiera mirarme una vez.

Incluso frente a esta clase de rechazo, yo observo con atención cada cosa que ella hace. Curiosamente, no tomo a mal esta apatía suya. Su vida es más difícil que la mía... eso lo puede ver cualquiera. No sé cómo será estar acostada en la cama por las noches y sentir que mis pies crecen y se alejan de mí. No hay nada que yo pueda hacer por ella, salvo volver a observarla con mucha atención (ahora, más bien espiarla, porque Rozzie no quiere que la miren) gracias a que nuestra casa tiene forma de L y mi ventana está frente a la suya, aunque, sorprendentemente, ella parece no saberlo. Por la noche, la veo estudiarse en uno de los cuatro espejos que ha distribuido en su habitación.

Ahora no es hacia el horizonte que ella corre sino a algo en esos espejos que sólo ella ve. Algún atisbo del futuro. Rozzie no se pone maquillaje ni se depila las cejas, como yo he aprendido a hacer, eliminando los pelos que sobran de la línea. Tampoco experimenta con las permanentes caseras ni con claritos, como yo hice a escondidas y terminé con el pelo muy rizado y con mechas color anaranjado que yo aseguré que eran naturales. Ella tiene la vista fija en el vacío, supongo que evaluando cosas, pero sin convertirlas en acción.

Leí *I Never Promised You a Rose Garden.* También leí *David y Lisa.* Me fascinan las personas jóvenes un poco locas y sé que mirarse en el espejo durante horas no es una buena señal. Mi hermana siente demasiado, es demasiado intensa. Yo quisiera diluir sus problemas fusionándolos con los míos, pero ella no me lo permite. A ella le encantan sus problemas, lo colecciona, se cuelga de ellos como si fueran insignias de honor. "Tú no necesitas usar anteojos", dice, no como si fuera una suerte para mí sino como algo que he perdido. Ella disfruta de sus sufrimientos y de su soledad y los mantiene en privado, como si compartirlos equivaliera a regalarlos.

Y, así, la veo encender sahumerios de lavanda y olor pútrido, sola en su cuarto, con todas las luces apagadas. La veo encender quince velas en platos alrededor de su habitación, escuchar el álbum *Blue* de Joni Mitchell y sentarse en esa vacilante oscuridad. He leído los libros; sé que todas esas cosas son síntomas de perturbación y, quizá, de consumo de drogas.

Rozzie se ha convertido en una persona tan misteriosa que cualquiera de esas cosas es posible.

Incluso mientras la miro, sola en mi dormitorio, me preocupa la posibilidad de que me haya identificado con nuestros padres. Soy demasiado joven para ser englobada con ellos, demasiado sincera, demasiado servicial. Yo no puede evitarlo; sigo cenando todas las noches con ellos como se espera de mí, aunque Rozzie ha anunciado que está demasiado ocupada para estar en casa todas las noches. Lo dijo como si fuera una expectativa absurda. Yo también ayudo a lavar los platos; estoy de pie en la cocina y hablo con mamá, quien a veces mira hacia la habitación de Rozzie e interrumpe lo que estaba haciendo para concentrarse en no llorar. Reconozco que, a veces, me fascina un poco ser en estos días la favorita de mis padres. No me cuesta nada, así que ¿por qué no hacerlo?

Lo cierto es que lo cambiaría todo, en apenas un segundo, con tal de que Rozzie me dijera, una sola vez: *Ven aquí, ven a mi cuarto. Huele este sahumerio. Escucha esta canción. Tengo este problema. Ayúdame.*

Incluso las cosas que más me preocupan —las drogas, los secretos, las relaciones sexuales con muchachos que ella apenas conoce— parecen insignificantes frente a cierto grado de participación en su vida. Si ella me pidiera que fumara marihuana, yo lo haría. Si me pidiera que la ayudara a hurtar cosas en los negocios, lo haría. No se me ocurre nada que yo no haría si ella me lo pidiera.

Cierto sábado, extrañamente Rozzie acepta ir de paseo con la familia y todos estamos tan entusiasmado que hablamos demasiado en el auto, con demasiada rapidez, como si temiéramos que en cualquier momento ella cambiara de idea y le dijera a papá que volviera a casa. Parecería que la distancia que ella ha mantenido con nosotros la ha vuelto más importante a nuestros ojos, en algo así como una celebridad. Entonces, cuando llegamos al estacionamiento de nuestra meta, ella se baja del auto, se acerca al mirador y, en un único y horrible instante, sus anteojos se le caen y flotan hacia el precipicio. Ella lanza un grito y luego se echa a llorar sin control. Nadie logra consolarla. Al cabo de cinco minutos y frente a la mirada de otros excursionistas, volvemos a subir al auto y nos alejamos de allí.

Más tarde esa misma semana, Rozzie está sentada junto a mí en el cuarto de la televisión. Ella no quiso comprarse anteojos nuevos ni aceptar las lentes de contacto que mamá ofreció comprarle porque en alguna parte leyó que la miopía no corregida hace que los ojos parezcan más grandes.

También eso me parece muy loco. Rozzie casi no ve lo suficiente para dirigir la cara hacia la persona con la que está hablando que, extrañamente, en este momento soy yo.

—Esto es lo que pienso —me dice. Está a poco más de siete centímetros de la pantalla del televisor y me tapa la vista, pero es tan poco frecuente que esté allí conmigo que no digo nada. Detrás de ella, la familia Partridge se sube al ómnibus. —¿Realmente quieres saber lo que pienso? —repite, ahora con impaciencia. Olvidé que ella no puede leerme la cara, mi expresión que dice *Te estoy escuchando, te estoy escuchando.*

—Sí. —Sé que la manera de obligarla a hablar es no parecer demasiado ansiosa.

—Creo que quiero actuar en la obra del colegio.

Asiento. Por alguna razón, esperaba algo mucho peor. *Esto es lo que pienso: que los odio a ti, a mamá y a papá.* Esto me parece perfectamente inocuo, incluso emocionante, cuando ella me pide que le lea en voz alta algunas líneas de una escena.

—Se llama *The Children's Hour* —me dice y me da el libreto—. Es acerca de dos maestras de un internado para señoritas a las que acusan de ser lesbianas.

Dice *lesbianas* como si fuera una palabra común y corriente, un término que ella ha empleado muchas veces. Empezamos a leer. Ella me dice que prefiere el papel de la maestra más simpática, la que interpretó Audrey Hepburn en la película. La otra era Shirley MacLaine. Esto me sorprende porque, en mi opinión, equivaldría a decir: *a mí me gustaría ser la más linda.*

No seré yo la que le diga *No lo eres*. Pero cualquiera puede ver que tal vez en una época fue linda, que tal vez algún día volverá a serlo, pero ahora, lamentablemente, no lo es. La trayectoria de mi aspecto físico se ha visto menos marcada por picos y valles: para empezar, yo nunca fui ninguna maravilla en ese sentido y tampoco ahora soy un espanto. Hasta se podría decir que, con mi pelo, me las arreglo bastante bien. Sin embargo, me conozco lo suficiente para saber que lo prudente no es tratar de conseguir el papel de Audrey Hepburn ni nada por el estilo. Que conviene más apuntar al de Shirley MacLaine y dejar que la propia personalidad rellene los huecos. Una da a entender que, si se lo propusiera realmente, mejoraría su aspecto, pero no lo hace y todo está bien. De esta manera, una nunca será como las chicas tristonas que se sientan en la primera fila del ómnibus, con lápiz de labios en los dientes, y miran con esperanzas a todos los que pasan junto a ellas.

La noche anterior a la prueba de actuación repasamos de nuevo la escena y Rozzie me dice que cree que conseguirá el papel.

—Lo hago muy bien —explica y eso me aterroriza. Rozzie nunca actuó antes, de modo que nunca nadie se lo dijo. Me preocupa que su decepción sea después demasiado intensa; que si perder los anteojos produjo semejante escena, perder ese papel en la obra será mucho peor. Entonces Rozzie recita para mí su monólogo y yo olvido mis inquietudes. Lo hace realmente bien y hasta sabe cómo llorar con lágrimas verdaderas. Pienso que a lo mejor conseguirá el papel. Y lo hace.

De la noche a la mañana, se opera en Rozzie un verdadero cambio.

Consigue lentes de contacto para poder ver lo que hace en el ensayo. En tres días memoriza sus parlamentos y, en una semana, los de los demás. Conoce la obra al dedillo y es su tema constante de conversación. Ya no llama Audrey a su personaje sino que se refiere a ella por su verdadero nombre: Karen.

—Lo mejor de la obra es que sí, estaban enamoradas. O, al menos, Martha estaba enamorada de Karen. La chiquilla las acusa de un delito por el que en realidad son culpables. Salvo que, desde luego, son sólo sentimientos. Ellas nunca hicieron nada concreto al respecto.

Me pregunto si Rozzie no será lesbiana.

Ésta es la conversación más larga que mi hermana ha tenido conmigo en mucho tiempo y, sin embargo, no entiendo qué trata de decirme. No sé hablar de sexo sin sentirme humillada. Lo que más se acerca a algo sexual que he hecho en mi vida fue el último verano, en que mi amiga Sally y yo nos metimos en el lago desnudas. Después de quitarnos la ropa y el corpiño y de sumergirnos en esa agua tan helada que casi nos corta la respiración, nos alejamos nadando la una de la otra hacia la oscuridad, moviendo las piernas como tijeras y dejando que el agua nos tocara con sus manos frías. Ahora lo pienso y me pregunto si yo no seré lesbiana.

—El verdadero tema de la obra es demostrar lo venenosa que es la represión.

—¿Qué quieres decir? —pregunto.

—Las personas deberían mostrarse más sinceras con respecto a lo que son. Estoy harta de tanta duplicidad.

No digo nada porque no sé qué quiere decir *duplicidad*. Supongo que tiene que ver con la represión sexual, algo que yo debo de tener porque me avergüenzo con tanta facilidad. Ni siquiera le digo a nadie cuando tengo mi período. Rozzie, en cambio, dice cosas como "No me hablen hoy, estoy sangrando como un chancho". Lo cierto es que, aunque todo lo referente al sexo me da vergüenza, pienso mucho en ese tema y me pregunto si también Rozzie lo hace. No me animo a preguntarle nada por miedo de que se eche a reír o me diga que yo tengo problemas con eso. ¿Y si fuera cierto?

A medida que transcurren los ensayos, Rozzie se involucra más. Una noche anuncia que los personajes de la obra son ahora sus mejores amigos:

—Ellos me entienden mejor que cualquier persona que haya conocido. También les preocupan los temas importantes. —Con esto se refiere a la política, los acontecimientos actuales. Además de sus propios problemas, a Rozzie le gusta asumir también los problemas mundiales como los derechos de los animales, el hambre mundial. Hace algunos años habló de ir al África a trabajar con los chimpancés, como Jane Goodall, o con los gorilas, como Dian Fossey. Hace poco empezó a trabajar en los comedores de Oxfam, tratando de que la gente se comprometiera a comer sólo arroz y verduras por un día, algo que todo el mundo firma pero nadie hace, salvo Rozzie, quien come su almuerzo con enormes palillos de madera.

Yo no hago ninguna de esas cosas. Me digo que, en el mejor de los casos, son sólo gestos, actos simbólicos. Mejor hacer algo real e inmediato, como ser cordial con una chica que no tiene amigas. Así que lo intento de esa manera. Pero quizá también eso es sólo simbólico. Me cuesta darme cuenta.

Cierta tarde entré a escondidas para ver un ensayo y enseguida me arrepentí. Rozzie se toma tan a pecho su papel que parece no poder contenerse en el escenario. Con cada línea de su parlamento sacude los brazos y los abre para incluir en su torrente de palabras la pared, el sofá, el cielo raso.

—¡Tú! —grita—. Tú me arruinaste. ¡No lo ves! Eres una chica muy, muy mala.

Su voz rebota en las vigas del techo y resuena en el fondo de la sala. Ni el aspecto ni la voz ni la interpretación de Rozzie se parecen en nada a la de Audrey, y tengo tanto miedo por lo que va a suceder cuando la gente vea la obra que casi no puedo respirar. Mis temores lo abarcan todo: que ella parecerá una lesbiana, que sobreactúa como alguien con problemas emocionales. Cuando éramos chicas, todos la miraban con admiración. Ella fascinaba a la gente con un encanto que ahora parece haberse volcado en su contra. En lugar de enmascarar su debilidad, atrae la atención sobre ella. Parece decir: *Miren, soy vulnerable. En esto, esto y aquello.*

Después de media hora no puedo seguir mirando y vuelvo a casa pensando qué diré.

Durante las últimas semanas Rozzie pareció desear mi compañía y, cada tanto, incluso pedirme mi opinión. ¿Qué le diré? Sobre todo, si vuelve a insistir en la importancia de la sinceridad.

Entonces, inesperadamente, no me pregunta nada. Tal vez no sabe que estuve observando el ensayo. Yo lo dejo pasar. Es su vida, no la mía. Necesito encontrar otros temas en qué pensar. A veces invento mentalmente historias que no tienen que ver con cosas buenas que me suceden a mí sino con cosas buenas que le suceden a Rozzie. Muchachos que se enamoran de ella. Maestras que la miran con admiración y sorpresa. Si continúo centrada así en ella, a centímetros de su intensidad y su desdicha, eso me devorará y me llevará a una institución mental junto con ella.

De modo que trazo un plan: no iré a ver la obra. Simularé sentirme mal y me quedaré en casa las tres noches. La noche del estreno tendré que esmerarme de manera especial. Pero he tenido angina tantas veces que sé lo que debo hacer. Rozzie pasa por mi cuarto, como si de veras la afligiera que yo no asista al estreno. ¿Realmente le importa? Supongo que no, pero no lo sé con certeza.

—Me gustaría que pudieras venir —dice ella.

—También a mí —digo yo con voz ronca. Y agrego, con más culpa:
—Quizá mañana estaré mejor —aunque sé que no será así porque no quiero ver nunca esa obra, no quiero tener que confesarle a Rozzie lo asustada que estoy por ella. Decirle que se está volviendo diferente no sólo conmigo sino también con el resto del mundo. Cuando termine la obra, tengo miedo de que ella empiece a vivir en una isla de su propia construcción, y que el único puente que la conecte sea yo, explicándole a la gente, una y otra vez, que ella está muy bien.

Después de la primera noche, aunque mis padres dicen que la obra es excelente y que ella está muy bien en su papel, yo mantengo mi interpretación y no voy a verla. La noche de la tercera y última función, ella viene a mi cuarto y me dice.

—Tú no quieres ver la obra, ¿verdad?

—Por supuesto que quiero. Por Dios, Roz.

Ella me mira fijo.

—Si quisieras verla, la verías.

—No puedo, Rozzie —digo ahora, casi sin voz—. Estoy enferma. Tengo *fiebre*.

—Sí, claro.

Sólo cuando vuelvo al colegio entiendo qué sucedió realmente. Rozzie estuvo más que bien en la obra. La gente no para de decirme cómo lloró su madre, que fueron a verla dos veces, así de excelente estuvo la actuación de Rozzie. Yo oigo tantas veces la palabras *bien* que esa palabra pierde significado. A fin de año se ofrece un premio a la mejor actuación y ya se habla de que Rozzie lo ganará. Desde luego, siento un gran alivio. La tormenta pasó. Nadie dice todas las cosas malas que yo esperaba.

Sólo al final del día me doy cuenta de que ni siquiera vi a Rozzie una vez: ni en la cafetería ni en los pasillos. Es un colegio chico; si necesito encontrarla, sólo me lleva unos minutos buscarla entre las aulas. Pero hoy no ha estado en ninguno de sus lugares habituales.

Después de clase, cuando veo que no está en el ómnibus, me bajo y busco en todas direcciones. ¿Se habrá ido caminando a casa más temprano? Siguiendo una corazonada, voy al auditorio del teatro y la encuentro allí, sentada sola en la oscuridad, con la vista fija en el escenario vacío. Fuera de los cables eléctricos amarillos que hay sobre el piso, nada indica que el día anterior se ofrecía ayer una obra de teatro. Ella está sentada como lo haría alguien en una iglesia, apoyada en el respaldo de la silla de adelante, la vista fija hacia adelante, las manos entrelazadas, como si estuviera a punto de arrodillarse para rezar.

—¿Rozzie? ¿Te sientes bien?

Ella gira la cabeza y, en esa penumbra, veo lágrimas en sus ojos.

—Estaba pensando en la obra. —Vuelve a girar la cabeza. Esto es demasiado. Si la gente viera esto podría arrepentirse de sus elogios y sentirse nerviosa por el efecto causado en ella. —Mi mejor noche fue la segunda. Fue cuando estuve más conectada con Karen.

¿Qué se supone que debo decir yo?

—Bien —digo.

—La peor fue la última. Yo no quería que terminara. Quería quedarme para siempre en el escenario. Ojalá hubiera una manera de hacer que estas cosas duraran más. Cuando uno realmente ama algo, parecería que siempre tiene que ser transitorio.

—Todo el mundo comenta que estuviste fantástica, Roz. No he oído otra cosa en todo el día.

—*Estuve* fantástica. Pero no hago más que pensar que, aunque yo siguiera actuando durante el resto de mi vida, tú nunca me habrías visto en *este* papel. Ha desaparecido para siempre.

Me cuesta entender. He llegado a estar tan segura de que yo no le importo y ahora aquí la tengo, llorando como si realmente le importara. Gira de nuevo la cabeza y por primera vez lo advierto: en esa luz mortecina y gris, está hermosa, realmente hermosa. Con sus nuevas lentes de contacto y el brillo de las lágrimas en los ojos, hay en su rostro algo etéreo. Me lleno de sorpresa y hasta de esperanzas: *Tal vez esto la salvará*, pienso. *Quizá todo estará bien*.

Rozzie, 1984

La primera vez que ocurrió, ella estaba en clase de francés, sentada, como siempre, en el fondo del aula. Como hace poco volvió a perder los anteojos, usa unos viejos inclinados en un ángulo para ver mejor. Tiene un aspecto peculiar —y lo sabe— de vieja dama, pero de todos modos no le importa lo que la gente piense de ella. Ya tiene una vida planeada, lejos de aquí y de esa gente. Mentalmente está en Nueva York, trabajando de camarera para poder ir durante el día a clases dictadas por Uta Hagen. *Respect for Acting* es su libro favorito y cada vez que lee un nuevo capítulo se imagina en esa clase, desnudándose emocionalmente para un público numeroso al que no conoce.

Por ahora, lo que sí puede hacer es abstraerse de la clase de francés y de las treinta alumnas que la rodean y que se pasan notas y planean fines de semana, y escuchar así el monólogo que recita mentalmente. Hace semanas que hace esto: visualizar una vida y atravesar otra.

Entonces, de pronto, el mundo se derrumba frente a sus ojos. Piensa que sus anteojos deben de haberse roto, pero cuando se los toca están perfectamente enteros y suaves en la punta de su nariz. Ve parches de color sin formas y rayas de claridad, como si estuviera mirando a través de un parabrisas mal lavado. Mueve la cabeza para enfocar un ojo, el cuello de una blusa y la boca de la maestra. Esto continúa durante un minuto y, luego, dos. Se mira su propia mano y sólo alcanza a ver con claridad un dedo por vez. Está al mismo tiempo fascinada y muerta de pánico.

Al cabo de un momento, pasa. Al parecer, no va a morir ni a quedarse ciega, como había supuesto. A lo largo de los siguientes seis meses, cada tanto vuelve a sucederle. En ocasiones Rozzie está bien durante un mes y entonces le sucede tres veces en una semana. Ella lo considera una peculiaridad de su cuerpo, algo no tan habitual; algo explicable, aunque ella jamás intentó que se lo explicaran. Nunca lo menciona... ¿qué podría decir? No es nada, se dice, aunque a partir de ahora mentalmente sigue con atención la trayectoria de las personas famosas ciegas. Cuando se entera de alguna otra, es como si una corriente eléctrica le recorriera el cuerpo.

—Hacia el final de su vida —le dice su profesora de literatura—, Melville estaba virtualmente ciego. —Y la palabra *ciego* se le queda grabada.

Una vez, en una librería, ve en un exhibidor un libro llamado *Curación natural de la visión*. La introducción propone que, al igual que los músculos, es preciso ejercitar los ojos. Si dichos ejercicios se hacen de manera regular, es posible prevenir la miopía y prescindir de los anteojos. Rozzie abre un capítulo dedicado al enfoque chino: a los trabajadores se les da diez minutos diarios para que realicen ejercicios oculares, masajes craneanos, instrucciones para enfocar la mirada. El programa se ilustra con la fotografía de un chino que se pellizca la nariz. Rozzie se echa a reír pero más tarde recuerda cada uno de los ejercicios descriptos en el libro. Lee rápidamente el resto en busca de un testimonio que le resulte familiar: alguien que ve bien y de pronto sólo ve triángulos jabonosos.

Pero no encuentra ninguno.

Una noche, empieza a hacer los ejercicios oculares que figuraban en el libro. Cierra los ojos, imagina un salón lleno de trabajadores chinos que se pellizcan la nariz, encuentran sus globos oculares debajo de los párpados y se los oprimen con los pulgares, de modo que los ojos desaparecen y vuelven a emerger como mecanismos accionados a resorte. A ella le encanta explorar su cuerpo en una forma en que sólo ella y un millón de chinos lo han hecho. Se imagina de pie frente a ellos, dirigiendo el ejercicio y diciendo: "Ahora bien, mírenme con atención".

Todavía no siente dolor ni cefaleas que le destrozan las sienes y se irradian hacia atrás y hacia abajo. Hasta el momento, nada es demasiado alarmante.

Sólo es diferente.

Como siempre se ha sentido ella. A veces, en plena discusión con su madre, le grita:

—No tienes idea de lo que es mi vida. No entiendes qué se siente ser yo.

Y en realidad, es así. Nadie lo entiende.

Jemma, 1985

El segundo semestre del tercer año de la secundaria elijo fotografía, casi por accidente. El primer día de inscripción estoy enferma y cuando finalmente voy a anotarme, la única materia optativa abierta para el sexto período es periodismo. En la primera clase les digo que tomaré fotografías porque eso me atrae más que escribir notas. He intentado bastante con la Nikon de papá y he tomado algunas fotos que la gente me dice que son buenas, aunque jamás usé película de blanco y negro ni cubrí ningún evento. Sin embargo, en menos de tres semanas esa actividad me entusiasmó tanto que gasté todo mi dinero en comprar una Pentax con un teleobjetivo tan grande que es imposible usarlo sin que alguien me haga un chiste con ese símbolo fálico. Me encanta el peso de mi equipo colgado del cuello y la excusa que me proporciona para ir a todas partes y estar parada al costado, muy cerca de la cancha de fútbol, de una pista de baile y de las actividades del día dedicado a Martin Luther King.

Me transformo en una figura ubicua, conocida por muchos como la chica con una cámara enorme. Hablo con la gente que fotografío: acerca de mi teleobjetivo o entregándole copias de las fotos que he sacado. No me da la oportunidad de hacerme amiga de los famosos, pero sí de observar su vida y entenderla mejor.

Hasta ahora, nunca fui particularmente ambiciosa en el colegio. Por la noche leo capítulos que no recuerdo al día siguiente en la clase de literatura inglesa. Hasta el argumento me elude, así que cuando se me pide que analice un pasaje, doy manotazos de ahogado: "¿El hombre versus la naturaleza?", arriesgo. Todo lo que digo termina con un signo de interrogación. Pero con la fotografía es diferente. En esa clase aprendo rápido y, un mes después del comienzo, el editor me dice que soy la mejor fotógrafa de reuniones que tiene. Tal vez lo que quiso decir fue que yo soy la única persona que siempre se presenta en los encuentros a los que la asignan, pero lo tomo como un cumplido y durante días esas palabras siguen resonando en mi mente.

Me anoto en la universidad local para un curso de fotografía después de clase y, en una oportunidad, le pido a Rozzie que pose cuando me asignan un retrato, aunque antes de decírselo ya sé lo que me va a contestar. Últimamente se ha vuelto tan imprevisible que papá comenzó a llamarla Nuestra Señora del Perpetuo Cambio de Humor. Un día me encuentra en la cocina y me rodea con los brazos, y después se pone a gritar que si alguna vez llego a tocar siquiera su suéter de cuello alto, me matará. La semana pasada me preguntó si quería acompañarla a ir de compras; esta semana me dijo que mi problema era que dependo demasiado de la moralidad convencional.

Me pone muy nerviosa tomarle fotos porque últimamente tiene más dolores que de costumbre. Es época de musicales, y porque no tiene memoria musical, participa como asistente del director, un título que a mí me parece bastante bueno, pero que la ha dejado como perdida y voluble. Se pasa horas en el cuarto de baño, no haciendo nada por lo que yo sé, sino reflexionando sobre su reflejo en el espejo. Yo veo las posibilidades que tiene de ser una gran belleza. pero sin duda ella no. Quiero decirle algo, pero no sé qué. Rozzie es bonita de una manera en que no se apreciará ni entenderá en la secundaria. Nunca la elegirán la más linda de la promoción y, aunque ella asegura no importarle, cuando se anuncian los nombres, yo encuentro la lista, hecha un bollo, en el piso de su dormitorio. Quiero que mis fotografías le permitan ver, como yo lo veo, lo hermosa que es y la maravillosa cara que tiene.

Empezamos en el living, con todas las pantallas de las lámparas quitadas y algunas de las lámparas movidas todo lo que los cables permitían. Ella se instala en el sofá y se prepara.

No esperaba que estuviera tan seria, como dispuesta a seguir cada una de mis indicaciones: *Mira hacia arriba. Ahora hacia la ven-*

tana. Llévate el pelo hacia atrás. Sonríe. No sonrías. En menos de media hora terminé un rollo de treinta y seis exposiciones.

Mientras yo rebobino la película, ella dice:

—¿Ahora lo intentaremos afuera? —No puedo creer que ella quiera seguir posando para mí. Encuentro más película virgen y tomamos dos fotos con nuestro perro, uno con el gato y una serie debajo de un abedul.

"A ésta la llamaremos la muchacha y el árbol —dice y apoya la frente contra el tronco. Cuando estamos a mitad del rollo, me pregunta acerca de la posibilidad de incluir accesorios en las tomas. —¿Y si buscamos algunas cosas en mi ropero? Como, por ejemplo, el chal de abuela o ese abanico japonés. Podrían quedar bien. —Vuelve con una caja de cartón llena de cosas sacadas de su ropero. Estos días, Rozzie se ha vuelto tan introvertida que no puedo creer que haya traído afuera todas estas cosas para que yo las vea: una pluma de pavo real, una sarta de perlas falsas, zapatos con plataforma por los que pagó treinta y cinco dólares y, que yo sepa, jamás usó. Se pone uno y yo tomo una fotografía de sus pies con dos zapatos distintos.

—Ésa será buena —dice.

Ahora se enhebra el collar de perlas en el pelo y juega a esconderse y reaparecer detrás del abanico. Yo me echo a reír y, al ver que ella no lo hace, me pongo seria. Rozzie no juega: está actuando como si yo fuera una fotógrafa auténtica y ella, una auténtica modelo.

Cuando revelo las fotografías, no puedo creer lo buenas que son: las del interior son teatrales, siluetas de alto contraste, como la portada del álbum de Barbra Streisand *A Star Is Born*. La luz se despliega y brilla de maneras tan inesperadas que casi me echo a reír en el cuarto oscuro, viendo cómo las imágenes se van formando en el baño de revelador. Las tomas del exterior son más suaves, verdaderos retratos interesantes de maneras diferentes. La cara de Rozzie es complicada; sus expresiones tienen una gran profundidad. En una toma ella sonríe, pero también parece sentirse muy sola, como si la pluma de pavo real que tiene en la mano le recordara alguna otra época distinta y mucho mejor de su vida.

Cuando llego a casa, le muestro las fotos en estricto orden, las mejores primero, y enseguida es obvio que a ella no le gustan.

—¿Por qué ésta está tan fuera de foco? —pregunta, refiriéndose a la de la luz refractada que a mí me encanta. Yo no digo nada. *No lo está* se me queda pegado en la garganta. Ella mira otra. —En ésta parezco tan mofletuda —dice en voz baja. Mira rápido otras dos. Yo tengo ganas de arrancarle el resto y romperlas. *Olvídalo*, quisiera gritarle. *No tiene importancia.* Me señala una sombra que cae sobre su cara en una. —¿Qué es eso?

Es mi sombra: un error de principiante o, podría decirse también, un accidente interesante, porque si se lo mira con atención, se descubre que es un perfil perfecto, él mío sobre su cara.

—Bueno, bueno —dice. Cuando me las devuelve me dice que están bien, que son buenas fotos. —Lo que pasa es que detesto verme.

Me las llevo de vuelta y no le señalo que, últimamente, eso es casi lo único que ella hace.

Jemma, 1985

El verano anterior a su último año de estudios, Rozzie se va durante seis semanas para asistir al Taller de Actuación Teatral en Los Angeles, lo cual, para ser sincera, fue un alivio para mí. En los últimos meses la vida se había vuelto más fácil para Rozzie y más difícil para mí. Ella está tan obsesionada con la actuación que prácticamente no piensa en otra cosa. Si algo malo sucede, lo utiliza como una herramienta: cierra los ojos y respira con el diafragma. A veces, en el ómnibus escolar, la veo hacer ejercicios vocales y estirar la boca de manera inquietante, incluso si junto a ella van sentadas personas que casi no conoce. Rozzie vive para un público y parece no importarle en absoluto lo que piensen los demás. Usa calzas, faldas que parecen colchas bordadas envueltas alrededor del cuerpo, zapatillas y medias escocesas y no se afeita las axilas. Si bien entiendo que para ella es un alivio no preocuparse por nada, yo no puedo hacer lo mismo. Me preocupo por todo: si las hebillas que uso hacen juego, si mi pelo está demasiado rizado, si mis pantalones son demasiado cortos.

A Rozzie le está permitido no hacer nada porque ahora es linda, alta y delgada por comer alimentos sanos que a nadie se le ocurriría tocar en la heladera. Todas las noches come verduras sazonadas con sal sin sodio y un producto que imita la manteca. Ya no le gustan los dulces y no toca el chocolate. Una vez, alguien le regaló una golosina que quedó junto a su cama durante cinco días hasta que, finalmente, yo entré en su dormitorio y me la comí. Supuse que me gritaría, pero al parecer ni siquiera lo notó.

Yo quiero ser como ella: comer sólo bróculi y pomelos y, a veces, un panecillo, pero no tengo su fuerza de voluntad. Salgo a correr durante veinte minutos y después me siento frente al televisor y como bizcochos. Hago bromas con respecto a mis muslos y después voy a mi cuarto y los mido con una cinta. Estar demasiado tiempo cerca de Rozzie me pone nerviosa y acentúa mis puntos débiles. Yo no soy ambiciosa y no tengo metas claras; a veces, por las noches, tomo unos chocolates, me acuesto en la cama y dejo que se me derritan en la boca.

La primera semana que está ausente escribe dos veces a casa; una vez para decir que se siente muy desdichada, y la otra para decir que empezó las clases y que está más feliz que nunca. Nuestra madre parece pensar que esto es muy significativo y le señaló a papá que Rozzie nunca dijo nada igual antes. Yo tuve ganas de decir: "Eso es porque nunca *hicimos* nada. Estamos en la secundaria. ¿Acaso nos tienen que encantar los partidos de fútbol?". Pero no lo digo porque mamá piensa que en los últimos tiempos me he puesto innecesariamente sarcástica. A veces me mira de la manera en que solía mirar a Rozzie. No muy seguido, pero en ocasiones.

Este verano cumplí dieciséis y trabajo por primera vez, como cajera de un supermercado en el que uso un guardapolvo anaranjado de poliéster que no lavé ni una sola vez. Traté de conseguir empleo en el local de artículos fotográficos de la que soy clienta, pero cuando pregunté si no había vacantes, el muchacho que estaba del otro lado del mostrador me contestó:

—Por lo general, el dueño prefiere tomar varones.

—Está bien —dije, como si no me importara, pero durante semanas no hice otra cosa que pensarlo. ¿Acaso existen cámaras tan pesadas que cuesta levantarlas? ¿O aberturas de diafragma que una mujer no puede entender? En cambio, reviso productos de almacén y se me considera la científica espacial del grupo porque recuerdo el precio del extracto de tomate de un día para el otro. Otros cajeros levantan un rollo de toallas de papel y dicen: "Jemma". Yo levanto la vista y adivino: "¿Cincuenta y nueve centavos?" Nueve veces de diez acierto. No sé por qué mi cabeza es capaz de retener esas cifras y no el material que necesito para las clases, pero así es. Al llegar el verano se me considera un genio, y temprano por la mañana, cuando no tenemos clientes, Theo, el jefe de repositores, se para en un pasillo y empieza a recitar productos:

—Arroz Inflado, de cuarenta y seis onzas.

—Un dólar con diez —digo.

Se oye un silbido.

—Esta mujer es increíble.

Como es obvio, confío en que este talento mío no influirá en mi futuro, pero entonces, me pregunto qué estoy haciendo para que eso suceda. Me lo pregunto. Estos días tengo la sensación de que algo me espera, de que es el fin de una espera muy larga para que la parte buena empiece.

Cuando me quejo de este trabajo, Theo me dice que no sea dramática.

—Estamos en la secundaria. Se supone que lo que tenemos son empleos para retardados. Ésa es la idea. Para poder mirar después hacia atrás y decir: "Gracias a Dios que ya no tengo que hacer *eso*". —Theo es mi mejor amigo en el trabajo. Él asegura estar enamorado de mí y varias veces me pidió que me casara con él; por lo general le digo que me parece que primero deberíamos tener alguna cita.

—Ves, ése es el problema. No tengo auto y me da demasiada vergüenza invitarte a andar en ómnibus. —Theo posee una personalidad divertida aunque haya sufrido una leve parálisis cerebral, camine con un poco de renguera y tenga una mano curvada, como una ardilla, junto a la cadera. A las personas que no lo conocen, esa mano las pone muy nerviosas, como si estuviera por llevársela a la bragueta o tratara de ocultar un sector mojado del pantalón. Las pone doblemente nerviosas porque Theo es muy atractivo. Si no fuera por el guardapolvo y el pelo que su madre todavía le corta aunque él tenga diecisiete años, su renguera, la mano, las camisas de poliéster que a veces usa del revés —lo cual equivale bastante a decir que si no fuera por todo excepto por su cara—, sería realmente hermoso, y es cierto. Tiene ojos de color verde amarillento con largas pestañas que más parecen las de una muchacha. Cada tanto me imagino diciéndole: "Sí, Theo, me casaré contigo" o "Salgamos en una cita", pero nuestras bromas no son así. Yo no lo tomo en serio. Su amor por mí es como todo lo demás en mi vida en este momento: una manera de pasar el tiempo.

Una noche, Rozzie llama para contarnos que su profesor eligió a cinco de sus alumnos para que se presenten a una prueba para una película.

—¿Qué clase de película? —pregunta, nerviosa, nuestra madre.

—Una película pornográfica. Por favor, mamá. No sé qué clase de película, pero es una buena experiencia.

Al día siguiente, mientras barro una pila de cereal desparramado por el piso y lo pongo en el papelero de Theo, le digo a él:

—Mi hermana va a presentarse a una prueba para una película.

—¿Qué clase de película?

—Una película pornográfica. Vamos, Theo. ¿qué importa eso?

—¿Sabes quién actúa en ella?

—No sé nada más sobre el tema.

—*Interesante* —dice y asiente—. Muy interesante. El año que viene, por esta época, tal vez ya sea una estrella.

—Oh, por favor. —Eso no me parece nada probable. Pero, de pronto, me alarmo: ¿y si llegara a serlo? Ya no me asusta la posibilidad de que Rozzie se caiga o se vuelva loca o parezca estúpida a los ojos del resto del mundo. En cambio, me preocupa quedar yo en segundo plano. Si Rozzie consiguiera un papel en una película *bona fide*, ¿dónde me dejaría eso a mí? Sola con este trabajo, como mis miserables amigas de la secundaria, quienes ya están pendientes de la universidad y de quién va a presentar una solicitud de ingreso dónde, dos años antes de que suceda.

Algunos días desearía haber hecho algo más temerario este verano, haber ido a alguna parte como Rozzie, tener algo mío que mostrar. En un momento libre se lo digo a Theo.

—Si en este momento tuvieras un trabajo definitivo, ¿cuál te gustaría que fuera? —me pregunta.

—Me gustaría ser una fotógrafa profesional a la que le acaban de encomendar una nota. —Era algo que nunca antes había confesado en voz alta y me pone nerviosa.

—Fotógrafa, ¿eh? —Asiente. —Ajá.

Fue muy dulce de su parte decirlo, aunque sea también ridículo:

Theo jamás vio ninguna de mis fotografías. Ojalá yo pudiera explicar esta desazón. Es como si, a pesar de trabajar en un supermercado lleno de comida que yo me sirvo en forma constante, igual siempre tuviera hambre.

A Theo le encanta el cine y ve todas las películas que se estrenan. Este verano vio tres veces *Mad Max Beyond Thinderdome*, y me previene que no lo tome en mal sentido.

—No fue por Tina Turner. Lo que me gustó es el argumento. —Después le lleva una eternidad contarme en detalle la película. Por lo general, lo dejo llegar al final y después lo miro y digo:

—Espera. ¿Qué fue lo que sucedió? —Es una especie de juego que tenemos. Ése y el juego de la memoria de los precios.

Un día él me dice que tengo que ver *Feathers of Hope*.

—¿Por qué?

—Bueno, por muchas razones. Una es que es muy buena.

Es de mañana, y la actividad es suficientemente escasa como para que yo tenga una revista abierta sobre la caja registradora y algunos Good & Plenty en mi cajón abierto para cupones. Cuando creo que nadie me mira, como un puñado y doy vuelta la página.

—Ajá.

—Bueno, probablemente yo no debería decirlo.

—¿Decir qué?

—Bueno, tenía esa *escena* —susurra.

Lo miro. Sé que debe tratarse de sexo porque él se ha puesto colorado, pero no puedo evitarlo, quiero azuzarlo.

—¿Cuál escena? Vamos, cuéntame.

—Bueno, el tipo está en una silla de ruedas, o sea que no todo le funciona, supongo. —Ahora Theo me mira para estar seguro de que entiendo. —Pero él igual quiere hacerlo.

Sonrío.

—¿Hacer qué?

A Theo se le enciende aun más la cara.

—Adivina.

—¿Jugar al básquet?

—Tener sexo, Jemma. Es obvio. ¿Te haces la tonta a propósito?

Se queda mirándome y, por un segundo, yo le sostengo la mirada.

—¿Y entonces qué sucede?

Es demasiado tarde. Él está furioso conmigo porque, de alguna manera, le arruiné el cuento.

—Digamos que se las ingenian —dice y se va.

Esa tarde, antes de que yo me vaya, Theo me pregunta si quiero ir al cine con él el viernes por la noche. Estamos solos junto al reloj registrador y él no bromea, pero tampoco parece muy optimista con respecto a mi respuesta. Me lo pregunta rápido, sin bombos y platillos y sin su habitual encanto, como si lo hubiera decidido varios días antes y ahora está obligado a hacerlo. Yo miro el reloj y trato de pensar qué contestarle. Theo me gusta, pero él encarna todo lo que el verano tiene de triste. Y yo tengo tantas limitaciones. Quiero ser la clase de persona capaz de salir con un muchacho que tiene una renguera pronunciada y una mano que permanece inmóvil sobre su entrepierna y no preocuparme por la gente con que nos encontraremos, por lo que la gente pueda pensar, pero no soy así.

—No puedo —contesto—. Tengo esta cosa con mis abuelos de la que no puedo escaparme.

Él debe de saber que es mentira, debe de saber que soy una persona espantosa, porque no sugiere otra noche alternativa, ni siquiera dice *Entonces será otra vez.* Sólo:

—Lo entiendo —dice, y se aleja.

La semana siguiente Rozzie nos anuncia que volvieron a llamarla.

—El director me dijo que soy muy buena actriz, que tengo un talento natural. Pero le preocupa mi falta de experiencia. —Me la imagino sentada en una habitación, frente a un hombre con edad suficiente para ser nuestro padre. —Tengo que pedirle un favor a Jemma. Ellos quieren tener lo antes posible una foto mía. ¿Podría ser algunos de esos retratos que me tomaste? —Mi corazón se despierta por primera vez en meses. ¿Ella necesita una de mis fotografías? Recuerdo cuál fue su reacción inicial, que al parecer olvidó por completo. ¿Así que, de pronto, son bastante buenas?

Las únicas copias que tengo están pegadas en mi proyecto. Necesitaré hacer otras y para ello tendré que conseguir que me presten un cuarto oscuro porque el del colegio está cerrado durante todo el verano. No importa. Imagino al director con una fotografía tomada por mí en sus manos; la gira, la mira con más atención. De pronto mi verano ha tomado una forma diferente. No sólo estoy pasando el tiempo: *soy* una fotógrafa con una tarea asignada.

Encuentro un cuarto oscuro a tres pueblos de distancia de casa, que me alquilarían por hora. Al día siguiente doy parte de enferma y hago que mi madre me lleve en el auto: es una hora de viaje de ida y otra de vuelta. Me doy cuenta de que mamá cree que le doy demasiada importancia a lo de la foto.

—No quisiera que gastaras demasiado de tu propio dinero —dice mientras mira la nueva caja de papel fotográfico que me costó una semana de trabajo en el supermercado.

—No lo haré —contesto aunque, desde luego, ya es demasiado tarde. La noche anterior casi no pude dormir por pensar en todo esto: hacer copias de los retratos y que Rozzie haya conseguido ese papel.

—Es sólo un papel pequeño. Lo más probable es que no se lo den y, aunque sí la eligieran, eso no va a cambiarle la vida. —Mi madre quiere creerlo, aunque no estoy segura de que realmente esté convencida.

Ella es famosa a su manera, como maestra especializada que trabaja sobre todo con chicos autistas. Hace tres años la votaron Maestra del Año en Massachusetts y la filmaron en su aula para un programa especial de la PBS llamado *El hijo inalcanzable*. Rozzie y yo nos quedamos levantadas hasta tarde para verla por televisión. Quedamos fascinadas cuando apareció en la pantalla de la red nacional con su conocido traje amarillo de chaqueta y pantalón, mientras la teníamos sentada detrás de nosotros, enumerando sus errores.

—Yo no debería haber apoyado así mi mano sobre la suya —dijo, como si a alguien le importara. Después, en opinión de mi madre, la atención que recibió por esa aparición suya por televisión la perjudicó en su trabajo. Durante meses pasó mucho tiempo lejos de las aulas, hablando por teléfono y contestando cartas. —Nunca más —solía decir, y sin duda en este momento recordaba esas palabras.

Quiero decirle que no sea negativa, que esto no es sólo acerca de

Rozzie sino también de mí, y de que mis fotografías sean vistas por personas importantes de Hollywood.

—No es un papel pequeño, mamá. El director no estaría hablando personalmente con ella si lo fuera. —Esto no lo sé, por supuesto. Me lo digo del mismo modo en que me imagino una historia en la que el director mira mi foto y dice —al aire, a su secretaria— *¿Quién tomó esta fotografía?*

Gasto media caja de papel y todavía no puedo decidir cuál copia es la mejor, así que le envío tres y, durante una semana, esperamos todas las noches el llamado de Rozzie. En el trabajo yo empiezo a hablar como si la cosa fuera prácticamente segura.

—Sólo hay otra chica rival y supuestamente es demasiado grande para el papel —le digo a Theo mientras barremos—. Así que diría que las posibilidades de que la elijan a ella son de alrededor del setenta por ciento.

Theo sacude la cabeza.

—Fantástico —dice y se aleja.

Al cabo de cuatro días estoy tan desesperada por que eso ocurra que me sentiré muy mal si no es así. Ahora se trata también de mi sueño, no sólo del de Rozzie. Esperamos su llamado. Todas las noches, durante la cena, dejamos de hablar cuando suena la campanilla del teléfono, permanecemos en silencio mientras mamá dice "Hola".

Finalmente es Rozzie.

—Es *ella* —nos avisa con movimientos de la boca. Escucha por un minuto y luego grita: —¡Lo consiguió! —En la casa resuena su voz llena de júbilo aunque, en teoría, mamá se opone a todo esto. Papá y yo nos desplegamos por la casa y tomamos distintas extensiones telefónicas. Cuando yo levanto el tubo, Rozzie está en la mitad de un relato.

—¿Qué más? Él dijo que yo tenía talento, supongo. Y ahora hasta tengo un representante. Y bastante importante, por cierto.

Rozzie suena distante y aturdida, como si no hubiera registrado las novedades que ahora nos cuenta. Conozco bien los estados de ánimo de mi hermana y sé que probablemente esto no quiere decir nada, pero igual mamá se preocupa.

—¿Seguro que estás bien? ¿No nos estás ocultando nada?

—No, no. Estoy bien.

—No es *obligatorio* que lo hagas.

—Quiero hacerlo —dice Rozzie con voz un poco afectada, casi ausente.

—¿Por qué no vienes a casa y así lo charlamos?

—No puedo.

—Por supuesto que puedes. Encontraremos el dinero en alguna parte.

—No es eso. El sábado tengo una prueba de vestuario. No puedo ir a ninguna parte. —Rozzie sigue contándonos cosas con la misma voz monótona: la semana siguiente tiene reuniones y ensayos. La filmación comenzará en septiembre y han organizado las escenas en que ella aparece de manera que no se atrase en sus estudios. La instalarán en un hotel y le asignarán un tutor durante el tiempo en que se supone debería estar en el colegio. La escucho decir todo esto a nuestros padres quienes, por encima de todo, están obsesionados con que ella ingrese en una universidad.

—¿Y qué me dices de tus solicitudes de ingreso? —pregunta mamá—. ¿El tutor te ayudará con tu ensayo?

—De alguna manera lo haré. No te preocupes.

Sé que Rozzie simplemente lo dice; que nuestros padres no ven lo que yo descubro con toda facilidad: que ahora, la universidad ha quedado de lado. Cuando a una persona se le presenta una oportunidad así, no abandona todo para ir a la universidad como lo haría la gente que no tiene otras opciones. Incluso por teléfono, sé que ella está enrollando el cable en su dedo y está impaciente por cortar la comunicación. Al final, cuando mis padres se despiden, ella pregunta en voz baja:

—¿Jem todavía está en línea?

—Sí.

Mis padres cuelgan para dejarnos hablar a las dos. De pronto Rozzie parece sentirse muy sola.

—Gracias por mandarme las fotografías. Estaban fantásticas.

—Sí, claro. ¿Te sirvieron de algo?

—Supongo que sí. Se las di a la secretaria y no sé qué hizo ella con las copias.

Está bien, me digo. *No importa.*

—Es raro. Ellos quieren que yo me quede aquí hasta que empiece el rodaje. No quieren que vuelva a casa. Lo de que iban a organizar las tomas para que yo no me perdiera las clases fue sólo para que mamá y papá no enloquecieran.

—Ah. —Mi corazón comienza a galopar.

—Es un papel bastante importante.

—¿Cómo de importante?

—Tal vez no vuelva hasta octubre.

—¡Cielos!

—Ojalá pudiera ir a casa.

No sé qué contestarle.

—Está bien. A mamá y papá se les pasará.

Una semana antes del inicio de las clases yo dejo de trabajar, entrego mi delantal anaranjado y por última vez pido que me hagan la cuenta. Cuando el señor English, el gerente diurno, me dice que en mi caja hay un saldo negativo de cuatro pesos con setenta y dos céntimos, me inclino hacia la ventanilla con rejas detrás de la cual él está de pie y digo: "Caramba". Por lo general, se supone que damos explicaciones cuando sucede una cosa así. Si la cifra es mayor de diez dólares, se nos descuenta del sueldo.

Por el rabillo del ojo veo a Theo de pie junto a la puerta que da al salón para fumar de los empleados, hablando con Theresa, una bonita muchacha hispánica que usa un crucifijo de oro. Desde el día que me invitó a salir, hemos sido cordiales el uno con el otro, pero al mismo tiempo distantes. Ahora quiero acercármele y despedirme de él, contarle las noticias acerca de Rozzie y agradecerle por haberme ayudado a pasar el verano. Me siento mal por no haberme esforzado más y manejado mejor las cosas.

—Bueno, Theo —digo—, llegó el momento. Es mi último día. —Espero que su cara registre lo que le estoy diciendo, que él se aparte de Theresa y diga, *Tu último día, no me di cuenta*. Medio espero que me invite a almorzar. En cambio, él levanta una mano, dice: "Adiós" y vuelve a concentrarse en Theresa.

Como en las películas, me digo *Está bien. No importa.* Enfoco toda mi atención en volver al colegio y llevar las noticias del triunfo de

Rozzie. Cuando llego allí, las noticias tardan un día en llegar a esa distancia, de modo que, a las tres, el profesor de teatro, señor Wilkenson, me encuentra en un pasillo y me pregunta si es cierto.

—Sí —contesto.

Es un hombre viejo —bueno, tiene por lo menos cuarenta años—, y tiene una esposa hermosa que se rumorea es agorafóbica, una reclusa en su casa que baila y escribe poesía detrás de ventanas con cortinados. Corren otros rumores acerca de él: que solía vivir en Nueva York, que en una oportunidad fue actor suplente de *Hair* en Broadway. Para nosotros, él es más importante y mejor que esta ciudad en la que todos vivimos. Sé que en alguna época Rozzie estuvo un poco enamorada de él, a pesar de que él tenía esposa y una mata de grueso pelo entrecano. Cuando no había nadie cerca, ella lo llamaba Daniel. Frente a las demás personas, señor Wilkenson. Conmigo, se refiere a él como Daniel. A pesar de que él es un profesor, parece ponerlo nervioso acercarse a mí.

—¿Podrías decirme cómo sucedió?

—Sí, por supuesto. —Y le cuento todo lo que sé.

El señor Wilkenson escucha y sacude la cabeza.

—Yo tuve la sensación de que algo así sucedería. Lo sentí antes de que Rozzie se fuera.

Fija entonces la vista en el hall vacío, como si tuviera algo más que decir. Pero no lo dice. Yo, nerviosa, me apuro a llenar ese silencio.

—Supuestamente, estará de vuelta en octubre.

—Sí, así es —dice él, casi como si ya lo supiera. Me pregunto si habrá hablado con Rozzie, si ella se lo contó.

También me pregunto si hubo una época, antes de que él envejeciera y de que le salieran canas, en que creyó que podía ser un verdadero actor. Siempre doy por sentado que nuestros profesores tiene una vida que no se extiende más allá de las aulas donde los conocemos. Por lo general, son un grupo de personas muy previsibles, que se visten mal y transportan bolsas de lona llenas de trabajos para corregir. Ahora miro a ese hombre y me pregunto qué sentirá. Su expresión es indescifrable, pero tiene los ojos brillantes, como si estuviera a punto de llorar.

Por teléfono, Rozzie nos dice que la mudaron de su dormitorio compartido a un hotel llamado Montmartre, sobre Sunset Boulevard, donde está en la misma habitación en la que durmió Marilyn Monroe.

—¡No te creo! —digo.

—Pues, sí. Es esa clase de lugar. Muy a lo Hollywood.

¿Qué quiere decir con eso? Ni idea.

—Lo cierto es que es extraño. No puedo describirlo. Pensaba preguntarles a mamá y a papá si te permitirían venir aquí.

—¿En serio?

—¿Te parece que te dejarían? —Su voz es diminuta y esperanzada y a mí me cuesta entenderla o creerla. Cuando Rozzie se fue, hace tres meses, yo era una persona con quien no valía la pena emplear los minutos que lleva despedirse. ¿Y ahora quiere que vaya a visitarla? —Sería agradable tener conmigo a alguien que conozco. La compañía pagará todo. No creerías todas las cosas que pagan.

—Sí, me gustaría ir —susurro. Por un momento me sentí frustrada de que nada hubiera pasado con mis fotografías. Ahora pienso: *Tal vez fue mejor así.*

Mamá se opone, por supuesto. Aunque sólo faltaré una semana al colegio, ella no quiero que yo vaya. Dice que le gustaría que al menos una persona de por aquí considerara que el colegio es prioridad uno. Sé que la manera de que dé su consentimiento es mentirle más.

—Llevaré todos mis libros. Y, al volver, estaré más adelantada que mis compañeras. —Me quedo mirándola. —Rozzie necesita tener a alguien allá. Creo que es posible que lo esté pasando bastante mal.

Frente a esto, no era mucho lo que mamá podía decir. Cuando llegó a casa el pasaje de avión, por entrega especial, en un enorme sobre de cartulina, no decimos nada. Lo extraemos y lo miramos. PRIMERA CLASE, dice, en letras doradas en relieve.

El día anterior a mi partida, paso por el supermercado para comprar champú y busco a Theo, que está en el fondo del local, haciendo un inventario.

—¡Hola! —digo. Últimamente he estado pensando bastante en él. Quiero contarle lo de Rozzie y disculparme.

Él levanta la vista y sonríe.

—Bueno, bueno, miren quien está aquí.

—Sólo vine de visita. Quería hablar contigo, si te parece bien. —El corazón me golpea con fuerza; ojalá hubiera planeado de antemano qué decir.

—Seguro —dice él y se sienta sobre un cajón. Acaricia un cartón de cajas de cereales que está junto a él. —Quiero decir, se supone que estoy trabajando, pero qué diablos.

Yo me siento al lado de él.

—Quería decirte que lo siento. Fue un verano difícil para mí. No me sentía muy feliz y creo que tal vez me desquité con otras personas.

—Está bien.

—Por eso dije que no podía salir contigo.

Él asiente pero no dice nada.

—Mañana me voy a Los Angeles para estar con Rozzie, que actúa en esta película.

—Qué bueno. —Vacila un momento. —¿No es así?

—No lo sé. No hago más que pensar que la gente me preguntará qué hice este verano.

—¿Y no quieres decir que trabajaste de cajera en un supermercado?

Sonrío.

—No sé por qué no.

—Diles que estudias fotografía. Que quieres tomarles un retrato.

Es curioso que él diga eso. Es justo lo que yo quiero hacer: fingir que soy más grande y más seria con respecto a esto, que también soy una artista.

—Sí, debería hacer eso —digo muy despacio.

Por un momento los dos nos quedamos callados.

Por último, él entrelaza las manos y se pone de pie.

—Bueno, creo que tengo que seguir con mi tarea —dice y señala las cajas.

Yo bajo la vista. No sé qué más decir.

Después resulta que a nadie le importa lo que hice durante el verano. Todos se muestran cordiales y felices de conocerme, pero a nadie le importa mi vida. Por ejemplo, nadie me pregunta de dónde somos. Tal vez ya lo saben o quizá no tenga importancia. El rodaje ya lleva una semana y ya Rozzie parece acostumbrada a ser llevada en auto a una casa rodante donde se queda sentada durante una hora mientras otras personas le enrulan el pelo y la maquillan. Ella cierra los ojos y deja que le toquen toda la cara. Y sus párpados no se sobresaltan cuando les ponen delineador.

Cuando Rozzie se va, escoltada por un tipo que usa auriculares, quedo sola con Marcie, la maquilladora, quien me mira y dice, a través de un abanico de sombras para párpados, que sostiene con los dientes:

—¿Sabes? Es realmente hermosa. Una chica muy especial. —Sacude la cabeza para anunciarme que esto es, a la vez, una buena noticia y una mala. —Es posible que se haga famosa muy rápido. Lo he visto suceder. —En el fondo, lo que su voz me insinúa es *Vigílala, ayúdala.*

—Ya lo sé —digo, aunque me parece una estupidez. No lo sé. Al cabo de un día me doy cuenta de que la vida que yo pensé que Rozzie vivía no es lo que está sucediendo. No puedo describir ni explicar cómo es en realidad porque se despliega en términos de futuro. Hay otros trabajos, parece, aunque ella no los menciona. Otras personas, sí.

—No creo que esta ciudad vaya a *permitirle* que vuelva a casa —me dice una mujer. Se había presentado como la representante de Rozzie, y después agregó: —Bueno, todavía no soy su representante, sólo espero serlo. Cruzo los dedos.

Cuando le pregunto a mi hermana acerca de ella, Rozzie no reconoce el nombre ni la blusa que yo le describo que lleva puesta. Pero esto no es algo fuera de lo común. Rozzie no suele registrar demasiado a la gente que la rodea todo el día. Si yo digo: "¿Dónde está Marcie?", ella contestará "¿Quién?" *"Tu maquilladora"*, tengo que explicarle, aunque mi hermana haya estado como dos horas sentada frente a esa mujer.

Rozzie no ha hablado de lo que hará en verano y tampoco le dije cómo sería el mío. Ni una vez preguntó sobre algo o alguien que tuviera que ver con la universidad. Aquí, todo eso parece tener poca importancia. Por la noche volvemos al hotel donde comemos una cena que, al menos para mí, transcurre en un silencio incómodo. Y eso que repaso mentalmente de antemano posibles temas de conversación. Tal vez le comentaré la obra que eligieron para el otoño; *Equus*, que se rumorea que trata de un muchachito que tiene relaciones sexuales con los caballos. Se ha despertado una gran controversia con respecto a esta obra y algunos padres no permiten que sus hijos participen en ella por miedo de que les asignen el papel del protagonista. Hace seis meses, Rozzie habría tenido mucho que decir sobre este tema. Pero yo ya no estoy segura: a lo mejor nada de esto importa frente a actuar en una película.

Después de cuatro días me pregunto por qué quería Rozzie que yo estuviera aquí. Yo no hago gran cosa, fuera de merodear entre su casa rodante y la cafetería, en la que todo el tiempo hay una sorprendente variedad de bocadillos. He hecho algunos amigos —el individuo que repone los comestibles (y que me pregunta qué quiero yo), las maquilladoras, un cliente de la cafetería—, pero no parezco impresionar a nadie. En cierta forma, soy invisible. Excepto por las cosas que como, no queda ningún rastro de que he estado aquí, sobre todo en Rozzie, quien puede pasarse tres o cuatro horas sin abrir la boca. Si hablamos, por lo general es una conversación forzada acerca de desconocidos; nos referimos a revistas y artículos, diciendo "¿Viste esta nota sobre el terremoto en ciudad de México?" Sospecho que a Rozzie le gustaría parecer la de antes, todavía interesada en causas y acontecimientos actuales, y por eso le hago esas preguntas, a las que siempre contesta con un "Es *terrible*", dicho con una gran emoción que desaparece en un minuto. No le comento los artículos que realmente estoy leyendo, acerca de utilizar *henna* natural o de los beneficios del consumo de gelatina sobre las uñas de las manos.

Cinco días más tarde, ella y yo hemos compartido y hablado tan poco que comienzo a preguntarme si estará arrepentida de que yo haya venido.

Entonces, una noche, en la habitación del hotel, cuando estamos tiradas en la cama lado a lado, escuchando el sonido del tráfico que suena como un océano, de pronto ella dice:

—Antes de que vinieras creí que me estaba volviendo loca. En serio. Ahora me siento mejor.

—Bien —digo. Y eso es todo. Pocos días después vuelvo a casa.

Jemma, actualmente

Después de que Rozzie ha estado internada una semana en el hospital, me doy cuenta de que algunas personas están confundidas: todavía creen que está ausente. Llaman a su representante y le dicen que la acaban de ver en un mercado de Topeka, Kansas, comprando vitaminas. O a un costado de una autopista, vendiendo verdura. Le escriben cartas pidiéndole que la deje tranquila, que le permita vivir la vida que ella elija. Le señalan que ahora es una persona adulta, no una criatura, y seguramente no se dan cuenta de lo censor que parece ese señalamiento. Las personas suponen una gran intimidad con los actores y actrices porque, para ellos, la estrella se ha convertido en muchas cosas: en la amiga ideal, la amiga fantaseada; algunas mujeres le escriben incluso a Rozzie para decirle *Ojalá fueras mi hermana*, lo cual me sorprende, desde luego. Rozzie nunca lee las cartas de sus admiradores. Al principio lo hacía y le resultaba demasiado perturbadora, la certeza de que mucha gente la observaba con atención.

Así que, en cambio, las leía yo. En la actualidad, las leía a todas y eso que eran muchísimas. Mis favoritas son las del extranjero, escritas hace meses, antes de que ella apareciera en las noticias, en papel de avión y con una caligrafía muy cuidada. "El motivo de esta carta es decirte que te amo desde hace mucho", escribía un individuo alemán. Las de los extranjeros me resultan particularmente atractivas; parecen escritas por personajes distantes e inocentes. Nunca tomarán forma fuera del papel, nunca se volverán reales o amenazadoras en algún sentido. Porque el día es largo y en el hospital no hay nada que hacer salvo mirar televisión, algo que ella detesta, Rozzie me deja leer partes de algunas de esas cartas.

—"Vivo con mi madre desde hace diez años —leo—. Aunque sería más apropiado decir que mi madre vive conmigo".

Rozzie se echa a reír.

—Una diferencia crucial —dice, imitando el acento alemán—. Duermo con mi madre, o quizá debería decir que ella duerme conmigo.

Las dos reímos y yo sigo leyendo.

—"La película tuya que más me gusta es *Leopold the Handsome*, filmada cerca de mi ciudad natal, Friedberg, Alemania".

Rozzie no actuó en esa película y nunca estuvo en Alemania. A menudo la confunden con otras actrices, pero por lo general no alguien que se ha tomado el trabajo de conseguir su dirección y escribirle una carta. Por la calle la gente la para tratar de averiguar dónde la ha visto. A veces creen que actuó en una telenovela o le dicen "Un momento, no me lo digas", y siguen nombrando una película tras otra. En este y otros sentidos, ser una celebridad puede resultar terriblemente humillante y ser reconocida, una manera de sentirse borrada.

Pero esta carta es tan extraña que resulta divertida. ¿Quién oyó hablar alguna vez de *Leopold the Handsome*?

—"Estuviste tan conmovedora, tan vulnerable".

Rozzie sonríe, como lo hace con mucha frecuencia en los últimos días, incluso con tan pocos motivos para hacerlo.

—Sí, lo estuve, ¿no? Creo que podría mudarme a Alemania. Es allí donde aprecian realmente mi talento. —Dice todo el tiempo cosas así: *A lo mejor debería vivir en Montana, quizá me convierta en veterinaria*, como si eso fuera posible. Como si pudiera dejar una vida y empezar otra; desaparecer, por así decirlo, como lo estoy haciendo yo.

A mi manera, yo también desaparecí.

Nadie de mi vida real sabe dónde estoy. Aunque seguramente lo adivinen, no tienen ningún número de teléfono, ninguna manera de ponerse en contacto conmigo o invitarme a salir. Varias veces por hora contesto el teléfono y por un instante tiemblo por miedo de que sea alguno de mis amigos, preocupados por mí, y cuando no es así, me abruma una mezcla de alivio y de tristeza. *Gracias a Dios que no llamaron*, pienso, y después me pregunto: *¿Por qué no llamaron?* Lo cierto es que he decepcionado a las personas que me quieren, sólo porque el peso de su afecto me resulta ominoso; como si, en cuestión de tiempo, volviera a estar fuera de eso, mirando hacia adentro.

Con respecto al problema de salud de Rozzie, esto es lo que sabemos: se le desprendió la retina y la operaron. La cicatrización es lenta y exige que ella permanezca lo más inmóvil posible. Durante tres horas, dos veces por día, Rozzie tiene que acostarse boca abajo para mejorar la circulación en la retina y evitar las escaras. Ponerla en esa posición lleva veinte minutos. Dicen que esto continuará durante por lo menos dos semanas, pero no dan ninguna otra explicación al respecto. Excepto las comidas y este cambio de posición, su día no tiene ninguna otra estructura. Es un tiempo vacío en el que ella sólo debe aguardar, y nosotros estamos aquí para ayudarla a hacerlo.

Para llenar ese tiempo, hablamos mucho de números: hay un treinta por ciento de posibilidades de que Rozzie recupere entre un quince y un veinte por ciento de la visión en el ojo operado. Hay menos esperanzas para el otro ojo, en el que tuvo problemas antes, aunque nunca lo supimos: hace por lo menos un año tuvo un desprendimiento parcial de la retina pero no fue tratado. Ahora tiene menos del cinco por ciento de posibilidades de recuperación. Rozzie no piensa tanto como nosotros en estas posibilidades ni la obsesionan tanto. Cuando estamos solas, cerramos un ojo y entrecerramos el otro para tener el veinte por ciento de nuestra visión. A veces, pensamos: *No es tan terrible. Se puede ver más de lo que uno cree.* Supuestamente, es suficiente para cruzar una calle sin arriesgarse, caminar, leer una cartelera. Sin embargo, todo esto son puras especulaciones. En este momento, lo que esperamos es que le saquen las vendas.

Una mañana, cuando entro en su habitación, Rozzie está acostada de costado en la cama, encima del cobertor.

—Yo sé lo que va a pasar —dice en voz baja.

Mi corazón se detiene.

—¿Qué?

—No será diferente. No será peor, pero tampoco mejor.

—¿Cómo lo sabes? —Tengo ganas de llorar.

Ella sacude la cabeza, como diciendo *No importa*. Todos estamos pendientes del momento en que le saquen las vendas, y de pronto, sin ninguna razón, ella dice: *No esperen nada*.

—Tuve un sueño.

¿Un *sueño*? ¿Acaso bromea?

—¿Qué clase de sueño?

—No fue mucho lo que vi, pero estaba bien. Yo me sentía muy tranquila y preparaba la comida para alguien, no sé bien quién. Tal vez era yo misma. Estaba en Nueva York, perdiendo tiempo en la cocina, en realidad buscando unas galletitas. —Se interrumpe y no dice nada más.

Yo no les cuento a mis padres lo que ella dijo. Están demasiado concentrados en mostrarse optimistas, en decir cosas como "Cuando ella esté mejor..." o "Cuando vuelva a trabajar..." Lo irónico de esto es que el trabajo elegido por ella solía ponerlos tan nerviosos y, ahora, prácticamente envían videos de ella a las pruebas de actuación. Esa noche traen comida a la habitación y, porque es una novedad —comida china con palitos—, parece una verdadera fiesta. Ellos le cuentan a Rozzie una anécdota de una cena con comida china cuando empezaron a salir. La historia la cuentan los dos y es sorprendente que nunca la hayamos oído antes: papá mordió un chile y por algunos minutos trató de disimularlo. Se quedó allí sentado, hablando, mientras las lágrimas le surcaban la cara. Es una historia completamente diferente de las que suelen contar y a todos nos sorprende ese testimonio de que ellos también tuvieron una vez la edad que tenemos nosotras ahora.

Después de la cena, nuestros padres se van temprano diciendo que están cansados. Yo digo que me quedaré, que por televisión dan una película que quiero ver y no consigo en el hotel. Inventamos esas razones para quedarnos hasta tarde y nos turnamos para que Rozzie no tenga que dormir sola.

Cuando ya estamos solas, Rozzie me pregunto qué opino yo acerca del matrimonio de nuestros padres. Le contesto que no pienso demasiado en ello.

—Para mí, es un vínculo muy fuerte. Creo que es el único buen matrimonio que conozco —dice mi hermana.

Una vez más, me pregunto si habla en serio.

—Bueno, los dos están uno para el otro. Son fieles.

Sí, claro, pienso, pero ¿qué me dices de las cenas que comen, cada uno con un libro abierto delante? ¿Y qué de las absurdas discusiones que mantienen cuando no están de acuerdo en algo y después no vuelven a hablar del tema? ¿Me animaré a recordarle el infierno que es viajar en el mismo auto los dos?

Ella continúa:

—Es difícil encontrar a alguien que te apoye, que siempre esté de tu lado. No sé si tú lo has notado.

Supongo que se refiere a mí; que está enojada y ésa es su manera de hacérmelo saber. O quizá también trata de decir: *De alguna manera, también esto es una especie de matrimonio, el de nosotras dos.* Pero no estoy segura.

Más tarde pregunta:

—¿Recuerdas esos campamentos a los que papá solía arrastrarnos? —A veces nuestras charlas se vuelven tan nostálgicas que tengo miedo de que parezcamos mucho mayores de lo que somos: como dos hermanas solteronas que han vivido juntas por años. Me preocupa y, desde luego, también me encanta.

—Por supuesto —contesto—. La carpa azul.

—¿Quieres saber dónde perdí mi virginidad?

—Dios Santo. ¿Dónde?

Ella sonríe.

—En la carpa azul.

Ésta es la nueva Rozzie. La antigua nunca habría hecho bromas sobre ese tema. Yo también sonrío y, para que ella sepa lo que estoy haciendo, me echo a reír.

—¿Con quién?

—Con un tipo. Creo que se llamaba Mitchell. Fue ese último verano, cuando yo tenía dieciséis años y papá nos obligó a ir a Joshua Tree y yo no quería ir. ¿Recuerdas eso?

Por supuesto que lo recuerdo. Ésta es también mi vida. Recuerdo haber tratado todo el tiempo que Rozzie se sintiera feliz. Cada tanto me daba por vencida y me unía a Rozzie en hablar mal de nuestros padres en cada oportunidad que se nos presentaba. Recuerdo una mañana en que estábamos sentadas fuera de la carpa y Rozzie fumaba una colilla de cigarrillo que había encontrado y dijo:

—Tengo que decir que mamá y papá me están poniendo *muy* nerviosa. —Me encantaba la manera en que lo decía, pronunciando las palabras con mucho cuidado. Por aquella época, me pareció lo más divertido que alguien había dicho en semanas.

—Crees que se llamaba Mitchell. Qué bueno. Muy romántico.

—Yo no pensaba que el sexo tuviera que ver con el amor. Más bien se trataba de algo para enfurecer a mamá y papá. —Ríe y después piensa algo. —¿Por qué tú nunca hiciste cosas estúpidas como ésa?

—Pero es que sí las hice.

—¿Qué? *¿Una vez?*

Ésa es una costumbre irritante que Rozzie tiene, creer que siempre es ella la que tiene más problemas. Decir que yo nunca elegí mal equivale a decir que no he sentido lo mismo que ella, que ignoro por completo su dolor.

—He hecho cosas —vacilo un instante— de las que no me enorgullezco.

—¿Ah, sí? ¿Como qué?

Estoy a punto de decírselo. Pero, por supuesto, no lo hago.

No resulta sorprendente, entonces, que el hecho de pasar tanto tiempo juntas nos haya puesto también susceptibles a las dos. Algunos días después, ella me pregunta si tengo conciencia de los ruidos que hago al comer.

—¿Qué ruidos?

—Como un chasquido.

—Nada de eso —digo, preocupada.

—Sí que lo haces, créeme.

—¿Un chasquido? —Trago y no oigo nada. ¿Oyes un chasquido?

—En este momento no lo haces. Te preocupa demasiado no hacerlo.

Le creo y eso es motivo de preocupación para mí durante el resto de la noche. Quizás ése es mi problema, con mi vida, con mi trabajo. Estoy haciendo algo mal y ni siquiera me doy cuenta; es algo que no alcanzo a ver. Al día siguiente la mando a la mierda; se lo pregunté a nuestros padres y no es verdad.

—No hay ningún chasquido. Ellos estuvieron atentos toda la noche para ver si lo hacía.

—Por supuesto que no lo haces —dice—. Lo que quiero es señalarte lo crédula que eres.

—Cállate.

—Trataba de demostrarte cómo oyes cuando alguien te dice algo negativo, pero no cuando te dicen algo positivo.

La miro fijo.

—¿No lo hace todo el mundo?

—No en la misma medida. Si alguien te dice que eres buena fotógrafa, tú siempre contestas, "Tuve suerte". Pero si alguien te dice algo desagradable, lo tomas por cierto.

Detesto que tenga razón en ese punto, que una de las principales razones por las que estoy aquí no tiene nada que ver con Rozzie y sí mucho más con mi trabajo y con la vorágine de mis propios pensamientos, que últimamente están relacionados con críticas auténticas e imaginadas. Las cosas han llegado a un punto en que ya no tomo fotografías. En los últimos dos meses no saqué la cámara ni una sola vez; es el tiempo más prolongado que he pasado sin usarla. Sé que el hospital está lleno de gente en crisis; solamente en el piso de Rozzie hay siete personas que luchan para no quedarse ciegas. Antes, esto me habría parecido una oportunidad excelente para tomar fotografías y la habría aprovechado. Suelo ser una fotógrafa intrépida, que es lo que se debe ser. "Debes fotografiar lo que te da miedo", me decía siempre mi mejor profesora. "Aquello que te han enseñado que por cortesía no debes mirar". Ésa era la mujer que fotografiaba a enfermos de cáncer, cuyo libro está repleto de cabezas peladas, y una termina por hacer lo que ella quiere, que es dejar de notarlo. Una mira los ojos, los pómulos de ese muchachito de catorce años que se toca el aro que le atraviesa la nariz.

Algo ha ocurrido y tengo miedo; el miedo se me ha metido debajo de la piel y me paraliza. Cada mañana pienso en traer la cámara al hospital y, de pronto, me parece algo sumamente molesto, un peso demasiado grande. Si llego a volver a tomar fotografías, empezaré a ver lo que está mal con mi trabajo.

El trastorno de Rozzie —desprendimiento de retinas— es algo más frecuente en diabéticos y bebés prematuros que sufren de retinopatía y casi nunca ocurre en un adulto que en los demás sentidos está sano. Pero el nivel de daño encontrado en sus ojos sugiere que sus retinas se han estado desprendiendo por años, desde su adolescencia o quizás antes. Éste es uno de los misterios de este momento: ¿Cuánto hace que Rozzie no ve bien y no dice nada? Ni siquiera ella lo sabe con seguridad. "Nunca supe cómo veían las demás personas", explica. Algunos días eran buenos. "Yo podía verlo todo. Cada brizna de césped, todo". Otros días eran más difíciles. Durante años, sus retinas se han ido desprendiendo y volviendo a soldarse, haciendo que viera doble y, después, bien. Pienso en los errores que cometimos y en cómo pensamos que estaba perdiendo el juicio, no la vista.

Ahora nos preguntamos por qué está tan segura de que la operación no tuvo el resultado esperado. Todavía no le han quitado los vendajes y el médico cree que Rozzie debería mostrarse más optimista.

—Las posibilidades de éxito son bastantes en su caso —dice—. Es joven y sana. Su cuerpo tiene mayor capacidad de curación que la mayoría de mis pacientes.

Este médico es también joven y pasa por la habitación con más frecuencia que los otros. Cada tanto hace comentarios extraños, inferencias equivocadas que después comprendemos que probablemente eran bromas. Es posible que esté un poco enamorado de Rozzie —no lleva alianza en la mano izquierda—, pero mi hermana se echa a reír si se lo sugiero.

—Por favor —dice—. Ese hombre ha toqueteado mi retina.

El día que le van a quitar las vendas, dos médicos están presentes, pero el más joven anuncia que él lo hará, como si hubiera habido alguna discusión al respecto y él hubiera ganado. Antes de empezar, Rozzie le dice que, si la operación no tuvo éxito, a ella no le interesa someterse a otra.

—Por supuesto que lo harás —dice papá y mira a los médicos—. Desde luego que lo hará.

Rozzie niega con la cabeza y, porque el momento se ha vuelto tan tenso, no se dice nada más. El médico tose y empieza a desenvolver las vendas con tanta suavidad que le tiemblan las manos.

—Muy bien, Rozzie. Al principio no verás demasiado. Será sólo mi cara, que no es mucho.

Seguro que se traía esa frase preparada, pienso y después me siento incómoda por él.

Los ojos de Rozzie, que hace tanto que no veíamos, están húmedos e hinchados y tiene las pestañas torcidas. Parpadea. Mueve la cabeza hacia la ventana y después vuelve a moverla. *Está mirando,* pienso. *Puede ver.* La ventana, luego la lámpara. Va de una luz a otra.

—Nada —dice por fin—. Sólo gris.

Al día siguiente el médico entra y le pregunta a Rozzie qué ve. Ella espera un buen rato y finalmente responde:

—Limonada.

Un silencio se abate sobre la habitación. Rozzie parpadea dos veces con lentitud.

—Tengo la sensación de estar mirando a través de un vaso con limonada.

A esta altura debería ver más. Luz y oscuridad. Formas. Algunas personas hasta reconocen caras. Rozzie no debería ver limonada. Todos lo sabemos, incluso ella.

Al día siguiente es peor aún. Sólo gris —nada de luz—, aunque una enfermera dice que no es algo raro, que las cirugías para volver a ligar la retina pueden hacer que los primeros días el paciente vea peor y que después mejore. Yo trato de animarme pero, tal cual lo entiendo, en este momento Rozzie debería ver doble o, al menos, una confusión de imágenes, a medida que los músculos de la retina se van adaptando a su nueva posición. Ese gris no es nada bueno.

Rozzie no parece tan preocupada como nosotros. No sabemos si actúa o no. Tratamos de seguirle la corriente y de parecer optimistas, sentados alrededor de su cama en sillas de plástico. La enfermera dice que todavía hay esperanzas. Mañana podría despertarse y descubrir que puede leer.

—Tal vez —dice Rozzie, sonriendo hacia mí como si yo fuera la que más necesitara que la tranquilizaran. No suena muy convencida ni con necesidad de convencerme. Cada vez que nos vamos y volvemos, ella dice, sin emoción y, a veces, hasta con tono animado:

—Todo sigue más o menos igual.

Por último, me animo a preguntarle:

—¿No estás asustada?

Ella niega con la cabeza y se encoge de hombros.

Más tarde, le pregunto al médico si no podría tratarse de algo psicológico, si por alguna razón ella se niega a ver.

—No lo creo —contesta él—. Ésa sería una respuesta decididamente extrema. —Lo piensa mejor. —No —dice finalmente sacudiendo la cabeza.

Rozzie, actualmente

Cuando su vista empezó a disminuir, ella se imaginó que sus malos episodios tenían que ver con ser reconocida, que ser vista significaba que ya no podría mirar libremente por su cuenta. La fama la despojó del lujo de observar fijo a desconocidos por la calle. Para poner esto en perspectiva (sin duda estaba equivocada, ella sabía que la fama sola no convertía a las vidrieras en máquinas de fabricar olas), de modo que comenzó a leer libros, cualquier cosa donde las personas famosas escribían sobre los efectos de esa fama.

Pero ella no era *tan* famosa, tal como no estaba completamente ciega. Era y estaba *casi* esas dos cosas, pero ninguna de ellas por completo. Sin embargo, había esperado ómnibus de pie, frente a fotografías de su propio rostro, había viajado por encima de pósters de su cara. *Tiene que ser algo surreal*, decía la gente cada vez que el semblante de Rozzie estaba pegado en las paredes de la ciudad. Y lo era, a menos que ellos conocieran el truco de mi hermana: que mucho antes de perder la vista, ella simulaba no ver. Como si supiera lo que la esperaba o, quizá, deseaba que sucediera.

Ahora, todavía puede ver los rojos. No todo el tiempo, no junto con cualquier objeto en su habitación. Cada tanto le preocupa la posibilidad de que lo que ve sea algo del interior de su propio cuerpo, gotas pulverizadas de sangre, capilares lesionados, y entonces su visión cambia, se vuelve amarillenta y de color ámbar en los bordes y, por un instante, ya no parecerá tanto sangre como una brisa marina, el cóctel de pomelo y arándano que su madre solía beber cuando ellas eran chicas.

Cierta noche, Rozzie se pelea con su padre. Él le dice que ella es joven, que tiene toda una vida por delante, que debe empeñarse más en su recuperación. Eso la enfurece tanto que le dan ganas de decirle la verdad, que todos esos años concentrados la han vuelto más vieja de lo que él pueda imaginar, que no se siente para nada joven, que tiene la sensación de estar al final de una larga vida punteada con unos pocos momentos de felicidad. Si pudiera, le diría que hay muchas cosas que preferiría no ver. Pero tampoco eso es exactamente cierto.

Pocas veces está a solas con su madre, aunque le cuesta saber si se trata de un designio suyo o de algo accidental. Se da cuenta de que su madre quiere hablar, no de sus ojos sino de todo lo demás. Su madre quiere entender lo que ha sucedido, pero conoce a Rozzie lo suficiente para saber que no debe presionarla. Rozzie lo siente. A veces, las preguntas de su madre brotan como en un susurro: "¿El agua está bien o prefieres algo más?" Lo dice en voz muy baja y es imposible no percibir su frustración debajo de esas palabras.

Pero Rozzie sigue sin decírselo. No puede hacerlo. Ni siquiera sabría por dónde empezar. ¿Por la secundaria? ¿Por Daniel? ¿Fue entonces cuando su necesidad de separarse empezó? ¿Su necesidad de ser reservada? A veces el impulso era tan fuerte que mentía acerca de cosas que no tenían importancia, le decía a su madre que había ido a nadar a la piscina cuando, en realidad, había ido al lago. Quería privacidad, silencio, la oscuridad de su cuarto iluminado por velas. Quizá por aquel entonces eso ya había tenido que ver con sus ojos.

Por último, su padre le exige una explicación.

—Es una locura darte por vencida tan rápido. Nunca antes fuiste cobarde.

Ésa es una afirmación absurda, la prueba de que, mentalmente, él mantiene una imagen falsa e idealizada de su hija. Cuando Rozzie era chica, abandonaba todo: la gimnasia, el piano, andar a caballo. Su madre se fastidiaba y se impacientaba con ella. "Quiero que termines lo que empiezas", solía decirle, y entonces Rozzie se empecinaba más y se hacía la enferma o se inventaba una torcedura de tobillo.

Más adelante, lo que abandonaba era a los hombres. Siempre de manera rápida, a veces sin saber al comienzo de una noche que la daría por terminada antes de la finalización de la cena.

—No tiene nada de loco —le dice a su padre—. Las posibilidades de éxito de mi problema con los ojos son de menos del treinta por ciento. Y la cifra es casi la misma si no hago nada para mejorarla. ¿Por qué no lo aceptas? ¿Por qué no decimos que si Dios quiere que yo vea algo, sucederá?

Su padre dejó de asistir a la iglesia hace tanto tiempo que ella no puede ni imaginárselo en el interior de una. Ella es la única que ha mantenido la práctica de su religión lo suficiente como para emplear justificadamente Su nombre, cosa que sólo hace en forma ocasional, en momentos como éste, cuando desea que el poder silencie a otra persona.

Con Jemma, al menos, la conversación le resulta más fácil. Su hermana ha estado lo suficiente cerca de ella como para esperar menos, quedarse sentada un rato en silencio y después hablar de cosas sin importancia.

Esto es todo lo que ella quiere, lo único que se siente capaz de manejar en este momento.

Estar con su hermana se acerca bastante a estar sola, así que le pide que se quede, que coma con ella, que vea una película por televisión. Desde luego, Jemma siempre dice que sí. Esto es lo menos que cada una puede hacer por la otra: ella puede pedírselo y Jemma puede aceptar. Es un gesto pequeño de bondad, pero es algo.

Jemma, 1986

Después de que contratan a Rozzie para su segunda película, mamá desarrolla una cantidad de ansiedades absurdas y de temores irracionales. Le preocupan cosas descabelladas: que Rozzie sea objeto de una metamorfosis, que comience a comprarse autos carísimos y se convierta a la Cientología.

—¿Qué es todo eso? ¿Por qué todas esas estrellas de cine se convierten a esa especie de religión? —me pregunta cierto día.

—No lo sé.

—¿Te parece que Roz hará alguna vez una cosa así?

Tal vez la nueva vida de Rozzie sea un misterio para mí, pero al menos sé que no corre ningún peligro de caer en eso.

—Mamá, por favor.

A mi madre le preocupa que el hecho de pertenecer a la farándula le lave el cerebro a Rozzie, le borre su pasado e imprima en ella nuevas ideas: que sólo el aspecto físico es lo que importa; que se debe tratar de adquirir toda la fama posible; que es fundamental ser delgada. A mi madre la ponen nerviosa todas las cosas nuevas que aparecen en la vida de mi hermana. "Me voy a conseguir un representante", le dice por ejemplo Rozzie, y mamá entonces salta: "Para que te represente ¿en qué?" Cuando llamamos por teléfono a Rozzie y ella está en plena sesión fotográfica, mi madre pregunta qué significa eso. "Es una sesión de tomas fotográficas, mamá. Me sacan fotos con diferentes vestidos. Eso es todo".

—Dios Santo —dice mi madre.

La respuesta de papá es diferente. Aunque rara vez ve las películlas actuales y nunca ha oído hablar de la mayor parte de las personas con las que Rozzie actúa, lo halaga un poco la idea de ganarse la vida actuando y confiesa —así, de sopetón— que en una oportunidad jugó con la posibilidad de hacer lo mismo.

—Warren —salta mamá—. Eso no es verdad.

Papá es profesor de matemática en la universidad local y, en realidad, cuesta imaginarlo actor.

—Pero sí, en la secundaria. Cuando interpreté a Teobaldo. —Mi padre tiene esa clase de memoria que le permite recitar la totalidad del parlamento de Teobaldo y, después, seguir con los de los demás intérpretes para completar la escena.

—Por favor, Warren, basta —dice mamá, sonriendo.

Una noche, mientras Rozzie todavía está ausente, él anuncia que está pensando en crear un grupo de lectura de obras de teatro.

—Lo organizaremos de antemano y haremos las lecturas en el escenario. Apenas algunos elementos de decoración, tal vez, algunos trajes, lo que quiera la gente.

Mi madre se queda mirándolo.

—No entiendo —dice ella.

—Por pura diversión.

Para la primera obra, él elige *El rey Lear* y asume el papel protagónico. En un llamado de larga distancia desde Los Angeles, le ofrece el papel de Cordelia a Rozzie. Él parece creer que ella tomaría un vuelo a casa por la oportunidad de participar. Rozzie le contesta que le gustaría aceptar pero no puede hacerlo porque tiene trabajo. Entonces me lo ofrece a mí y yo no tengo excusa. Dos semanas más tarde, un extraño grupo de amigos de mi padre se reúne en el living, todos con ediciones Penguin de la obra sobre las rodillas. Uno o dos se han tomado esto tan en serio como papá y han marcado sus parlamentos con resaltadores color amarillo. Mi padre se construyó para él una corona y una capa con una toalla de baño color magenta.

Yo soy la persona más joven de la habitación por más de veinte años y me siento tan incómoda con todo esto que me quedo mirando la alfombra y cuento cada uno de los puntos marrones del diseño. Cuando comenzamos a leer, todos permanecen sentados salvo mi padre, quien camina de aquí para allá, de sofá a sofá, entrando y saliendo por puertas imaginarias y sacudiendo su toalla de baño en la cara de la gente.

Al principio todos se ríen, pero después callan, cautivados por la historia y, sobre todo, alentados por los esfuerzos interpretativas de papá. Frieda, una compañera de trabajo de mi madre a quien siempre consideré muy reservada, una mujer que ha usado el mismo peinado, si es que así puede llamárselo —una cola de caballo delgada— durante quince años, se pone de pie de un salto para recitarle a gritos el parlamento de Goneril a mi padre. Él se deja caer al sofá junto a mí y se lleva la mano a la garganta con gesto dramático. Ella le revolotea alrededor y sigue gritándole. Todo es tan inesperado que el cuarto se llena de electricidad y nos miramos unos a otros. Todos parecen preguntarse adónde irá a parar esto. Ahora que Frieda ha gritado en público, es capaz de hacer cualquier cosa, pensamos: soltarse la cola de caballo o quitarse la blusa.

Por supuesto que no lo hace. El momento pasa y ella regresa a su asiento, papá se incorpora en el sofá y después se pone de pie, endereza la toalla sobre sus hombros y se coloca mejor la corona. Ya no tiene nada de ridículo. Parece un auténtico rey, confundido y viejo, que trata de aferrar el poder que ahora tienen sus hijos.

Después de esta velada, una cosa me queda clara: lo que le ha ocurrido a Rozzie, tan lejos, nos ha cambiado a todos, incluso a Frieda, que es la última en irse y que se lleva un vaso de plástico con agua y un bigote de sudor sobre el labio superior. Todo el mundo queda conmovido, de diferente manera, por su actuación.

Empiezo a creer que parte de la atención que Rozzie obtiene me espera también a mí. Por la noche, antes de quedarme dormida, imagino que mis fotografías cuelgan en galerías y que una multitud de personas se arraciman para ver cada una, con los ojos entrecerrados para apreciarlas mejor.

Cuando la filmación de la película concluye y antes de que comience la próxima, a Rozzie le permiten venir a casa por tres semanas.

—¿Eso es todo? —dice mamá—. ¿Y los estudios? —Ella parece empeñada en insistir en el tema, aunque a esta altura ya sea ridículo.

—Los estudios tendrán que esperar —dice Rozzie sin vacilar, sorprendentemente segura de sí misma.

—Eso me pone muy mal.

—Ya lo sé, mamá. Pero si digo que no, no volverán a ofrecerme papeles como éstos.

Papá opina que está muy bien que Rozzie lo haga, que ya tendrá tiempo de ir a la universidad dentro de algunos años. Ella le mostró su nuevo contrato y él sabe lo que ganará en su próxima película. Al parecer, papá es un hombre al que no le molesta la perspectiva de que su hija de diecisiete años cobre en unos pocos meses más de lo que él gana en un año. Por el contrario, durante la primera cena de Rozzie en casa, él comienza a recitarle una larga lista de cosas carísimas que le gustaría recibir para su cumpleaños, el mes próximo.

—¡Realmente, Warren! —dice mamá y sacude la cabeza.

—¿Qué pasa? —pregunta él con un gruñido.

Al día siguiente, Rozzie me acompaña al colegio. La idea es que ella asista a sus clases y hable con sus profesores. Que compre los libros de texto y los use con los tutores del set que la ley exige que tenga durante tres horas diarias. Ella les dice a su profesora de literatura inglesa y a la de historia que todavía tiene que pensar en si se presentará o no a los exámenes. Antes de que todo esto sucediera, ella tenía oportunidad de empezar la universidad con suficientes créditos como para entrar directamente en segundo año.

Ahora, eso ya no tiene importancia.

Los libros que se lleva, el programa de estudios, las tareas asignadas, son todos simbólicos. Rozzie puede leer lo que se le antoje y no leer lo que no quiera. De todos modos se graduará. Sus vinculaciones con estas profesoras y esta casa de estudios son tan sutiles que una brisa podría romperlas, cosa que todos parecen intuir. Los viejos amigos de Rozzie se le acercan y hablan con rapidez; se quejan de la obra que están ensayando y le dicen:

—Esto debe de parecerte ahora una verdadera tontería.

—No, no —dice Rozzie, pero su expresión se altera, hasta su voz es diferente, y a la gente parece asustarla hablar demasiado tiempo con ella. Durante el almuerzo, ella y yo nos sentamos juntas con nuestras bandejas de comida delante. Seis meses antes, casi nunca comíamos juntas. Rozzie tenía sus amigos y yo, los míos. Ahora, al parecer, ella no tiene otra opción.

—Esto es tan extraño —me susurra, saca la tajada de pavo de su sándwich y es lo único que come. Ella podría modificar la situación buscando a la gente y acercándose a ella, pareciéndose más a la antigua Rozzie, pero, curiosamente, no lo hace. Se pasa el día revoloteando cerca de mí, como si éste fuera mi colegio, no el de ella, y estuviera de visita.

A la mañana siguiente ella permanece en camisón y jugamos a que todo el tiempo el plan era que ella se quedara solamente un día.

En su último día en la ciudad, nuestros padres ofrecen una fiesta, más que nada para los amigos de ellos, el grupo de *El rey Lear*, aunque Rozzie invita a su antiguo profesor de arte dramático, el señor Wilkenson. La fiesta se realiza en el exterior, con platos de papel y ensalada de papas preparada por mamá con tantos pepinillos que parece que alguien hubiera arrojado los cortes de pasto en la ensaladera.

Frieda está allí, de pie donde generalmente lo está en estas ocasiones, con una compañera de trabajo que ve todos los días, hablando sobre algunos de sus hijos difíciles. Esta vez, sin embargo, veo que todo el tiempo sigue a Rozzie con la mirada. Ahora, todos miran a mi hermana de manera diferente. Ella todavía no es una estrella, pero esa posibilidad la rodea como una aureola. Primero se preguntaron, *¿Por qué ella?*, y ahora lo ven, *Oh, sí. Es evidente.*

No por su culpa, no es nada fácil estar con Rozzie. Todos se muestran corteses y prudentes. Comemos ensalada de papas y nos quitamos los pepinillos de los dientes. Todos están formales y un poco cohibidos. Nadie se divierte tanto como hace una semana, durante la lectura de *El rey Lear.*

Rozzie no puede evitar el efecto que tiene sobre los que están allí. Ausente, su buena suerte energiza a las personas y las llena de esperanzas; en el cuerpo, su efecto es diametralmente opuesto: parece poner de relieve lo sombrío y vacío de sus vidas.

Rozzie, actualmente

En el hospital, Rozzie se recuerda que todavía tiene secretos, cosas acerca de ella misma que nadie conoce. Y aunque las contara, los demás nunca sabrían lo que se siente al ser una persona que ella misma no reconoce: mirarse en un espejo y no encontrarse.

Al principio, esto sucedió con rapidez, en los sillones para maquillaje, sin que ella lo supiera. Sus cejas se transformaron en criaturas desconocidas sobre su cara, dos diminutas líneas curvadas donde solían estar sus verdaderas cejas. Una vez, le llevó un día darse cuenta de que su pelo tenía un color nuevo, que lo que ella creía que era un acondicionador debe de haber sido un envase con *henna*, porque cuando se levantó el pelo, las raíces no tenían el mismo color.

Lentamente ha aprendido a separarse de su cuerpo. Por contrato, la parte exterior de su cuerpo pertenecía a la película que estaba filmando. Si la querían castaña, ése era el color de su pelo. Cuando expresaba una opinión, se sentía incómoda al ver cómo los productores simulaban estar escuchándola. Descubrió que no valía la pena tanto esfuerzo porque, a la larga, no importaba. Una vez pensó que era ella la que tenía el control de la situación; ahora entendía que, en este negocio, el control era algo de lo que sólo hablan las personas muy jóvenes.

Acostada en la cama de hospital, recuerda haber tratado de explicarles esto a sus padres. Fue al principio, en su primera visita a su hogar, y su madre le decía que actuar podía esperar, pero sus estudios terciarios, no. Fue un argumento tan inocente e ingenuo. Su madre no tenía idea de qué le decían, de qué trabajos le ofrecían. Que Rozzie era como una atleta con una gran oportunidad por delante. Tres semanas antes, un representante de actores la había llevado a cenar a un restaurante y le dijo que podía ofrecerle algunos trabajos (se lo dijo casi con el mismo aliento y pareció que en la misma frase) si ella aceptaba hacerse una pequeña cirugía plástica.

Rozzie se echó a reír y comenzó a explicarle: *Usted no entiende, yo no soy así. Ni siquiera uso maquillaje*, pero él continuó sin permitirle terminar:

—No lo sabe todo el mundo, pero casi todos han pasado por eso. Es la concesión que se hace si se quiere conseguir los mejores papeles.

Ella no rió. Era evidente que el hombre hablaba en serio.

—¿Dónde? —Ella nunca lo había pensado así. No conocía sus puntos débiles hasta que las personas que le ofrecían trabajos se los señalaron.

Después, no se lo contó a nadie.

Se quedó encerrada, se quitó las vendas y se observó las cicatrices. Ahora esos cambios, esa distancia que ponía con respecto a su propio cuerpo anterior, eran algo permanente. Rozzie hizo lo que le dijeron que debía hacer: bebió mucha agua, no hizo ejercicios ni levantó nada del piso. Para llenar su tiempo vacío, se depiló las cejas y miró televisión. Sólo más adelante, cuando su vista realmente comenzó a mermar, comprendió la verdad: cómo la habían engañado.

No todo el mundo hace esto. Existen variaciones en cuanto a la belleza, permutaciones posibles.

Sólo tiempo después comprendió lo joven que debía de haber sido para creer todas las cosas que le dijeron.

Jemma, 1988

Después del estreno de sus primeras dos películas, no hace falta que Rozzie esté en una habitación para que altere la química del lugar: para hacerlo, basta con su nombre. Me doy cuenta de esto durante mi primer semestre en la universidad, los dos meses más solitarios y extraños de mi vida. Llego y enseguida me siento abrumada por la logística, perdida en mis clases académicas, y no mucho mejor en las de fotografía. Participar en la vida de un dormitorio compartido por muchas chicas y en las actividades de la universidad no es algo que me resulte natural; no sé tomar cerveza suavemente ni fumar marihuana sin toser.

Desesperada, empiezo a hablar de Rozzie en cuanta oportunidad se me presenta. Decoro mi dormitorio con un póster de su primera película y fotografías de ella de veinte por treinta. En realidad, Rozzie no es tan famosa, pero yo actúo como si lo fuera y pongo de relieve cuántas personas famosas conoce. Se convierte en una adicción, fruto del miedo que siento de no tener nada más que ofrecer. Con el tiempo se transforma también en una serie de exageraciones y de mentiras flagrantes. "Yo conozco a ese tipo", digo, por ejemplo, señalando el póster de alguna película mientras hablo con alguien que apenas conozco acerca de alguien que no conozco en absoluto. "Almorcé con él un par de veces". Incluso mientras lo digo me pregunto qué estoy dando a entender: ¿que estuve saliendo con él? Me pongo colorada frente a la posibilidad de que la persona con la que hablo sea prima de ese actor, que me pescarán en esa mentira, aunque eso nunca sucede.

Tampoco conozco nuevos amigos.

Las personas quizá notan mi presencia; callan y susurran títulos de películas a mis espaldas, pero en general soy demasiado nerviosa, demasiado torpe para que me inviten a las reuniones con pizza bien tarde por la noche que se realizan a mi alrededor. En una oportunidad oigo que alguien dice que soy muy agradable pero difícil de conocer a fondo. Estoy segura de que esa persona tiene razón, pero no sé qué hacer al respecto. A veces, al volver del cuarto de baño, me quedo parada junto a la puerta y escucho lo que hablan las demás chicas y trato de entender qué debería hacer yo.

En noviembre, vuelvo a casa para el Día de Acción de Gracias y en una estación de servicio de los alrededores de la ciudad veo a mi amigo Theo trabajando de cajero. La última vez que lo vi fue hace alrededor de seis meses, en una heladería. Parece más grande, más aplomado. También, se ha perforado una de las orejas.

—Theo, por Dios, ¿cómo estás?

—Jemma, Jemma, Jemma —dice. Detrás de él, un individuo guarda cajas en el freezer. Theo le dice en voz muy alta: —¿Y, Alan, quieres conocer a la chica que me rompió el corazón?

—Por favor, Theo —digo, sonriendo.

—Una de las muchas —grita Alan.

Theo se echa a reír.

—Nadie más que yo conoce mis potenciales secretos —dice.

Alan pega un grito; Theo hace una mueca.

—¿Y qué te está pasando a ti, mi hermosa Jem? Ya debes de ser una chica universitaria.

—Bueno, voy a la universidad, pero no estoy segura de considerarme una chica universitaria. —Le cuento que hasta el momento no me está yendo demasiado bien, pero no entro en detalles. No le digo que corro peligro de fracasar en un par de materias. En cambio, le pregunto qué hace en la actualidad, y él pasea la vista por el lugar, mira la caja registradora y la cafetera.

—Me estoy entrenando para ser astronauta. —Sonríe y yo le devuelvo la sonrisa. —No, bromeaba. Trabajo aquí, pero espero que no para siempre. Tengo una idea que estoy elaborando, pero de la que no puedo hablarte por... —Mira en todas direcciones. —Bueno, Alan se burlaría de mí.

—¿Qué tal si me lo cuentas más tarde? —pregunto y yo misma me sorprendo.

Él levanta la vista.

—¿Quieres que nos veamos?

—Sí, claro. Vine a casa para las fiestas y no tengo ningún plan.

Mamá recuerda a Theo, sobre todo recuerda cómo solía llenar las bolsas del supermercado con una mano y sin dejar de hablar.

—Era un encanto —dice—. Siempre me cayó bien.

Yo me ruborizo porque es verdad y no quiero cometer los mismos errores que la última vez. Cuando esa noche él se presenta en la puerta de casa con un suéter negro de cuello alto y jeans, está tan apuesto que me pone nerviosa. Aunque tenga una mano inútil y renguee, está hermoso. Realmente hermoso.

—Hola, señora Phillips. Un gusto verla de nuevo —le dice a mamá y le da un beso en la mejilla. No sé de dónde saca esa forma de ser tan natural y espontánea con la gente. Es como si él hubiera nacido con esa habilidad, junto con los problemas que tuvo. —¿Cómo va la enseñanza?

Todavía ni siquiera me ha mirado. Yo uso mi propia versión de jeans sexy: tienen un agujero en una rodilla y otro atrás. Mi madre le contesta que en el colegio todo sigue igual, bien y al mismo tiempo muy loco.

—Hola, Theo —digo, de pie en la escalera.

Él gira y sonríe.

—Hola, Jem.

Durante la cena trato de describirle lo que ha sido para mí la universidad.

—Es algo bien difícil. No me conecto con ninguna de las personas que hay allí y no sé bien por qué. Es como si los demás se conocieran desde hace años antes de llegar allí, y yo me aparezco y no conozco sus bromas ni sus códigos. ¿Quieres saber qué hago entonces?

—¿Qué?

—Hablo de Rozzie.

Él entrecierra los ojos. No estoy segura de que sea prudente estar diciéndole todo eso, pero una vez que empecé, no me detengo.

—Todo el tiempo y en cuanta oportunidad se me presenta. Es como una enfermedad. Si me siento intimidada por un grupo de personas durante el almuerzo, pienso en la manera de llevar la conversación a algo que tenga que ver con Roz, para que durante el resto de la comida pueda pasármelo hablando de qué se siente al ser su hermana.

Theo sacude la cabeza.

—Eso no es bueno. No es lo más interesante que tienes para ofrecer.

Me quedo mirándolo.

—Sí lo es. Quiero decir, teóricamente tienes razón: como sea, tengo una buena personalidad, pero si me pones en una habitación repleta de chicas de diecinueve años, lo más interesante con respecto a mí es que mi hermana ha protagonizado tres películas.

Para mí, esto es obvio, pero él parece sorprendido.

—Nada de eso, no lo es.

De pronto me siento incómoda. ¿Por qué me metí en este tema? ¿Qué esperaba que dijera él?

—Está bien, tienes razón. No lo es.

Después de eso, durante un buen rato, no se me ocurre qué decir. Cada uno estudia el menú como si fueran textos acerca de los cuales nos van a preguntar en un examen. Con la mirada busco al camarero, el cuarto de baño, alguien que yo pueda conocer de la secundaria. Por último recuerdo que puedo preguntarle a Theo cuál es la idea que tiene con respecto a negocios. Él dice que sólo me la contará si prometo no reírme.

—Lo prometo —digo.

Theo levanta su mano sana, como para que yo vea lo que él imagina. Se toma su tiempo, carraspea y luego dice:

—Un almacén de productos especiales.

Yo me echo a reír. No puedo evitarlo.

Él deja caer la mano.

—Prometiste no reírte.

—Lo siento. Fue la palabra *almacén*. Creí que intentabas dejar eso atrás.

—*Tú* detestabas ese trabajo, no yo. A mí me gustaba bastante. Y esto sería diferente. Todas comidas gourmet y cosas importadas: quesos, aceitunas, aceites, vinagres.

—¿De dónde sacaste esta idea?

—Mi madre es italiana y siempre trata de encontrar algunos artículos que nunca consigue. Pero, en realidad, no tendría nada que ver con mamá. El *target* serían los *yuppies.*

El solo hecho de que haya pronunciado la palabra *yuppie* me hace preguntarme cuán diferentes somos. Fuera de su renguera o de su mano, aparte de lo mortificada que me siento por las confesiones que acabo de hacerle acerca de mi vida, Theo es un tipo que trabaja en una estación de servicio y yo soy una chica que estudia en una universidad, que no produce otra cosa que *yuppies.*

Durante el resto de la noche me siento muy incómoda. Todo el tiempo tratamos de encontrar nuestro viejo ritmo y las bromas y los chistes caen en el vacío. Después de comer vamos al cine, que está repleto de estudiantes de secundaria también de vacaciones. Es la noche anterior al Día de Acción de Gracias y cada adolescente de la ciudad parece haber empezado a fumar de pronto. Le digo a Theo que mirarlos me hace tener ganas de fumar un cigarrillo, justo en el momento en que él dice que no entiende por qué en la actualidad todos fuman. Esa contradicción resulta tan embarazosa para los dos que no la mencionamos y cruzamos deprisa la playa de estacionamiento. El hecho de caminar rápido hace que la renguera de Theo sea más pronunciada.

Una vez adentro del cine, esperamos callados la proyección de la película. Es difícil saber cuál de nosotros dos se siente más decepcionado.

Al día siguiente les cuento a mis padres lo que está sucediendo en la universidad, absolutamente todo: lo mal que me va en las clases y la posibilidad de que fracase en los exámenes. Les digo que no tengo amigos y que me siento muy mal. Hasta el momento sólo lo había insinuado. Ellos me escuchan y asienten.

—Realmente, no sé si podré seguir —digo, quizá con demasiado dramatismo.

Esto tiene algo que ver con mi salida con Theo. Yo quería que ésa fuera la respuesta a mis problemas. Quería volver a la universidad con un novio en mi ciudad, para poder así volver cada fin de semana señalando la fotografía de un rostro atractivo. Y, al final, fue una noche agradable pero sin un beso ni una declaración de amor. Si alguna vez él estuvo enamorado de mí, ese sentimiento se había desvanecido ya y es obvio que a él no le interesa ser una fotografía que yo pueda poner en la pared de mi cuarto junto a las de mi hermana.

Mis padres me aconsejan no apresurarme.

—Yo odié la universidad los tres primeros años —dice mamá.

Yo la miro.

—Eso significa que sólo te gustó un año, mamá.

Ella lo piensa y asiente.

—Así es.

—Eso me parece bastante triste.

—Pero ese año me encantó. Lo que lo había hecho tan difícil al principio fue precisamente lo que lo hizo maravilloso después.

Yo tengo ganas de decirle: *No me estás ayudando nada.*

Papá me dice que me concentre en las materias, que la vida social vendrá naturalmente después.

—Primero encuentra tu pasión —dice, y enseguida recuerda que ya tengo una—. Como la fotografía. ¿Qué me dices de tus fotografías?

Le contesto que están muy bien, que sigo sacando fotos, pero no le digo cuánto lo detesto... que me hace sentir pequeña. Al terminar la secundaria, yo era fotógrafa principal en el anuario y era considerada la mejor fotógrafa del colegio. Hasta nuestro profesor raro y amargado me dijo que veía para mí un gran futuro en ese campo, que yo debería contemplar la posibilidad de estudiar bellas artes. Ahora que empecé en la universidad, aprendí que no soy tan buena como creía. En esta clase escribimos críticas del trabajo de los demás, que a mí me cuesta escribir y, aún más, recibir.

—Tengo un problema con algunos de los temas de Jemma —escribió un muchacho—. Me parecen un poco superficiales.

—Eres buena fotógrafa, pero creo que podrías exigirte un poco más —dijo otro.

Doy por sentado que esas personas tienen razón con respecto a mi trabajo. Cuando me pusieron una nota no tan buena en mi primer proyecto, tiré todas las copias en un volquete que había detrás del edificio de la universidad. Una de las facetas del éxito de Rozzie es que me hizo ser la mejor fotógrafa o no sacar más fotos. Ser como cualquiera de los demás —sólo una alumna que está aprendiendo— me parece triste y poco. Hasta pensé en abandonar el curso.

En este momento Rozzie está en Italia, filmando una película de gran presupuesto acerca de la mafia que está un poco demorada con respecto a lo previsto, así que no la dejan venir a casa para el Día de Acción de Gracias. En un llamado lleno de estática desde Roma, ella dice que está bien, que los productores les dan a todos un día libre y les ofrecen una cena con pavo. Ni siquiera es seguro que venga para Navidad. Cuando me pregunta cómo estoy, le digo la verdad. Mi vida es tan triste que no puedo fingir sentirme bien. Ella me escucha durante un momento y después me interrumpe.

—Deberías irte. Abandonar tus estudios.

Doy por sentado que bromea.

—Sí, claro, ojalá pudiera.

—Puedes. Ven aquí y te conseguiré un trabajo.

Me lo propone como si fuera una cosa sencilla, que tal vez conseguiría con apenas un par de llamados telefónicos. Mi corazón empieza a latir deprisa.

—¿Así como así?

—Por supuesto.

—¿En serio? —Esto es magia. Rozzie se ha convertido no sólo en actriz sino también en maga. Así como puede entrar en una habitación y alterarla, del mismo modo puede cambiar mi vida.

Durante una hora casi no consigo concentrarme. Más tarde, después del mediodía, Rozzie deja un mensaje en el contestador:

—Díganle a Jemma que todo está bien, que ellos le enviarán el pasaje de avión.

A mis padres no les hace mucha gracia la idea, pero me sorprende que no me prohíban ir, como esperaba. Hace poco mamá ha comenzado a aceptar que, en líneas generales, el éxito de Rozzie es una cosa buena, una oportunidad para que ella viaje y aprenda mientras trabaja. Todo lo que la preocupaba al principio no parece haber sucedido. Y quizás esto será también mejor para mí, dice vagamente mi madre, haciendo que yo me pregunte qué quiere decir en realidad. Después de toda una vida de ahorrar para que podamos ir a la universidad, de hacernos contribuir de manera simbólica con bonos de ahorro de cinco dólares y treinta dólares de nuestros abuelos, para que quedara bien claro: *ir a la universidad es importante*, parecíamos estar diciendo todos, en una única tarde: *oh, bueno, no pasa nada si no vas.*

La única persona que piensa que dejar los estudios es una mala idea es Theo, quien tres días después de nuestra cita llama para preguntarme si quiero salir de nuevo con él. Le digo que no puedo, que no tengo tiempo, y le explico por qué.

—¿Vas a abandonar tus estudios?

—Tengo la oportunidad de trabajar en una película. Ya habrá tiempo después.

—¿Como cuándo?

—Cuando se termine la filmación de la película —contesto, aunque por supuesto eso no es cierto. El rodaje terminará en febrero, después de que el segundo semestre esté ya empezado.

—En mi opinión, tienes suerte de estar en una universidad. Es una buena oportunidad.

Yo estaba esperando que alguien me dijera eso; que me señalara que abandonar la universidad por un trabajo de dos meses no es, en un sentido práctico, una buena estrategia. Pero nadie lo hizo salvo Theo, que es la única persona joven que conozco que no estudia en una universidad.

—Vamos, Theo. No es el fin del mundo. Tú no vas a una universidad, ¿no?

—Exactamente.

—Está bien, aquí va la verdad. —Y le digo algo que no le he dicho a nadie: que voy a aprovechar esta oportunidad para convertirme en una artista. Todos los grandes artistas empezaron en Italia, le explico. Me propongo llevar la cámara y suficiente película para tomar setecientas fotografías, lo que Margaret Bourke-White aseguró que se necesita para obtener diez buenas imágenes. Ella es famosa por gastar rollos y rollos de película, por no usar nunca fotómetro y, en cambio, registrar cada imagen con cinco diferentes aberturas de diafragma o velocidades de obturación. Yo quiero ir allá y parecer una cosa —la hermana de una estrella— pero ser otra: una cronista, una reportera, tal como lo era Bourke-White. Porque Theo no dice nada, yo le hablo de las series hechas en el set de *Misfits*, la última película de Marilyn Monroe, en la que usaba ese suéter peruano grueso y se inclinaba hacia el muslo de Clark Gable y reía de una manera en que nunca la vemos hacer en las películas. Quiero apresar, en fotos fijas, alguna verdad acerca de las películas.

—Caramba —dice por último él—. Está bien

Cuando bajo del avión en Roma, Rozzie está allí, junto con un chofer y media docena de fotógrafos, que nos sacan fotos de nosotras abrazadas en el lobby, pasando apenas la aduana.

Cuando atravesamos la terminal, ellos caminan hacia atrás frente a nosotras y yo pienso en todas las películas que he visto de personas famosas tratando de abrirse paso por los aeropuertos. Se supone que debemos seguir hablando, porque Rozzie lo hace como si ellos no estuvieran allí, como si esa pared móvil de flashes no creara una suerte de precipicio alrededor de nosotras. La gente se detiene y mira, pero nadie se acerca.

Ojalá pudiera tomar una foto que transmitiera lo que se siente al ser fotografiada agresivamente por desconocidos. El chofer, acostumbrado a esta clase de cosas, mantiene a la pared moviéndose al observar el camino que los fotógrafos no miran. Después de avanzar ciento cincuenta metros, tengo ganas de preguntar: *¿Todavía no tienen suficiente?* Pero quiero mostrarme cordial; decirles que yo también tomo fotos y preguntarles cosas de sus cámaras y si les gustan los flashes que utilizan. Pero, en cambio, miro a Rozzie y le pregunto, con una sonrisa:

—¿Siempre es así?

—Oh, no —me contesta ella, sin mirar a las cámaras—. A ellos les gusta conseguir fotos en un aeropuerto. Por alguna razón, valen más que las tomas en las calles. No te preocupes, esto terminará pronto.

—Sin duda Rozzie tiene razón. Ellos no esperan a que llegue el automóvil ni nos persiguen cuando seguimos viaje. —Yo no soy precisamente la princesa Diana —dice.

Más tarde, esa noche, salimos a comer con dos actores que ella conoció en el set: según Rozzie, son hombres maravillosos y divertidos.

—Tengo la sensación de que con ellos podría ser amiga por el resto de mi vida —dice. Una botella de vino aparece en la mesa un minuto después de que nos sentamos con James, quien parece tener alrededor de cincuenta años y ser gay, y Leonard, quien parece tener cuarenta y no serlo. Alguien debe de haber pedido este vino cuando yo no miraba, porque Leonard dice:

—*Grazie* —y toma la botella.

Son divertidos. Me cuentan lo que ha sido la filmación de esta película, en un estallido de anécdotas que se superponen. Yo me quedo con lo más importante. El equipo técnico italiano está formado por dementes, todos los cuales tratan de acostarse con el otro; los norteamericanos tienen amoríos a troche y moche, incluyendo el director, quien según todos se acuesta con su supervisora de guión. Progresivamente, las historias van perdiendo comicidad. Algunas personas consumen heroína. A un actor lo despidieron. El rodaje está atrasado en dos semanas. Trato de imaginar cómo haré para fotografiar estas cosas.

—¿Heroína? —pregunto mirando a Rozzie.

—*Supuestamente.* —Ella sacude la cabeza y se encoge de hombros.

Durante la cena, es evidente que a Leonard le gusta Rozzie. La mira fijo cuando ella habla, sus ojos un poco acuosos y la sonrisa que aparece en sus labios no tienen mucho que ver con sus palabras. Lo que no entiendo es qué está pensando mi hermana. Leonard es pelado y tan gordo y fofo que sus dedos sobre la copa de vino parecen salchichas.

—Es muy talentoso —me dice Rozzie más tarde, cuando las dos estamos solas en la habitación que comparto con ella. Me recita el nombre de las películas filmadas por él, todas con argumentos parecidos a ésta: Mafia, pistolas, todos muertos al final. —Creo que sólo ahora lo reconocen como el buen actor que es.

¿Estarán saliendo? Al final de la velada ella lo besó en la boca, pero la he visto besar también a otras personas en los labios, sobre todo en los sets donde la gente dice "te amo" con tanta frecuencia como casi cualquier otra cosa.

—Me parece que él gusta de ti —digo, sabiendo que debo de sonar ridícula, como si todavía estuviera en la secundaria.

Rozzie no reacciona como yo esperaba ni me lo niega. En cambio, mira por la ventana, sumida en sus pensamientos.

—Supongo que quizá sí. Aunque a veces no estoy tan segura.

Yo quiero traerla de vuelta del lugar en que se ha enfrascado, señalarle que él tiene muy poco pelo y le vendría bien ir a un gimnasio. Quiero decirle: *Por favor, Roz. Puede que yo esté desesperada, pero no tú.*

Pero Rozzie lo está, sólo que de manera diferente.

Resulta que él es casado. La ama pero está casado. Ella me lo dice a la mañana siguiente.

—Dios mío —digo.

Rozzie, 1988

Ella no sabe qué pensar de este director que no cree en los ensayos ni en que los actores se pasen letra antes del rodaje, porque dice que todo eso sería recitar el parlamento como loros y eso no es lo que él quiere. Lo que le importa es la verdad, le dice a ella.

Rozzie tiene veinte años y no está en condiciones de discutir con un director, pero en su primera reunión con él le dijo que a ella le gustaba ensayar, que la ayudaba a sentirse más segura en un papel.

—La inspiración no se consigue con ensayos. Viene de aquí —dijo él y se golpeó el pecho.

Frente a esas palabras, no hubo nada que ella pudiera decirle. Rozzie ha intervenido en otras dos películas. Sin embargo, ¿qué sabe ella con respecto a actuar de esta manera, a lograr una interpretación perfecta en intervalos de un minuto? Con frecuencia piensa en Daniel y en qué diría él acerca de cómo debía actuarse una escena, cómo encontrar emociones detrás de las emociones.

Ella quiere creer en este director y confiar en sus palabras, así que asiste a estas reuniones y hace lo que se le dice. Cierra los ojos y extiende una mano delante de ella, con la palma hacia arriba.

—Acabas de ser violada —dice él—. Tu madre está muerta. ¿Qué sientes?

Estas cosas no están escritas en el guión. Ella interpreta a una vendedora por la que los dos hombres se pelean. No figura nada acerca de una violación ni de su madre. En la escena que se está por rodar, Rozzie tiene cuatro líneas sobre el pan. ¿Cómo puede transmitir lo que él le dice con un parlamento como "¿De cebada integral o común?" En lugar de hablar, ella asiente y reflexiona.

Más tarde, se hacen tres tomas de esa escena. Rozzie sabe que su actuación es buena sólo en la última. En las dos primeras está distraída tratando de entender lo de la madre muerta o la idea de que, de la nada, ella debe interpretar a una mujer que ha sido violada. Quisiera decirle al supervisor del guión que haga una anotación: *Por favor, utilicen la tercera toma.* Esto la hace sentirse desesperada, casi frenética, pero sospecha que ese pedido la haría parecer muy novata.

Es una sensación espantosa tener que aprender las cosas de un momento al otro, tal como lo está haciendo ella: tener que improvisar y equivocarse en las tomas. En veintitrés días de filmación, hay más metros de película con una mala actuación suya que con una buena.

La única persona con la que puede hablar de esto es Leonard, quien dice que, si él hubiera tenido que hacerlo todo de nuevo, habría sido director. Durante muchos años ha sido un actor de carácter en incontables películas y, en su opinión, los actores son sólo accesorios, elementos de utilería, percheros para el vestuario. "En realidad, nada que hagamos servirá. El director hará lo que quiera y, después, el productor lo arruinará."

No es que a ella le guste oír estos comentarios llenos de cinismo, pero siente que es importante, que es la verdad que ella necesita aprender. Se esfuerza por estar cerca de Leonard para absorber sus conocimientos. Él le calma los nervios, serena su creciente ansiedad en el sentido de que esa actuación suya será la última. "Nada de eso", dice él cuando ella le confiesa su inseguridad. "En mi opinión, tienes por lo menos cinco años más." Y ríe al decirlo.

Aunque, por momentos, Rozzie comprende que él en realidad no es nadie, un envejecido actor de carácter que lucha contra la oscuridad, otras veces la inundan sensaciones extraordinarias: *Lo amo*, pensará. *Haré cualquier cosa para conseguirlo.*

Jemma, 1989

Los protagonistas de la película son dos hombres, suficientemente famosos para que Rozzie y yo hayamos visto juntas por lo menos dos de las películas en que han trabajado. Sin embargo, cuando llegamos al set, a Rozzie no parece importarle el hecho de que conocemos sus caras, hemos estado sentadas en salas cinematográficas oscuras y los hemos visto llorar, saltar de aviones, montar caballos. Ella nos presenta casi con indiferencia, como si fuera una cosa de nada, como si ahora que ella ha empezado a actuar en cine, se sienta obligada a fingir que nunca los vio antes.

Después de uno o dos días, comprendo que Rozzie tiene razón: estar alrededor de personas famosas significa no aludir nunca a esa fama, pero, al mismo tiempo, hablar todo el tiempo de ellas. Esas personas hablan de sus hijos, de los perros que tuvieron de chicos, de una época —dos años antes— en que trataron de practicar surf. Es fascinante acumular todas estas anécdotas y planear cómo las contaré en el futuro, embelleciendo los detalles.

Mi trabajo como asistente de producción es tonto: permanezco de pie con un cono de tráfico y reservo los lugares de estacionamiento; busco café y llevo pastillas edulcorantes en el bolsillo. Porque soy la hermana de la estrella, no se me encomiendan tareas humillantes como las que deben realizar otros asistentes del set. A mí se me considera diferente, un puente entre los actores y el personal técnico. El productor me rodea los hombros con el brazo y me ofrece una tira de goma de mascar; el director me enciende un cigarrillo en su boca.

Aunque yo apenas si he fumado unos pocos cigarrillos antes, lo tomo y pongo mi boca donde acaba de estar la suya.

Enseguida me hago de amigos inesperados. La mujer de cincuenta años que interpreta el papel de madre de Rozzie me cuenta que nunca ha tenido una relación íntima con un hombre; el actor más buen mozo del set me dice cuánto echa de menos a su novia, una modelo de Nueva York. Parecería que yo me siento más cómoda con las personas famosas de lo que estuve con las chicas del piso de mi dormitorio universitario.

Porque se espera tan poco de mí en mi tarea, empiezo a tomar fotografías y a nadie parece molestarle. Utilizo toda la película Tri-X que traje y después encuentro un lugar donde puedo comprar otros diez rollos con el sobre de efectivo *per diem* que me dan al final de cada semana. Al principio fotografío con cautela, con la cámara metida dentro de mi saco acolchado; después me doy cuenta de que a nadie le importa y saco todas las fotografías que quiero.

Una semana después de mi llegada, estoy más cómoda que Rozzie quedándome en el set. Ella casi todo el tiempo observa lo que hace Leonard, espera para ver dónde se sienta él en la carpa-restaurante y después desliza su bandeja lo más cerca posible de la de él. Nadie entiende bien esto porque, a los ojos de todos, Leonard es demasiado calvo y demasiado viejo para ella. Yo sólo sé que el gusto de Rozzie con respecto a los hombres siempre ha sido bastante extraño, que le han roto el corazón hombres con los que a la mayoría de las mujeres ni se les ocurriría salir.

Esto es lo que parece estar sucediendo aquí. Se espera que la esposa de Leonard llegue dentro de pocos días, y él le dijo a Rozzie que quiere ser su amigo, pero que primero necesita ocuparse de su matrimonio. Ella me pregunta si eso querrá decir que él se propone abandonar a su esposa y yo le contesto que no lo sé. Ninguna de las dos tiene experiencia en este sentido. Damos la impresión de saber más de lo que en realidad sabemos.

Cierta tarde, encuentro a Rozzie sola en su trailer, sentada en la oscuridad.

—He decidido que Leonard no me importa —dice.

—Está bien.

—Mira lo que le hizo a su esposa. ¿Por qué querría yo a alguien así?

—No lo sé.

—Pues no lo quiero.

—Bien.

Ojalá pudiera ayudarla más. Ella ha entrado en mi vida y la ha cambiado tanto, que yo quisiera devolverle algo de todo eso. Tal vez podré tomar una serie de fotos que destaquen la calvicie de Leonard, sus dedos blancos y regordetes, o señalar a los miembros del equipo de filmación que son jóvenes y apuestos y sé que están enamorados de Rozzie. Al día siguiente comprendo que ninguna de esas cosas servirán de nada, ya que la esposa de Leonard llega al set y no es tanto hermosa cuanto sorprendente y muy inteligente. Es también algo vieja, de la edad de su marido, y profesora de literatura comparativa en el Hunter College de Nueva York. Es la clase de mujer como la que sospecho que a Rozzie le gustaría ser algún día; una hora después de su llegada, la esposa de Leonard conversa de política con el autor del argumento de la película. Observo que Rozzie mira cada movimiento de la mujer. Tal vez le preocupan otras cosas. Me cuesta darme cuenta.

Tres días más tarde, Rozzie me informa que volveremos a casa dos semanas antes de lo previsto. Se decidió que las escenas que le faltaban filmar a ella podían rodarse en el set de Los Angeles. Rozzie no sabe bien por qué hacen eso. Tal vez es un intento de controlar el aumento de costos o, quizás, algunas personas temen por el estado emocional de Rozzie.

—Sólo queremos que te vayas a tu casa y te relajes durante algunas semanas, querida —le dice una de las productoras, una nerviosa mujer sureña.

Rozzie no está muy segura de qué pensar.

—¿Acaso actué de manera extraña? ¿Como si estuviera perdiendo el juicio?

—No —digo, aunque no lo sé. Ahora que los demás están preocupados, yo también lo estoy. ¿Estará perdiendo el juicio?

Que yo me iré con ella es algo que se da por sentado sin siquiera preguntarlo.

Volamos juntas de vuelta a Nueva York en el Concorde, tenemos nuestros asientos en primera clase la una al lado de la otra, le aceptamos rosas rojas a la azafata, que es alta y hermosa y no puede pararse bien derecha en esa cabina diminuta.

Desde el despegue, más o menos cada hora recibimos otro regalo envuelto en papel lujoso. Al parecer, eso es parte de la tradición del Concorde. Es poco lo que decimos al abrirlos: idénticos clips para billetes Concorde, idénticos anotadores Concorde. ¿Acaso se dieron cuenta de que es la primera vez que volamos con ellos? ¿O los que lo hacen en forma habitual tienen en su casa cajas llenas de estas cosas? La velocidad surreal del vuelo aumenta nuestra sensación de que hicimos algo mal y por eso nos echaron, nos sacaron de su vista. Éstos parecen regalos de despedida que las perdedoras del juego se llevan a casa.

Entonces, cuando abrimos el último regalo, un marco que contiene una fotografía de este avión, a Rozzie se le ocurre algo. Mira por la ventanilla y después me mira a mí.

—Yo no tengo más escenas con Leonard. Nunca volveré a verlo.

—Sí que lo verás. Lo verás en algún momento.

—No. ¿No lo entiendes? Es fantástico. —Se le ilumina la cara y sonríe por primera vez en días. —Nunca tendré que volver a verlo.

—Sí —digo y río—. Así es.

Realmente, no entiendo el ascendiente que Leonard tiene sobre Rozzie ni por qué ella necesita alejarse para estar libre de él. A menos que sea algo parecido a lo que la universidad era para mí. Y ahora aquí estamos, rompiendo la barrera del sonido para alejarnos de estas cosas que suenan a fracaso.

Jemma, actualmente

Una semana después de que le sacan las vendas, Rozzie empieza a ver más. Yo estoy allí, con nuestros padres, cuando ella le describe al médico lo que ha visto:

—Figuras iluminadas. Como fantasmas.

El médico tose y nos explica al resto que esas figuras flotantes son un fenómeno común y que a veces tienen un aspecto bastante real. Asegura que, con el tiempo, desaparecerán.

—No, éstos *son* fantasmas —dice Rozzie, sonriendo—. Hombres atractivos y muy iluminados. —Abre y cierra los dedos. Sonrío pero no me río. Sé que ella trata de convertirlo en una broma, y nadie sabe bien si conviene o no reírse.

Oficialmente, ella está legalmente ciega, pero tiene suficiente visión en un ojo como para percibir formas, luces y algunos contornos.

—Es como ver el mundo a través de un parabrisas enjabonado —describe—. Hay pequeñas líneas de claridad. Si muevo mucho los ojos puedo llegar a ver sus caras de a pedazos y después fundir esos pedazos en uno.

Nos lo demuestra y sus ojos parecen girar en su cabeza.

—Tengo un aspecto extraño, ¿no?

Yo vacilo un instante.

—No.

—La visión parcial es engañosa —nos dice una mujer del Centro para Personas con Deterioro Visual, que sólo habla en forma espontánea cuando Rozzie no está en la habitación—. A veces la gente cree ver más de lo que en realidad ve y corre más riesgos de los que debería. —Es posible que Rozzie crea que está lista para hacer algunas cosas de manera independiente, pero se nos dice que lo cierto es que no debería salir sola a la calle. Ella tiene que volver a aprender todo, como si estuviera completamente ciega, porque la visión que tiene no es confiable. En determinados momentos, con determinada luz, podrá ver el dinero que lleva; en otras ocasiones, no. Necesitará estar lista para los momentos en que no puede verlo. Todos asentimos como si lo supiéramos, cosa que no es así.

—¿Y qué me dice de la lectura? —pregunta mamá.

—No. No podrá leer. Tal vez sólo algo impreso en letras bien grandes. Es difícil decirlo. —Mamá cierra los ojos y asiente. Todos estamos procesando esto mentalmente, pedazo por pedazo.

—¿Debería aprender Braille?

—No necesariamente. Es tanto lo que adelanta día por día la computación, que el Braille se está poniendo un poco fuera de moda. Algunas personas que pierden la vista a edad bastante avanzada ni se molestan en aprenderlo. Hay libros grabados, gente cuya ocupación es leerles a los que no ven, computadoras, muchas otras opciones.

—¿Y con respecto a trasladarse y caminar? —pregunta papá.

—Es posible que se pueda arreglar sin bastón, pero yo no lo recomendaría. Se sentirá más segura y más feliz si aprende a usar uno. O, de lo contrario, si consigue un perro guía.

Trato de imaginar a Rozzie con alguna de esas dos cosas y no puedo. La mujer parece leerme el pensamiento.

—Muchas personas gastan demasiados esfuerzos en tratar de dar la impresión de que ven. Prefieren tropezar con columnas y cruzar las calles de manera peligrosa con tal de que no se sepa que no ven bien. Francamente, no lo entiendo.

Más adelante, le transmitimos a Rozzie lo que esta mujer nos dijo. Ella escucha todo y asiente. Por último, dice:

—¿Un perro guía? Oh, vamos. Yo no necesito un perro guía.

—Ellos aseguran que deberías aprender habilidades que te permitan tener una vida segura. —Hemos elegido a mamá para que le diga esto a Rozzie, aunque todos estamos allí. Ella trata de parecer franca y no emocional, pero me doy cuenta de cuánto le cuesta. Mamá no llora, pero tiene los ojos rojos.

—¿Como contar los escalones y ordenar los alimentos y cosas así?

—Sí, así es.

Durante un buen rato, Rozzie no dice nada. Después:

—¿Podré vivir sola?

Nadie le contesta.

La respuesta, al menos al principio, es no.

Cierta noche, cuando yo creo que está dormida, la miro y veo en su cara lágrimas que se deslizan desde debajo de las vendas.

—¿Estás llorando, Roz? —susurro.

Ella no responde, pero otra lágrima le rueda por la cara.

—¿Qué sucede?

Ella no quiere decírmelo.

—Vamos, dímelo.

No sé qué es lo que más le cuesta en todo esto: si perder su independencia o su carrera o su capacidad de mantener una vida privada. Porque eso es lo que está sucediendo. Rozzie ya no puede tener secretos. Al menos, creo que no puede.

—A partir de ahora, cada hombre que conozca empezará por sentir lástima de mí. Será allí donde empiece todo.

Esto es lo más claro y triste que ha dicho en los últimos tiempos.

—No si también él es ciego. —Mi intención es decir algo un poco divertido, pero demasiado tarde comprendo que hasta el momento ninguna de las dos había pronunciado esta palabra. Al menos, no en voz alta. Hemos hablado de "pérdida de visión" y de "deterioro visual", pero jamás pronunciamos la palabra *ciega*.

Se decide que, cuando a Rozzie le den de alta en el hospital, irá a pasar el verano en casa de nuestros padres. El único problema es que, si los dos trabajan, ¿quién llevará en el auto a Rozzie a las clases a las que necesita asistir? ¿Quién le preparará el almuerzo? Todos la imaginamos sola en la cocina, con latas de sopa al fuego.

—Podríamos tratar de tomar a alguien, sólo por el verano —sugiere mamá.

Nuestra ciudad es pequeña: además de un tipo que juega al hockey como profesional para los Pittsburgh Penguins, Rozzie es la mayor celebridad que produjo jamás, lo cual, en mayor o menor medida, la hace sentirse incómoda con casi todo el mundo. Ella detesta ir al almacén, detesta hablar con viejas amigas.

—Me hace sentir mal —solía decir—. Y no sé por qué.

No se nos ocurre nadie que no haría que Rozzie se sintiera muy mal.

Por último, yo ofrezco la única opción que tenemos: ¿Por qué no me mudo yo a casa por algunos meses? Les digo a mis padres que no sería demasiado terrible para mí, ya que todavía tengo mi cuarto oscuro en el sótano y podré seguir trabajando mientras cuido a Rozzie.

Me abrazan fuerte. Lágrimas de alivio brotan de los ojos de mamá. Esto significa que pueden volver a sus trabajos, reanudar su vida de siempre.

—Eres una persona maravillosa —dice mamá y me sostiene la cara con sus manos. Papá me agradece con la vista fija en el suelo. Lamenta no haber podido convencer a Rozzie de que se someta a más pruebas médicas. Mamá, en cambio, entiende la actitud de Rozzie de dejar de luchar por algo que tal vez nunca podrá conseguir y de empezar a aprender a vivir con lo que tiene. Papá no lo entiende en absoluto.

En el hospital se me considera algo así como una heroína. Irónicamente, Paula me llama Florence Nightingale y luego dice:

—En serio, Jemma, lo que haces por tu hermana es maravilloso.

La única persona que no me agradece es Rozzie, y eso significa que sin duda sabe por qué lo hago. Incluso las partes que no tenía ninguna posibilidad de saber, como qué pensaba yo.

Sí *hay* fantasmas entre nosotras: *hombres atractivos, bien iluminados*, como ella dice. Sé que, por no hablarlo, lo estamos transformando en algo más grande. Aunque ella ría al mencionarlo, me doy cuenta de que está nerviosa. Las dos lo estamos.

Jemma, 1989-1992

Después de Italia, no vuelvo a la universidad.

En cambio, voy a Nueva York y, durante tres años, vivo en una serie de cuchitriles sin ducha. Me baño en cocinas, sobre pisos tan alabeados que una bolita podría rodar de una pared a la otra y, luego, sola, rodar de vuelta a la inicial. Realizo trabajos transitorios y como solamente sopa para poder solventar mi hábito fotográfico, que se ha vuelto tan costoso que a veces me pregunto qué hago y por qué lo sigo haciendo. Por lo visto, no puedo darme por vencida: no hago más que pensar que, si hago las cosas bien y termino lo que empecé, entonces podré olvidarme del asunto. Pero no es así. Una buena fotografía me permite pasarme semanas en busca de la siguiente.

Llevo mis obras a distintas galerías que presentan exposiciones de estudiantes durante el verano, revistas con trabajos de no profesionales. Se me dice que soy una buena fotógrafa, pero todavía no lo suficientemente buena. "Vuelva dentro de algunos años", me dice una mujer con voz animada, como si eso pudiera resultarme prometedor.

Me repliego en mí misma y trabajo más. Adonde vaya —bares, estaciones de subte, carteleras donde se ofrecen empleos transitorios—, tengo olor a sustancias químicas.

Rozzie también vive en Nueva York, en un departamento de dos dormitorios en el Upper West Side. A diferencia de mí, tiene una cocina con horno, un colchón con *sommier*, su propio lavarropa/secarropa escondido en una alacena detrás de puertas plegadizas. Tal como sucedió en la secundaria, tenemos aquí círculos de amistades distintos; vivimos en mundos diferentes que se cruzan cada varias semanas, cuando almorzamos o cenamos y vamos al cine. Ella conoce a mis amigos, pero no le gustan demasiado; para ella, son un conjunto ecléctico de personas que permanecen en silencio en su presencia. No entiende por qué se cortan ellas mismas el pelo o visten conjuntos negros y zapatos coloridos y cursis. A veces Rozzie incluso les dice a esas personas cosas desagradables, y eso hace que me pregunte si no estará celosa, aunque este pensamiento me parece descabellado considerando que mis amistades son todas personas tan pobres.

Su vida aquí me intriga. Parece al mismo tiempo vacía de responsabilidades y complicada por una serie interminable de diligencias. Cuando nos juntamos, la observo caminar por la calle con una nueva indiferencia. No ve a los peatones que están alrededor de ella en la vereda, que la señalan a sus amigas y que pronuncian títulos de películas a sus espaldas. Rozzie no parece notar a los dueños de tiendas que le agradecen enfáticamente su presencia ni a los hombres que, sentados a las mesas de la vereda, callan de pronto en mitad de una conversación cuando ella pasa. Yo, en cambio, advierto todo esto. Adonde vayamos, observo el efecto que Rozzie tiene sobre los desconocidos. Muchas veces, las personas la saludan con un leve movimiento de la mano, pensando quizá que es una amiga de la secundaria, alguien con quien alguna vez trabajaron, y entonces recuerdan y la mano se aparta, el saludo se frena. Algunas veces noto una oleada de irritación, lo noto en sus caras: *Mira, mira, no es tan bonita.* O: *Es famosa y está aquí, comprando cosas de almacén. ¿Cómo puede ser?*

O, de lo contrario, se inicia una búsqueda de la servilleta. *Un autógrafo,* le dice la mujer a su marido. *No es mucho pedir.* Y veo a la mujer atravesar el salón, casi escondiendo el papel y la lapicera, mientras mentalmente ensaya un diálogo. *No es para mí sino para mi hijo, que la adora.*

Una vez, un confundido japonés me pidió a mí un autógrafo. Alguien en su mesa señaló la nuestra y dijo: "Estrella del cine norteamericano". Lo vi suceder. Yo sabía que él estaba confundido. En ese momento Rozzie estaba en el cuarto de baño. Así que firmé con el nombre de mi hermana; después de años de práctica, era imposible diferenciar mi versión de su verdadera firma. Curiosamente, a Rozzie ni siquiera le pareció extraño. Paseó la vista por el salón, entrecerró los ojos y aguardó a que yo terminara. Cuando el hombre se alejó, ella sonrió.

—¿Dónde estábamos? —preguntó.

Sé que Rozzie hace esto porque quiere creer que vive una vida normal, que las demás personas comparten las peculiaridades de su existencia. Por correo, más o menos una vez por semana, recibe un par de anteojos para sol gratis que sé que debe de costar cien dólares o más en las ópticas. Tiene tantos que yo empiezo a pedirle alguno o directamente lo tomo. Rozzie recibe también otras cosas gratis: cámaras, ropa, casetes de video. No entiendo bien qué esperan conseguir al mandarle cosas gratis a una persona ya adinerada. ¿Se supone que debe usarlas o llevarlas por la calle? En forma habitual ella abre cajas enviadas por compañías de las que nunca ha oído siquiera hablar y dice cosas como: "¡Mira! ¡Una cartera!" E invariablemente, algunos minutos después: "¿La quieres?"

Esas compañías no se dan cuenta de que han elegido la celebridad equivocada, que Rozzie no compra casi nada y detesta tener muchas cosas. Todo el tiempo regala bolsas con ropa y cualquier cosa que ha usado o se ha guardado de una película, tarde o temprano me la ofrecerá a mí. Una vez, por accidente, fui a ver una película en la que ella usaba un saco que yo llevaba puesto. Yo estaba sentada junto a un muchacho con el que salía, y durante un rato él se lo pasó mirando la pantalla y mi saco y de nuevo la pantalla. Por último dijo: "Esto es tan extraño", y dejó de hablar del tema.

A mi hermana no le gusta comprar cosas porque quiere creer que esto es sólo una transición en su vida, que en algún momento comenzará a viajar mucho, por Oriente, por África, donde alguna vez habló de trabajar con monos. A veces habla de ayudar a los chicos pobres o de unirse al Cuerpo de Paz. No sé si lo dice o no en serio, si entiende lo descabellado que parece, viniendo de ella.

—¿El Cuerpo de Paz? —pregunto—. ¿Qué harías en esa organización?

—Supuestamente, ellos te entrenan.

Rozzie no me entiende. Lo que quise decir fue: ¿Qué harías *tú* allí? ¿Tú, Rozzie Phillips, en África? No creo que ella entienda que, sí, ahora ella es visible. La he visto pasar junto a su propia cara en un kiosco de revistas y no mirar dos veces la portada, ni siquiera por curiosidad.

Así que yo miro por ella. Y se lo señalo:

—Mira, ésa eres tú en el *Post*.

Entonces Rozzie se detiene y no mira la fotografía sino la puerta del edificio frente al cual estamos paradas.

—¿Qué estoy haciendo?

Entrecierro los ojos para leer el título.

—Te estás quitando el saco porque ayer la temperatura llegó a más de treinta grados.

Ella asiente.

—Está bien.

Yo no me canso de esta cobertura. A veces juego a que la gente observa también cada uno de mis movimientos. Jemma Phillips compra una rosquilla. Jemma Phillips viaja en subterráneo. Imagino que si Rozzie desapareciera de su propia vida —en África o en Papua, Nueva Guinea—, yo tomaría la posta y dejaría que los medios cubrieran todos mis movimientos, me quitaría el saco un día caluroso en Central Park.

Con el tiempo comprendo que no llegaré a ninguna parte con la fotografía a menos que estudie bellas artes. Necesito ser capaz de convertirla en un trabajo permanente, no en ratos por la noche o durante el fin de semana. Necesito hacer contactos, conocer personas que realmente se ganan la vida con la fotografía, no con quienes la usan como tema de conversación en bares, por entre nubes de humo de cigarrillo. Tres años en Nueva York me dejaron con una sensación de agotamiento y de fracaso. Mis amigos y yo hablamos mucho de ser artistas y, después, nos pasamos todo el día trabajando en oficinas y usando ropa que hemos comprado en liquidaciones. No tiene nada de artístico recibir pedidos de almuerzo para diez personas; no hay nada creativo en escribir etiquetas a máquina. Me ha llevado tres años descubrirlo.

Mis amigos entienden cuando les digo que sólo presento solicitudes a universidades fuera de la ciudad. Para nosotros, el mundo está dividido en dos lugares: Nueva York y no Nueva York. Aunque todos procedemos de fuera de Nueva York, casi no recordamos lo que es un parque.

—Necesito ir a alguna parte donde no tenga que trabajar todo el tiempo para sobrevivir —explico. Ya imagino mentalmente una ducha, una verdadera cama, tiempo.

—Por supuesto —dicen, atisbando por un momento la libertad de que hablo.

Para mi sorpresa, la persona que no entiende que yo me vaya es Rozzie. Cuando se lo digo ella se echa a llorar, lo cual me toma completamente de sorpresa.

—No sé qué haré sin ti —dice.

Yo tengo ganas de decir: *¿De veras no lo sabes?*

La veo, quizás, una vez por semana y a veces menos. En el pasado, ella ha estado ausente mucho tiempo, aunque a lo largo de los últimos meses no ha sido así. Miriam, su representante, llama a esto una sequía transitoria de trabajo. Sin duda es por eso que Rozzie llora, me digo. Está ansiosa y desasosegada porque no tiene trabajo.

Paseo la vista por el restaurante en el que estamos y después me inclino sobre la mesa.

—Está bien, Roz. Tú tienes una vida por delante y dinero. Puedes comprar los muebles que necesites. Yo, no.

—Yo te compraré muebles, si ésa es la razón por la que te vas.

—*No* lo es —digo, con tanto énfasis que las dos nos sorprendemos. Ella me mira con ojos enrojecidos. ¿Cuál es, entonces, la razón?

Rozzie, 1992

En sus peores momentos —hasta ahora ha habido tres—, el mundo físico se disuelve. Los colores desaparecen como si la calle en la que está parada hubiera sido, todo el tiempo, un fondo de muselina pintado que el viento aflojó. Todo se agita. Los sonidos se intensifican. La bocina de un único auto se transforma en una sombra que la agrede.

Esto es diferente de sus episodios en la escuela secundaria.

Éstos son aterradores. Siempre suceden en el exterior, a pleno sol, y la mayoría de las veces ella se ve obligada a seguir adelante por entre una niebla en la que cuelgan jirones de color. Tiene que leer las sombras, sentir los rayos del sol, determinar dónde empiezan y dónde terminan los edificios. Pierde toda noción del tiempo. Olvida adónde se dirige. Cuando su mirada se despeja, está tan agotada que lo único que quiere es encontrar el camino a casa y tirarse a dormir.

Una semana después de la partida de Jemma para estudiar bellas artes en una universidad, le sucede de nuevo, esta vez durante una hora, y es seguido por un dolor de cabeza tan intenso que tiene que entrar enseguida en una farmacia y comprar un analgésico. Toma cuatro comprimidos seguidos y otros dos una vez en casa. Nunca ha sentido un dolor tan fuerte.

Después, algo que la preocupa incluso más: un nublado permanente en la periferia de su visión. La nube se mueve con ella, a las tiendas, a las audiciones. A veces ella lo olvida y entonces mira y, sí, allí está. Sin mencionárselo a nadie, hace una cita para ver a su primer especialista.

Para su sorpresa, fue un alivio para ella finalmente hablar con alguien de su problema. El alivio es tal que, en el consultorio del médico, se deja llevar un poco y describe lo que ve en un lenguaje poético: imágenes dispersas, velos colocados y aflojados delante de sus ojos. Es una nueva clase de desafío: no disfrazar su problema sino describirlo con precisión, encontrar las palabras para lo que ha sido, hasta ahora, sólo algo vago y amenazador. Rozzie casi tiene ganas de reír, hasta que el médico, que le ha examinado los ojos durante casi una hora con distintos aparatos, responde con el nombre de una enfermedad, una palabra de muerte que la golpea como un puñetazo.

Jemma, 1992

Al cabo de un mes, descubro que lo mejor de la escuela de bellas artes es que a nadie le importa si yo me paso catorce horas por día en el cuarto oscuro. Mi impulso a hacer poco más fuera del trabajo se celebra aquí, igual que mi tendencia a hablar sólo de fotografía. A veces, mientras bebemos cerveza o comemos un sándwich en un local, alguien dirá "Nada de hablar del tema", lo cual significa que nadie debe mencionar *Mapplethorpe* o *grano* o el nombre de un local donde se vende papel fotográfico barato y que queda en una ciudad cercana. Ésos son los únicos momentos en que me siento torpe, cuando me desespera la posibilidad de que alguien me haga preguntas sobre Rozzie.

Pero en su mayor parte no lo hacen y yo suelo estar sola, trabajando.

Mi lugar preferido es el cuarto oscuro. En ese resplandor ámbar, cada copia es perfecta y etérea, algo que da alegría mirar. Yo podría quedarme allí para siempre, contemplando la belleza de mi propio trabajo, un placer privado, embarazoso, que se produce instantes antes de encender la luz fluorescente y descubrir el pelo sobre el negativo, la sombra de un transeúnte, el brillo del sol sobre la lente. Éste es el cuarto donde conocí a Matthew, haciendo la misma cosa que yo: observando copias. No puedo evitar advertir que está a cinco centímetros de la puerta y ha terminado de copiar negativos, pero igual no se va. Mientras separa una copia de la otra, tiene una sonrisa en la cara. En determinado momento, lanza una carcajada que es casi un ladrido de gozo. Yo no puedo contenerme y también me río.

—¿Qué obtuviste? —pregunto.

Él levanta la vista, sorprendido. Sabía que yo estaba allí, pero debe de haberlo olvidado.

—Lo lamento —dice y baja la vista, contrito.

—Está bien. ¿Puedo verlo? —Extiendo la mano. Él me mira y mira su foto. Sé que yo haría lo mismo. Vacilar una eternidad. —Oh, vamos. Estoy harta de mirar las mías. No consigo nada de lo que quiero.

Él toma la copia y me la entrega, doblada por estar tan mojada, por encima de las bandejas de productos químicos que nos separan.

Río. Es un momento humano entre animales: un perro que se dispone a pelear con una bandada de patos. Todos están asustados —los patos y el perro—, pero lo mejor es el fondo, los indiferentes espectadores que le dan la espalda al drama. Yo he intentado hacer humor con mis fotos y comprobé que es muy difícil. Es tanta la rapidez con que ese humor se convierte en una mirada malévola, en algo que se burla del sujeto.

—¿Puedo ver más? —No suelo ser tan directa con otras personas en el cuarto oscuro. En realidad, allí no existe la privacidad, así que parece haber un acuerdo tácito de no hablar. Puedo pasarme horas compartiendo pinzas con una persona a la que no he mirado ni una sola vez. Pero, en esta oportunidad, es tarde y es viernes por la noche. El hecho de que los dos estemos todavía aquí significa que tenemos algo en común.

Él me pasa las otras fotografías, todas tomadas en el mismo parque que parece, tal vez, el Kensington de Londres. La gente tiene un aire indiferente muy europeo y los animales parecen todos vagamente exóticos, incluso los sujetos por correas. Él fotografía como lo hago yo: sin planes previos, de manera caótica. Todas estas tomas tienen animales y seres humanos, pero él no podría haberlas planeado: las fotos espontáneas como éstas nunca pueden haber sido planeadas de antemano. Son terribles, y cuentan algo una después de otra. Un rollo con imágenes como éstas es uno en cien, lo sé bien.

—Deberías estudiar estas fotos afuera —digo—, son realmente excelentes.

Él se echa a reír y yo también.

—Siempre parecen mejores aquí, ¿no es verdad?

—Sí —digo y mantengo la vista levantada lo suficiente para verle los ojos.

Esa noche, Rozzie me llama a mi dormitorio y me dice que hace tres días que no sale de su departamento.

—¿Por qué no? —le pregunto. Me parece que es mucho tiempo para estar encerrada, y me da miedo.

—No me gustan los amigos que tengo aquí. No quiero verlos.

A mí tampoco me gustan sus amistades, pero por lo general ella nunca dice cosas así.

—Estoy harta de tanta arrogancia.

¿Cuál arrogancia?, me pregunto. La mayoría de sus amigos son miembros del equipo de filmación, especialistas en maquillaje o de vestuario, personas con la que ella habla mientras las mira en el espejo. Rozzie no tiene amigas actrices, así que cuando ella y sus amigos están reunidos, la única que corre peligro de ser arrogante (aunque esto yo nunca lo diría, desde luego) es Rozzie. Últimamente se ha estado entrenando en acentos. A veces, a modo de práctica, se pasa todo el almuerzo hablando con un fuerte acento holandés. No es su intención parecer afectada sino practicar en serio sus *erres* y sus *eles*, pero el resultado final es el mismo.

—Puedes salir sola —le recuerdo. Ésa es una de sus mayores fuerzas y una de las cosas que admiré en ella en los últimos tres años. Rozzie come sola en restaurantes, va al cine sola. En las épocas en que no tiene novio, puede pasarlo bastante bien sola.

—¿Ves?, es justamente eso —dice ahora—. *No puedo.*

Y su voz tiene un dejo que me preocupa.

La primera vez que Matthew y yo salimos son las cuatro de la tarde y ninguno de los dos sabe bien qué pedir.

—Caramba —digo—. Es demasiado temprano para una cerveza y demasiado tarde para un café.

Él sonríe.

—¿Qué tal un batido, entonces?

Él me parece tan dulce —tan infantil— al decirlo, que enseguida eso es justo lo que quiero. Estamos sentados en la barra de un restaurante que tiene batidos en el menú. Sin duda no serán exquisitos, pero, ¿qué importa? Me fascina estar allí, en esta nueva vida, con esa nueva persona que parece tan prometedora. También él parece contento, como si se hubiera puesto elegante para esta cita. Usa una camisa abotonada; su pelo castaño y enrulado está todavía húmedo de la ducha y sus ojos color avellana son luminosos.

—He oído hablar de ti —dice después de que hacemos el pedido.

Esto me sorprende.

—¿Qué fue lo que oíste?

—Que eres una excelente fotógrafa. El premio. Todo eso que supuestamente no debe importarnos. Me hizo sentir mal, porque yo no te había pedido ver tus fotos la otra noche, en el cuarto oscuro.

El gran momento crucial de mi vida —o, al menos, el reconocimiento que he estado esperando desde la secundaria— llegó dos meses después de llegar aquí, cuando gané un premio por lo general reservado a un alumno más aventajado. Quedé encantada y también un poco cohibida, porque me lo dieron por mi serie de tomas en el set de filmación. Aunque en ellas procuré no poner demasiado de relieve a las estrellas del film, se las ve cuando se mira las fotos con atención: Alan Harmon bebiendo café, Leena Westover soplándose las manos para mantenerlas calientes, rodeadas por el equipo técnico que usa cinturones para herramientas y pulseras de cinta de embalar. Por lo general, la celebridad está un poco apartada, es la única persona con un atuendo especial, la única que no habla. Existe una tensión indefinible, casi una electricidad. Al principio, ganar ese premio me hizo sentirme una celebridad. Ahora, en cambio, tiene un efecto extraño. Estoy trabajando mucho y produciendo menos fotos que valen la pena. Me siento incómoda porque no quiero que se me considere alguien que puede tener talento o, simplemente, tener acceso a un mundo en el que la mayoría de las personas no pueden entrar.

No hablo de esto con nadie porque me asusta demasiado.

—Está bien —le digo a Matthew—. Yo no estoy consiguiendo nada demasiado maravilloso, créeme.

Le digo que estoy tratando de expandir mi tema de fotografía, que siempre hice retratos de gente trabajando y que ahora quisiera intentar algo diferente.

Él entrecierra los ojos y piensa un momento.

—¿Tú eres la que fotografía estrellas de cine?

Asiento.

—Ah. No me había dado cuenta. ¿Qué? ¿Conoces a alguien?

Asiento de nuevo, sorprendida. Aunque yo ya no hablo del tema, casi todo el mundo sabe quién es mi hermana. Se lo digo a él y Matthew piensa un momento.

—¿Ella actuó en *Seven Serpents*?

—No.

—Entonces supongo que no la conozco. Soy un desastre con las películas.

Desde luego, lo amo más por esto. Entonces él vuelve a sorprenderme.

—Mi padre es famoso. Bueno, más o menos. Es escritor, así que supongo que sé lo que se siente... —Gira hacia la ventana, como si buscara un pensamiento. —Observar todo eso. Quedar parado fuera de todo eso. Uno contiene la respiración, como si en cualquier minuto pudiera ser acerca de *uno* y entonces, Dios mío, ni siquiera es acerca de *ellos*. Nunca fue acerca de mi padre.

Nunca conocí a nadie que entendiera lo que se siente al ser uno, que he estado fotografiando celebridades no porque las amara sino porque es lo único que conozco en este momento, el lugar donde la luz brilla más y mi visión es más nítida.

Después, caminamos lentamente de regreso a la universidad y hablamos con respecto a qué nos llevó a la fotografía. Le digo que, en mi caso, fue una manera de participar en un mundo que por momentos me avergüenza. Detrás de una cámara me siento protegida, menos observada, menos expuesta y torpe. Él asiente como si le pasara lo mismo.

—Eso es —dice—. Exactamente.

Y aunque tengo la sensación de que algo ha pasado entre nosotros —una corriente, una comprensión—, cuando llegamos al sendero que conduce a mi dormitorio, no lo invito a subir. De pronto soy aquello de lo que acaba de hablar: una muchacha tímida a la que le cuesta hablar.

Empezamos a vernos en el cuarto oscuro, más o menos a la misma hora, los viernes por la noche y los sábados por la noche, solo el tiempo suficiente como para contarnos mutuamente la historia de nuestra vida.

—Yo dudo tanto en todo lo que hago —me dice—. No sé si tener una hermana conocida es diferente, pero lo cierto es que al ser hijo de una persona famosa, por lo general uno es, o bien increíblemente reticente o un drogadicto totalmente fracasado. Es casi una ley. —Levanta la vista y sonríe. —Yo soy la primera de esas dos cosas.

—¿Qué te hace pensar que es tu padre el que te hizo ser reticente?

Él me pasa la pinza.

—Las expectativas que todo el mundo tiene con respecto a mí. Incluso cuando era chico, la gente solía decir: "Sí, tú también tienes que escribir. ¿Puedo leer tu cuento?" En la primaria, me pasó que no podía hablar frente a la clase. Abría la boca y no me salía nada.

—¿Quieres saber qué espera la gente de las hermanas? Nada. Yo solía ir al set donde trabajaba mi hermana, no hacer otra cosa que charlar y todos me decían que era maravillosa. Todo por partida doble, las dos juntas.

—Es que ustedes están juntas —dice. Yo levanto la vista. Él me mira en medio de ese resplandor rojizo. —Lo están.

En una librería encuentro los libros de su padre, que tratan de cómo las familias blancas, anglosajonas y protestantes se desmoronan por los secretos y el alcohol. Uno está dedicado a Matthew con una frase en latín que, traducida, dice: *Para mi muchacho, mi corazón*. Aunque sé cómo funcionan esas cosas —que cuando mi hermana habla de mí en las revistas, en realidad eso no tiene ninguna relación conmigo—, no puedo evitar sentirme impresionada. En nuestra siguiente noche en el cuarto oscuro le menciono esa dedicatoria.

—Sí. Me puso muy mal. Yo era un adolescente. Pensé que él trataba de controlar mi vida y le dije que no quería tener nada que ver con sus malditos libros. Lindo, ¿no?

—¿Qué dijo él?

Matthew lo pensó un minuto.

—No lo recuerdo. Creo que dijo que ya era demasiado tarde, que el libro ya lo tenía el editor.

Tengo ganas de besarlo. Incluso planeo estrategias: no soltar las pinzas y acercarme más a él, extender el brazo por sobre las bandejas con sustancias químicas en esa oscuridad rojiza, tocarle el pelo y la cara, decirle que no sea tan tímido. Quiero señalarle que lo tenemos todo en común, que las nuestras son almas gemelas: esta pasión por el trabajo, esta sombra en la que los dos hemos pasado toda la vida. Esta sensación es tan fuerte que, si él se resiste, me creo capaz de convencerlo de ello. A diferencia de Rozzie, quien se enamora y se desenamora con cada set en el que trabaja, yo sólo he salido con un puñado de hombres y nunca antes he sentido algo parecido a esto. Siento un hormigueo en las axilas con sólo pensar en él y en las fantasías que tengo de nosotros dos juntos.

Una vez, al caminar de regreso a casa, tarde por la noche, le pregunto si quiere subir a mi cuarto.

—Tengo algunas cervezas —digo, y es verdad: las compré con esa intención.

—Creo que no debería hacerlo —responde él—. Estoy en medio de un montón de trabajos. Pero sí te aceptaré la semana que viene. ¿Qué te parece?

Pasan los días. Pasamos cada vez más tiempo juntos. Cierta noche, él me besa debajo del alero del edificio donde vivo. Es un beso rápido, como si no hubiera sucedido en absoluto, como si él lo hubiera dirigido a mi mejilla y, en cambio, terminó en mis labios. Yo no hago más que pensar que esto es maravilloso y, después, que no lo es.

Me pregunto si su vacilación con respecto a involucrarse conmigo tendrá algo que ver con mi trabajo, que no anda nada bien. El problema, ahora que estoy en la universidad, lejos de los sets, es encontrar algo distinto que fotografiar. En busca de la visión artística de la que todos hablan en clase, he intentado no menos de siete conceptos que le comento a mi profesora, que es una amante del concepto.

—Cualquiera puede tomar una imagen y copiarla —nos dice—. Un robot puede hacerlo. —Nos muestra diapositivas de trabajos que la fascinan, pero no nombra a sus autores, lo cual nos pone a todos un poco nerviosos, como si quizás hubiera otros alumnos en la clase. Uno enmarca sus fotografías en los poemas de Emily Dickinson, escritos en rectángulos apretados de palabras, guiones y barras; otro hace un collage con cinta transparente autoadhesiva bien visible. —Aquí vemos el proceso, no el producto —nos dice, señalando la cinta—. Y creo que es algo muy apasionante.

Entiendo lo que quiere decir. La fotografía necesita una idea-fuerza que la impulse y necesita hacer lo que todavía no ha sido hecho. Mi problema es la pasión que siento por lo antiguo: Cartier-Bresson, Brassai, los que hablan de componer un momento, de congelar el tiempo. Los que trabajaron con sorprendentes imágenes de gente que uno nunca podrá olvidar y nunca se les pasó por la cabeza pegar trozos de conos de pino al papel fotográfico.

Pero estoy haciendo todo lo posible por superarme. Recibo diferentes ideas... durante un tiempo tomo imágenes en el espejo retrovisor de mi auto: caras de mujer, campanarios de iglesias, todos con un encuadre ajustado exigido por el estrecho rectángulo del espejo. Incluso me apuro para obtener una toma de un patrullero policial, que por desgracia no salió muy bien. Lo único que tengo para mostrar es la multa que me hicieron por exceso de velocidad. O sea que la moraleja es que ando demasiado en auto. Intento con algo así como *table top*, composiciones de objetos diferentes dispuestos de manera especial sobre una mesa: el vestido de una muñeca, una cinta métrica, una pelota de golf, broches para colgar ropa. Todo el mundo dice que es una idea interesante, pero las fotografías no emocionan a nadie y, ¿por qué habrían de hacerlo?, comenta una persona. Ésa no es la intención. Trato de tener una voluntad más fuerte de la que tenía en la universidad. Explico mi intención: averiguar si emerge una narrativa a partir de seis objetos elegidos al azar. Ésta es una idea que le robé a alguien, como todas mis ideas. Confío en poder darles peso y resonancia a los objetos por yuxtaposición; que el hecho de ver unos piyamas de niño junto a un palo de amasar resultará inquietante sin ser abiertamente agresivo. "Un palo de amasar podría también sugerir pasteles caseros", explico frente a las clase, en la que todos me miran con cara inexpresiva. Asienten. Lo entienden, pero sus expresiones suplican celebridades, las fotos que yo solía sacar.

Después del *table-top*, inicié una serie de paisajes arreglados de antemano, con objetos que sugieren que hubo allí presencia humana: una canasta de picnic, una copa de vino rota. Quiero que esto sea más narrativo que los *table-top*, quiero que estas fotos cuenten una historia. Supuestamente, en cada foto habría una serie de pistas sutiles. Imagino a gente reunida en pequeños grupos con forma de herradura en cada exposición, que permanecen veinte minutos frente a cada fotografía tratando de entender lo que sucede: por qué hay una zapatilla de tenis, un calendario y un ramillete. Pero todo salió mal y lo que parecen esas cosas es basura diseminada sobre el césped.

Matthew trata de apoyarme. Estudia las fotografías con luz amarilla y después sale como si eso las mejorara. Me sugiere que vuelva a hacerlas en lugares diferentes. Señala una y dice, con entusiasmo:

—Ésta es bastante buena.

Cuanto más tibia es la recepción que recibo, más lo intento, más horas paso en el cuarto oscuro, agachada hacia la ampliadora, apantallando y quemando zonas de las copias, haciendo exposiciones dobles y triples, apelando a un truco tras otro hasta que mis copias casi no se parecen en absoluto al negativo del que proceden.

—Éstas ponen en tela de juicio la agudeza de nuestra percepción visual —le explico a la clase, mientras sostengo en las manos la silueta de un edificio copiada para que parezca el perfil de una persona, con una levísima sugestión de ladrillos y una ventana. Demasiado tarde (cuando llegué a clase por la mañana) me había dado cuenta de que también se parecía a un pavo del Día de Acción de Gracias. Ése es el problema: que mis trucos me juegan en contra.

Cierta noche Rozzie me llama y, así, de pronto, me dice que está pensando en venir a visitarme.

—¿En serio? —Yo nunca la invité.

—Necesito alejarme. —Y añade, de nuevo misteriosamente: —Aquí están sucediendo cosas malas.

—¿Como qué?

—No importa. Te lo diré cuando llegue allí. —Su voz suena nerviosa y desesperada.

Con cierta vacilación, le digo que venga, asustada por lo que eso significará. En realidad, mi trabajo tiene tan poca base aparte de ella. Tengo miedo de que, si viene, ya nunca me destacaré en nada más.

Dos días después, la recojo en el aeropuerto y veo que ha traído tres enormes valijas. ¿Cuánto tiempo pensará quedarse? No se lo pregunto. Es evidente que, en su estado de ánimo, una pregunta imprudente como ésa podría desencadenar una reacción imprevisible. Mejor esperar; sacar esas valijas de mi auto y no decir nada.

Una vez en mi cuarto, cuando se quita el saco por primera vez, por el tamaño de sus brazos advierto lo delgada que está. Se le notan las clavículas y su camisa parece vacía. Sé lo suficiente acerca de esa delgadez como para alarmarme. Rozzie nunca estuvo así antes. Como si eso pudiera servir de algo, abro una caja de galletitas y comienzo a comer.

Ella pasea la vista por la habitación.

—De modo que éste es un cuarto de un dormitorio universitario. Es la primera vez que veo uno.

—No son gran cosa.

—Bueno, éste parece prolijo y ordenado. Con todas esas otras personas al lado. —Golpea la pared que hay detrás de mi cama, desde la que resuena el estéreo de una vecina.

—El año que viene voy a comprarme un departamento.

—Ah. —Es obvio que espera que yo diga algo más. Por un momento, ninguna de las dos habla.

Ella se sienta en la cama y mira por la ventana.

—¿Te pasa algo, Roz?

—La semana pasada fui a una prueba de actuación y el director dijo que le gustaría tomarme, pero que sus productores no se lo permitían debido a las dos últimas películas en las que trabajé. Dijo que necesitaban una mujer taquillera. —Su voz es tan delgada como ella, como un hilo que flamea en la brisa. —El año pasado estuve en siete pruebas. —Sé que durante mucho tiempo no necesitó ir a pruebas. Recibía ofertas o asistía a reuniones. Ahora supongo que está en las trincheras, luchando como todos para conseguir trabajo. —Recibí dos propuestas para actuar en películas para la televisión por cable, pero mi representante dice que aceptarlas equivaldría a reconocer que ya no estoy en la lista de actrices importantes.

No se me ocurre qué decir ni qué hacer, salvo extender la caja de galletitas que tengo sobre el escritorio y ofrecerle una. Rozzie niega con la cabeza. Yo debería saber que la comida que representa un consuelo para mí es parte de la batalla que ella está librando en este momento. Es su enemigo, y esa delgadez suya es su única arma.

—Mi representante opina que el problema es que soy demasiado alta.

—¿Por qué?

—Muchos actores son bajos. Más bajos de lo que te imaginas. ¿Sabías que la estatura de Ron Parkman es de apenas uno sesenta?

—¿No eres un poco joven para Ron Parkman?

—No. Sólo demasiado alta.

Rozzie calla y observa el sol que se pone sobre el techo del edificio de enfrente.

—Es bien triste —dice por último. Parece querer referirse a la forma en que el edificio bloquea la vista, pero en realidad no hay cómo saber qué quiso decir.

Durante los tres días siguientes, trato de pensar en soluciones: ¡Escribe tu propio argumento! ¡Dirige una película! ¡Forma una compañía de teatro! Ella me escucha, piensa un momento y después sacude la cabeza.

Yo sigo adelante con mi día, voy a clases y, algunas tardes, vuelvo a mi cuarto y la encuentro sentada en la cama con las luces apagadas y todavía con el piyama puesto. Me mira y parpadea, confundida.

—¿Qué hora es? —pregunta entonces.

Come poco, rara vez abandona mi hall, pasa su tiempo sobre mi cama, abriendo y cerrando libros. Una vez, cuando le pregunté si le pasaba algo, me contestó, con la vista fija en la alfombra:

—A veces pienso que debería haber ido a la universidad.

Al cabo de una semana ya no aguanto más. Arreglo con Matthew para que cenemos con él.

—Saldremos por un ratito —le digo a mi hermana—. Trata de pasarlo bien.

Quiero que salgamos de mi cuarto, donde ella parece no hacer nada salvo mirar por la ventana, con una mano apoyada en la almohada de mi cama. Sin embargo, cuando llegamos al restaurante, ya no estoy tan segura de que haya sido una buena idea. Algunos minutos después de habernos sentado, ella se echa a llorar.

—Lamento haber estado actuando de manera tan rara. —Sacude la cabeza y se suena la nariz. —No sé qué me pasa.

Por encima de su hombro advierto que la gente la mira fijo.

—¿Quieres que volvamos a mi cuarto?

Ella sigue llorando.

—Vamos, Roz, regresemos a mi cuarto.

—No. Quiero salir. Me hace bien. —Usa su propia servilleta, después, la mía y a continuación la de la mesa de al lado. —Por alguna razón, no hago más que pensar en la abuela Ann. ¿Tú nunca piensas en ella?

—Niego con la cabeza. La abuela Ann murió hace como diez años.

—En una nota del periódico acerca de antiguos trajes de baño encontré unas fotos de ella de cuando tenía más o menos nuestra edad. Tenía un aspecto tan vulnerable, con sus zapatitos de taco alto y las manos extendidas sobre las piernas, como si tratara de cubrírselas. Me puso muy triste.

—No creo que ella fuera triste —digo.

Pero Rozzie no me escucha; está perdida en sus propios pensamientos, la cara hinchada y las mejillas mojadas.

—Cuando empecé a actuar, pensé que sería algo así como meterme debajo de la piel de otras personas. Creí que me perdería en voces y pelucas y desaparecería como siempre lo hacía Meryl Streep. Y, en realidad, lo que se siente es más estar parada frente a una cámara sin ropa, tratando de cubrirse y sin tener otra cosa para hacerlo que las manos. —Se suena la nariz. —No tiene nada que ver con Meryl Streep. Todos empezaron queriendo ser como ella y, en cambio, lo único que hacemos es oír que nuestra cara fotografía demasiado grande. Yo no creo que Meryl Streep se sienta más Meryl Streep.

Entiendo lo que quiere decirme, pero me pregunto por qué esperó hasta ahora para decírmelo. Justo en ese momento aparece Matthew.

—Hola —susurra y me toca el hombro. Es obvio que no desea interrumpirnos.

—Hola —digo y me corro un poco en el reservado para que él pueda sentarse junto a mí.

Rozzie levanta la vista, sorprendida. Por lo visto olvidó que seríamos tres para la cena.

—Éste es Matthew —tengo que explicarle—. ¿Recuerdas? Mi amigo.

Ella asiente y se esfuerza por algo que se parece a una sonrisa.

—Ah, sí —dice. En el silencio que sigue, cuando nadie sabe qué decir, pienso en sugerir que dejemos esto para otra ocasión. Entonces Rozzie dice: —No siempre lloro.

Matthew se echa a reír.

—Yo sí —dice él con una sonrisa—. Por lo menos, buena parte del tiempo.

Tal vez debido a esta broma o porque ella intuye la bondad innata de Matthew, lo cierto es que Rozzie se afloja muy rápido. Pide lo que quiere comer: una gran ensalada, sin aderezo, más pan, y le pregunta a Matthew acerca de su trabajo. En este tema, Matthew no es precisamente tímido. Describe lo que hace, que es fotografiar músicos callejeros. El título de su *portfolio* es "Gratis". Habla con inteligencia acerca de este tema y describe su punto de vista con una claridad que le envidio. Rozzie enseguida le pesca la idea.

—Como la antigua canción de Joni Mitchell —dice. Aunque no sabe cantar, lo hace y entona la canción íntegra, con voz tan fuerte que las personas sentadas junto a la mesa de al lado dejan de hablar y escuchan. Consciente de tener un público, Rozzie cierra los ojos y se lleva un dedo a una oreja como si estuviera en un estudio de grabación. Desafina bastante, a pesar de lo cual todos la aplauden cuando termina. Ella está reslandeciente y saluda con la cabeza al público que la ovaciona.

Llega la comida y comenzamos a hablar de mi trabajo.

—Jemma es muy talentosa —dice Matthew, aunque el único trabajo mío que ha visto son los últimos tres meses de intentos fallidos.

—Ya lo sé —dice Rozzie enfáticamente—. Créeme, lo sé. Yo soy la que siempre creyó que Jemma debía hacer esto profesionalmente.

Es verdad. pero de pronto yo no parezco tener lugar en esta conversación. Mis recientes fracasos en el trabajo me han hecho sentir que una conversación como ésta me trae mala suerte. Me pongo de pie y les digo que tengo que ir al baño, donde me quedo parada frente al lavabo y me miro al espejo.

Cuando regreso a la mesa, Rozzie está contando una historia animada con grandes gestos, los brazos extendidos como ramas. Me pregunto si está contando la historia del árbol. O la de papá que sostiene el cielo raso de nuestra casa durante dos horas, hasta que aparecen los yesistas. Cuando llego a la mesa, ella parece sorprenderse y baja los brazos.

—Estábamos hablando de ti —dice. Tomo asiento de nuevo. No puedo imaginar siquiera qué decían.

—Es muy agradable —dice Rozzie mientras caminamos de vuelta a casa, y se detiene a mirar las estrellas—. Apruebo que te guste.

Yo no le he contado mucho de nosotros dos, pero incluso en su estado, se da cuenta de lo que siento. Le digo quién es su padre.

—Bromeas —dice—. Tiene que ser muy extraño. En sus libros, las familias son siempre un desastre.

—Sí, creo que es difícil para él.

Después de esta cena, Rozzie parece mejor. Se ducha, se viste por la mañana y sale de mi cuarto. Después de estar aquí una semana, me la encuentro en la ciudad, caminando, yendo a la librería, bebiendo café. Hasta hace amigas nuevas y habla de reunirse con personas que no conozco.

—Hay un taller literario al que tal vez me una —dice, lo cual me pone nerviosa, como si estuviera planeando quedarse aquí indefinidamente o, al menos, el tiempo suficiente para leer una novela.

Un día, al salir del correo, la veo comiendo un sándwich en el café con Matthew. Levanta la vista, sonríe y me hace señas de que me una a ellos.

—¡Mira a quién me encontré! Ven, siéntate con nosotros. —Lo dice con tanto entusiasmo que me pregunto si los dos no habrán convenido esa cita.

Pido un agua mineral, me siento y, dentro de los siguientes treinta segundos la conversación se vuelve extrañamente tensa.

—Le estaba contando a Rozzie cómo tú y yo nos conocimos —dice Matthew y ríe, aunque nadie contó ningún chiste.

—¿En el cuarto oscuro? —digo, miro a Rozzie y después a él. ¿Es eso lo que Matthew quiere decir?

—Correcto —dice él.

—Matthew tiene una teoría —dice Rozzie—. Adelante. Dísela. Es acerca de la gente que trabaja toda la noche en un cuarto oscuro.

Justo la noche anterior yo me había quedado en el cuarto oscuro hasta las dos de la mañana tratando de rescatar otro proyecto condenado al fracaso, éste acerca de una serie de desnudos embarazosos.

Él le sonríe a Rozzie con timidez.

—No.

Mi estómago se contrae.

—¿Qué pasa con la gente que se queda toda la noche en el cuarto oscuro? —Miro fijo a Matthew. Es así como nos conocimos, eso es lo que los dos tenemos en común. Lo que él haya dicho también se le aplica.

—Energía sexual reprimida. —No es intención de Rozzie ser cruel. Veo que su mirada se dirige enseguida a mí, preocupada ante la posibilidad de haber cometido una terrible equivocación.

—Sí, claro. Muy lindo. —Miro fijo a Matthew, quien no quiere mirarme. Toda la intimidad que existe en esa mesa es entre ellos dos. Yo estoy de más. —Debo irme. Tengo trabajo que hacer.

—No. —Rozzie me aferra de la manga. —Por favor, no lo hagas. Me iré yo. —Toma su cartera y se pone de pie.

De pronto, la situación se vuelve intolerablemente incómoda. Como si todo esto hubiera sido planeado. Mi hermana desaparece y yo quedo sola con Matthew.

—Bueno, Jemma, hay algo de lo que quería hablarte.

Lo que sea, no quiero oírlo.

—No tienes que decir nada, Matthew.

—Sí que tengo. Tú me gustas mucho. Has sido una amiga buena e importante para mí, y yo nunca supe en realidad cuáles eran mis sentimientos, si se acercaban más o no a...

Recuerdo nuestro beso y, de pronto, esto es demasiado espantoso.

—No importa.

—Lo cierto es que me da miedo estar con otro fotógrafo.

Lo miro, sorprendida.

—Eres una excelente fotógrafa, Jemma. He visto tu *portfolio*, ¡y vaya si es bueno! No pude decirte nada y eso me hace sentirme muy mal. Me dejó helado.

—Todo lo que hice en los últimos tres meses es un desastre.

Él sonríe y no lo niega.

—¿Y con eso, qué? Estás experimentando. No tienes miedo de probarte. Eso te hará incluso mejor. Lo cierto es que soy inseguro. Y la idea de estar involucrado contigo me vuelve más inseguro.

En lugar de contestarle, mi mano vuela alrededor de la mesa y elimina las pajitas y las servilletas usadas. Quiero irme, pero por alguna razón me siento obligada a dejar todo bien prolijo antes de hacerlo. Para mi sorpresa, Matthew me toma la mano.

—Me gusta Rozzie —dice, y por un instante fugaz lo miro a los ojos, en los que encuentro un miedo diferente del que él describe, algo que nunca antes vi en su cara.

De nuevo en mi cuarto, Rozzie me espera.

—Lo siento —dice en cuanto entro—. Lo siento *tanto*. No fue mi intención que pasara. Yo no quería que pasara, te lo juro por Dios. No hacía más que pensar "No, Rozzie, deja tranquilo a ese hombre. Es amigo de Jemma". Y entonces, seguí viéndolo y seguimos teniendo esas conversaciones maravillosas.

Levanto una mano. No sé qué decir ni qué hacer. Nada igual me pasó antes.

—En realidad, no quiero oír nada sobre el asunto —digo.

Sin planearlo de antemano, saco una bolsa de lona y empiezo a llenarla de ropa. Rozzie me observa.

—¿Qué estás haciendo?

—Empacando.

—¿Para ir adónde?

—A casa. A casa de mamá y papá. Tengo que hacer allá un trabajo.

—¿Cuál trabajo?

Pienso rápido.

—Voy a fotografiar una serie con mamá y sus alumnos. —Es lo primero que se me ocurre decir. Hace poco, nuestra madre ganó otro premio y volvió a salir en el diario. La idea no es demasiado mala.

—Caramba. No lo sabía. —Me mira moverme por el cuarto mientras yo busco la ropa interior, las camisas, todo mi equipo. —¿Qué debo hacer yo, entonces?

—Quédate aquí. A mí me da igual. No tiene importancia.

Ella lo piensa un buen rato.

—¿De veras?

Jemma, actualmente

Todavía no entiendo cómo tardé tanto en darme cuenta de que Rozzie no podía ver. Cuando se lo pregunto, ella se echa hacia atrás en la cama y trata de explicarme qué sintió:

—Yo podía darme cuenta de si alguien estaba parado justo aquí —dice y extiende la mano delante de la cara—. Por lo general, incluso alcanzaba a percibir si era un hombre o una mujer.

Para mí, la implicación era horrorosa: ella no tenía cómo saber quién era, no veía los ojos de esa persona, no podía leer su expresión. ¿Cómo seguir actuando sin poder ver la cara de quien se tiene delante?

Pienso en los años de la secundaria, en que Rozzie pasó tanto tiempo estudiando su reflejo en un espejo. ¿Acaso lo hacía para memorizar la cara que más adelante no podría ver? ¿Las expresiones que necesitaría tiempo después en su actuación? Pero, ¿cómo hizo para continuar y parecer estar bien todos estos años?

—No fue fácil —reconoce—. Yo usaba un truco. Por eso era tan agradable tenerte cerca. No parecía extraño que yo estuviera de pie junto a ti o que apoyara una mano en tu brazo para ir a cenar. Y algunos días, no era tan terrible. Ésos eran los días en que yo memorizaba mis parlamentos y las voces de las personas. Salía lo más que podía, trataba de parecer lo más normal posible.

Me maravilla la energía que todo esto debe de haber significado: años pasados en el arte de parecer estar bien. Después, asumir roles por encima de ese primer rol. Pienso en una película donde se suponía que fuera tan miope que no atinaba a encontrar sus anteojos en la repisa del baño. Esa escena siempre me da risa, la forma en que Rozzie se arrodilla en el piso y tantea, mientras sus ojos son apenas una ranura abierta parecida a los ojos de Mister Magoo. Siempre me pareció su escena más divertida en una película. Ahora, desde luego, me parece tristísima.

Y, al final, todo esto siempre me conduce a la misma pregunta: ¿Por qué no nos dijo nada?

A veces ella responde:

—Decírtelo equivaldría a convertirlo en realidad. No decírtelo significaba que tal vez no lo sería.

En otra oportunidad dice:

—Creí que me pondría bien. A veces era así.

Imagino otra razón que ella no menciona: yo no se lo he permitido. Nunca permití que fuera algo menos de lo que yo deseaba que fuera. Ella es mi horizonte, la línea a la que yo me he estado acercando incluso mientras estoy allí sentada, inmóvil en las sombras. ¿Cómo reconciliar mi impulso a seguirla con el hecho de que tal vez ella no sepa adónde se dirige? Ahora, cuando pienso en su futuro, veo que mi propia vida se estrecha y se oscurece.

En las tres semanas en que Rozzie ha estado en el hospital, comparto más comidas y paso más tiempo con mis padres que desde la época de la secundaria. En el hotel tenemos habitaciones contiguas y cenamos juntos todas las noches, casi siempre en una panquequería que hay justo al lado del hotel. Porque tenemos tanto tiempo y tan poco que decir con respecto a los progresos de Rozzie, necesariamente debemos buscar otros temas de conversación. Les pregunto a mis padres sobre su vida, detalles acerca del trabajo, con respecto a recuerdos de su propia infancia. Cada tanto, iniciamos el diálogo con preguntas directas y abiertas.

—¿Cuándo fue la vez que estuviste más asustada? —le pregunto a mamá. Sin decírselo, es obvio que me refiero a *antes de esto*.

Ella no necesita pensarlo mucho.

—Dios, cuando me hicieron esa terrible biopsia.

La miro.

—¿Cuál terrible biopsia?

Ella parece sorprenderse.

—Te lo conté, ¿no es verdad?

Yo sacudo la cabeza.

—Cuando tú tenías, a ver, ¿cuántos?, unos diez años, me extirparon un bulto que tenía en una axila, que me dijeron que era cáncer. Me informaron que era una forma bastante agresiva de la enfermedad y que me esperaba una lucha difícil y prolongada para vencerla. Entonces, tres días después, se disculparon y me dijeron que mi historia médica se había mezclado con la de otra persona, que se trataba de un tumor benigno y que todo estaba bien.

—Por Dios, mamá. ¿Por qué no nos lo dijiste?

—Creí que lo había hecho, después. ¿No es increíble? Siempre supe que manejé muy mal las cosas. —Sacude la cabeza. —Cuando una está realmente asustada, lo que más teme es no poder proteger a sus hijos. —Mira por la ventana, lejos de mí. —Es una sensación espantosa no poder protegerlos a todos ustedes.

Esto no es algo para nada típico de mi madre. Por lo general, si dice *mis chicos*, se refiere a sus alumnos. Jamás pensé que nosotros éramos una parte suya tan importante que la haría ocultarnos las cosas más dolorosas. Me doy cuenta de lo interesante que es la forma en que los secretos pueden ser la medida del afecto. Y cómo, contar esos secretos equivale un poco a que ese afecto disminuya.

Me entero de otra cosa con respecto a mis padres: que en una oportunidad estuvieron a punto de separarse. Papá es el que me lo dice.

—*Bromeas* —digo.

—Fue más o menos en tu primer año de la secundaria. Tú estabas en casa, pero Rozzie, no. —Calla un momento.

—Sí —digo—, ¿qué pasó?

Él sacude la cabeza.

—Tu madre se enamoró de otra persona.

—No puede ser.

Él asiente.

—¿De quién?

—De alguien con quien trabajaba. Nadie que conociéramos.

—¿Tuvo una aventura con esa persona?

—No, no. Eran amigos. Sintió con esa persona un compañerismo que ella y yo habíamos perdido.

—¿Qué pasó entonces?

—Durante bastante tiempo fue horrible. Muy penoso. Una vez nos pasamos toda una semana sin dirigirnos la palabra.

Lo que me cuesta creer es que yo estuviera allí y no lo notara.

—Finalmente le dije que siguiera adelante con esa persona, que todo estaba bien y, milagrosamente, él desapareció. Consiguió un trabajo en Connecticut y se fue.

Esto debe de haber sido por la época en que papá entró en el grupo de lectura de obras de teatro, cuando una noche se transformó en el rey Lear y se apareció en nuestro living con una toalla de baño como capa. En aquel entonces yo creí que lo hacía por Rozzie, su público ausente, su hija estrella. Pero ahora comprendo que lo hacía por su esposa.

Por la noche, cuando está casi dormida pero no del todo, Rozzie me describe lo que ve: a veces es una ventana jabonosa, otras veces algo lindo. En una ocasión, a punto de sumirse en un sueño profundo, susurra:

—A veces veo cosas que no están allí.

—¿Como qué? —le pregunto en voz baja.

—Flores. Pájaros. Algunas personas.

—¿Quiénes?

—Una vez me pareció ver a la abuela Ann. Sonreía y me saludaba con la mano. En otra oportunidad te vi a ti. De muy chiquita.

—¿Qué hacía yo?

—Jugabas a la pelota.

Se me congela el corazón. ¿Ése es también un recuerdo de Rozzie?

—¿Y tú también juegas?

—Sí, más o menos —responde y entrecierra los ojos, como para ver con más claridad sus pensamientos—. Todo está un poco borroso.

Recuerdo que una vez estaba convencida de que un cable nos conectaba a las dos. Ahora, es como si cada una estuviera a cada extremo de ese cable, sosteniéndolo con fuerza.

Jemma, 1992

Conduzco el auto directamente a casa, tres horas, donde mi madre me prepara un baño, me dice que necesito estar sola y, después, se queda sentada todo el tiempo sobre la tapa del inodoro y me señala algunas cosas, a saber: que esto no es algo típico de Rozzie (lo cual es verdad), y hace mucho tiempo que Rozzie no trabaja (también es cierto). Mamá piensa que puede de que mi hermana esté deprimida o que le suceda algo que no sabemos, algo que tiene que ver con su trabajo. Dice que las conversaciones con ella han estado muy tensas.

—Todo lo que yo digo parece irritarla. ¿Rozzie era así contigo?

—No. La noté muy triste hasta que conoció a Matthew, y entonces se puso encantadora. La odio, mamá. Juro por Dios que la odio.

Mamá sacude la cabeza.

—Hay algo más en el fondo de todo esto. ¿Por casualidad no te ha estado haciendo comentarios crípticos?

Pienso en sus llamados telefónicos, en los que hablaba de la presunción de la gente y las cosas malas que le estaban pasando.

—Sí, un poco. No sé. —La recuerdo sentada durante tres días en mi cuarto del dormitorio general, convertida, de adulta, en la chiquilla que yo fui una vez: tan asustada y demasiado cautelosa. La veo mirándome desde la ventana de la misma forma en que alguna vez yo la miraba desde el porche.

—Estoy preocupada. Creo que en este momento está muy sola y muy enojada.

—¿Por qué tendría que estar enojada?

—Bueno, por muchos motivos. No tiene una vida fácil. Salvo tú, tampoco tiene demasiadas amigas.

Me cubro la cara con un repasador.

—Y ahora tiene una menos.

—Es precisamente por eso que no entiendo todo esto.

Más tarde me recuesto sobre la cama y la escucho contarle a mi padre la historia. Pero no oigo la versión completa. La oigo decir:

—Francamente, esto me preocupa... nunca antes la vi así.

No sé si se refiere a Rozzie o a mí. Son tantas las lágrimas que brotan de mis ojos que se me mojan las orejas.

Mamá se pasó toda la vida diciéndoles a "sus chicos" que la miraran, que sus ojos se enfocaran en los suyos. A veces incluso cuenta en voz alta: si la miran a los ojos antes de que cuente tres, la recompensa es un pretzel. Cuando le digo a mamá que quiero hacer una serie de fotografías sobre sus alumnos, sé que a ella no le gustará nada la idea. Que pensará en los chicos y la preocupará la posibilidad de que eso interfiera en su trabajo, del mismo modo en que la televisión lo hizo hace tantos años. Así que trato de convencerla de que sería un buen experimento para ellos relacionarse con alguien que no sea una maestra, aprender todo lo referente a una cámara, seguir instrucciones. Porque le insisto tanto a pesar de que siempre soy tan callada, al final ella cede:

—Sólo ven y trae tu cámara. Ya veremos cómo sale todo.

Quiero que esto sea todo lo contrario de fotografiar celebridades, quienes saben exactamente cómo seducir con los ojos y qué hacer para salir fotogénicas. Quiero que esto sea acerca de chicos que no tienen por costumbre mirar a una cámara, que creen que el contacto visual es algo que hay que evitar por miedo, tal vez porque ahora yo entiendo lo que es eso.

Hace mucho que no voy al aula donde enseña mi madre. La última vez que fui no había computadoras sino sólo mesas y sillas y colchonetas de plástico símil cuero. Ahora, en cambio, hay una verdadera batería de cosas, incluso ropa para lograr que los chicos se concentren: chalecos con pesas, anteojos con prismas. Regina entra, saltando sobre sus pies y moviendo las manos alrededor de la cara. Yo la recuerdo vagamente como alumna de un jardín de infantes. Ahora tiene quince años, y es alta y hermosa.

—Buen día —dice al aire—. Estoy caminando sobre los talones. Ahora estoy en el colegio y uso mi chaleco. Hola, Jemma, te cambiaste los pantalones.

Mamá sonríe y sacude la cabeza. Sin duda Regina me recuerda de hace casi seis años.

—Hola, Regina —digo.

—Tenías puesto pantalones marrones y blusa verde. Ahora es diferente. Yo tengo un perro. Eso es diferente. Y también tuve siete pescaditos que murieron. ¿Quieres ver mis figuritas?

A lo largo del día los conozco a todos, uno por uno, y hablo con cada uno de la mejor manera que puedo. Un chiquillo me cuenta que ama a Ginny. Cuando le pregunto "¿A quién?", él dice que no importa, que olvide lo que dijo, porque él no quiere que se corra la voz.

—Eso es lo que sucede. Se corre la voz y entonces todo el mundo *lo sabe.*

Una pequeña me dice que cuando crezca quiere ser dibujante, y al decirlo se mece suavemente y pone los ojos en blanco.

Otro varoncito me pregunta si sacaré fotografías de su reloj, en lugar de tomarlo a él. Sólo una de las pequeñas quiere que la fotografíe o entiende el procedimiento habitual. Observa la silla que he instalado, se acomoda en ella, las manos sobre las rodillas, y sonríe de oreja a oreja incluso antes de que yo haya sacado mi cámara del estuche. Sus ojos son dos ranuras; su aspecto es el de alguien que hace aladeltismo o se inclina hacia un viento fuerte.

—Todavía me falta un minuto, Ann. Aún no estoy del todo lista.

La sonrisa de la chiquilla no se desvanece. Por último, dice:

—Un minuto —se pone de pie y se aleja.

El resto entiende lo suficiente lo que estoy haciendo como para que no les guste.

—Nada de fotografías, por favor —dice un chiquito, de cara a la pared.

—Está bien —digo yo—. ¿Tú quieres sacar una fotografía?

Sus hombros giran unos milímetros.

—No me dejan tocar la cámara de papá.

—Ésta no es la cámara de tu papá. Es la mía. Y puedes tocarla.

Él se da media vuelta, pero no me mira.

—Está bien. Sacaré una foto. —Le entrego la cámara y aunque él no la mira, la dirijo a diferentes partes. Cuando la toma, el peso de la cámara parece sorprender sus manos. Mira el reloj mientras sus manos exploran aquello que hasta ahora no se le había permitido tocar. Por último, toma una fotografía del piso.

A continuación, todos quieren intentarlo. Un varoncito pregunta si puede sacarle una fotografía al inodoro cuando se hace correr el agua.

—Bueno, eso no lo sé —contesto. Él parece confundido.

—¿Eso quiere decir que no?

Les digo que fotografíen lo que quieran. La falta de contacto visual es una faceta tan definitoria del autismo que tratar de descubrir qué miran, en lugar de ojos y expresiones faciales, podría ser una idea interesante. Pero sé que es poco factible. Lo más probable es que gastaría metros y metros de película y sólo lograría negativos subexpuestos de motas de polvo y linóleo. Pero la sola posibilidad de que tal vez lo consiga, que logre tener un retrato de un pequeño junto a una fotografía tomada por él, hace que el intento bien valga la pena.

Aunque me pasé gran parte de la mañana concentrada en mi trabajo, sólo al final del día comprendo que lo que siempre he oído decir acerca de mi madre es verdad: es maravillosa con esos chicos. Y no es una tarea fácil. Durante el día, tres chicos se echan a llorar. Uno, porque su asistente se irá dentro de una semana: otro, porque no puede abrir el cierre de su saco, y otro por razones que nadie logra descubrir. Mi madre se sienta detrás de este último, un chiqillo de seis años, lo abraza y lo mece con los ojos cerrados. En su oído canta suavemente *Itsy Bitsy Spider*. Calmarlo exige mucho tiempo y muchas canciones. Yo pierdo la cuenta en la décima, justo cuando me doy cuenta de qué trata esa canción: de reagruparse, serenarse y empezar de nuevo.

Esa noche se me ocurre una idea. ¿Qué pasaría si les sacara fotos a los chicos y, después, les pidiera a ellos que me fotografiaran? No les daría demasiadas instrucciones: si sacaran la fotografía de la silla antes de que yo me sentara en ella, perfecto; si me tomaran un pie, perfecto también. Cuando le pregunto a mamá qué opina, ella me contesta:

—No está mal, pero creo que sólo cuatro de ellos podrían hacerlo. Yo pienso que diez.

—¿Y qué me dices de los otros?

—Seguirán queriendo tomar el agua que corre en el inodoro o nada en absoluto. —Lo piensa un momento. —En realidad, no sé qué harían. —Se echa a reír. —Ésa es la verdad.

Esto me hace pensar que es una buena idea. Existe un elemento desconocido, que incluso me asusta un poco. Mi equipo fotográfico es caro y en este momento es mi herramienta de trabajo. Y yo me propongo ponerlo en manos de chicos que no son capaces de regular sus impulsos.

A la mañana siguiente empiezo con Steven, que tiene doce años y es uno de los más adelantados del grupo. Él pasa aquí tres horas por día en un aula de quinto grado. Está a caballo de dos mundos; en el otro, él controla su impulso a mecerse y a sacudir las manos; aquí, se distiende. Se mece y aletea con las manos y le sonríe al piso cuando mi madre se acerca.

—Hola, Maureen. Karen dijo que tuviste un buen día.

Mamá le pasa la mano por el pelo.

—Karen *sí* dijo que tuviste un buen día.

Él sonríe y por un instante fugaz permite que su mirada se cruce con la de ella.

A Steve le han dicho que, para no estar moviendo las manos todo el tiempo, se las meta en los bolsillos. Yo le tomo dos fotos, una sonriéndole al aire, los brazos a un costado, rectos como bastones, y la otra con las manos metidas en los bolsillos. Parece tenso y afligido, como si estuviera usando un chaleco de fuerza invisible. Entonces le digo que saque las manos de los bolsillos, tomo la foto con una exposición prolongada y sé qué sucederá: sus manos desaparecerán en un desenfoque blanquecino y su sonrisa será auténtica.

Esa noche, cuando imprimo una tira de prueba en el cuarto oscuro del viejo sótano de la casa de mis padres, incluso antes de que la imagen aparezca en el revelador, sé que el resultado será excelente.

Los ojos de Steven están iluminados y brillan con alegría, sus manos están invisibles, su expresión es un simple reflejo de gozo del momento. No es una criatura que mira fijo a la cámara y devuelve lo que el adulto que está detrás de la cámara le da. Es absolutamente su propia expresión, incluyendo las manos, que resultan un poco inquietantes pero son las suyas. Cuando pongo las copias en el fijador, sé que es lo primero que he hecho en meses que no es imitativo ni el resultado de una desesperación por aprehender un concepto. Es algo diferente y bueno; la imagen de una criatura como no se ha visto antes.

Mi entusiasmo es tal que me quedo levantada hasta tarde copiando más negativos. Aquellos en que aparezco yo son una mezcla interesante. La vanidad me lleva a vestir bien y a usar maquillaje, y el chiste es que mi cara nunca aparece en un negativo. En uno se me ve el pelo; en otro, a mi madre. En la mayoría, vuelo de la cámara a la silla: soy apenas una blusa borrosa. Cuanto más miro las fotos, más me parece que poseen algo interesante. Un retrato convencional de un chiquillo nada convencional se juxtapone a una silla a la que alguien siempre trata de llegar. La silla sale muy bien; la persona tiene un aspecto ridículo. O da la impresión de que trata de incorporarse a un universo que no se adapta a su necesidad de caminar entre la cámara y la silla.

Trabajo las fotografías, apantallo y quemo zonas para que mi figura borrosa resulte más misteriosa y frenética. Me encanta ese efecto: el universo está tergiversado; yo estoy perpetuamente en movimiento y una silla está eternamente fuera de mi alcance.

Durante los siguientes tres días no hago más que tomar fotos e imprimirlas. Cuando mamá finalmente me pregunta si hablé con Rozzie le digo que no, que no quiero hacerlo y que tampoco quiero pensar en ello. Quiero sacar todo eso de mi mente por completo.

Pero no puedo.

La cuarta noche que paso en casa dejo las copias abajo para que se sequen y entro en el cuarto de Rozzie, que está exactamente igual que cuando ella tenía diecisiete años, el verano que se fue a Los Angeles; se fue del todo de casa y sólo volvió de visita. Los roperos están llenos de sus calzas y sus faldas de tela de tapicería de la secundaria. Sobre su escritorio hay una cartelera con todos los pins que solía poner en su mochila: ERA Now; Aborto Seguro y Legal. Ahora que ya no tiene una actividad política, todo esto me resulta particularmente irritante y sumamente artificial. Reviso el contenido de su escritorio para encontrar más pruebas de esa falsedad. Quiero sumar razones para mi furia, pruebas de que mi hermana no quiere decir lo que dice, que una y otra vez afirma lo importante que soy para ella, pero cuando un hombre entra en escena, olvida todo eso. En un cajón, encuentro un trabajo de la secundaria para Español Dos y, después, una carta, sin fecha, escrita en un papel celeste para cartas:

Querido Daniel:

Lamento haberte tomado ayer por sorpresa. Sé que no debería hacerlo, pero no puedo evitarlo. Me siento atraída a tu casa como por un imán. Juro no ir y, de pronto, allí estoy, en el sendero de césped, acercándome a la puerta de tu casa. Siempre es bueno verte y hablar contigo, aunque sólo bebamos té helado y estemos sentados cada uno en el otro extremo de la habitación. Me encanta contarte mis historias. Las practico para que el tiempo sea el perfecto y para saber que reirás. Siempre tuviste razón con respecto a la importancia del tiempo preciso. Eso lo aprendí a lo largo de los años.

Aunque el tiempo que estuvimos juntos parezca tan tieso y formal como aquel vaso de té helado, me sigue fascinando verte. Tú eres la voz en mi cabeza que yo siempre

Doy vuelta la hoja, busco la otra página, que no encuentro. Sin duda esta carta estaba dirigida a Daniel Wilkenson, su antiguo profesor de arte dramático, pero vuelvo a leerla para ver si estoy en lo cierto. No puedo creerlo: ¿*Me siento atraída a tu casa como por un imán…*? ¿*Tú eres la voz en mi cabeza…*? El corazón me bailotea en el pecho. Tengo la sensación de haber encontrado una mina de oro.

Sé que Rozzie va a visitarlo cuando viene a casa, aunque siempre hace que parezca que lo hace por obligación. Dice, por ejemplo: "Debería ir a ver al señor Wilkenson", con un suspiro, como si significara *el pobre Daniel.* Una vez fui con ella, no por decisión propia —ella iba a llevarme en el auto a la piscina, que resultó que estaba cerrada— y lo encontramos cortando el césped, sin la camisa puesta. Recuerdo haberme sentida incómoda al ver sus brazos blancos y el vello marrón de su pecho, un cuerpo que no se suponía que debía verse. Él enseguida buscó su camisa y se la puso. Nos sentamos y bebimos agua que su esposa nos trajo sin decir ni una sola palabra. Ella era menuda, como un pájaro, con pelo castaño y corto y nada de maquillaje.

Ahora significa que sé dónde vive Daniel.

Desde que Rozzie me obligó a abandonar el curso y me arruinó la vida, no he encontrado ningún recurso ni ningún lugar para poner mi furia. Llamarla no serviría de nada. Sólo equivaldría a una conversación que ella tendría con Matthew. Pero ahora conozco su vulnerabilidad; ahora hay algo que sí puedo hacer.

Porque traje tan poca ropa, me pongo una vieja camisa y pantalones de Rozzie. A lo mejor él los reconoce —yo sí lo haría, porque me parece que todavía tienen su olor—, pero no me importa. Lo considero algo así como un disfraz y me otorga el poder de ocultarme de alguna manera. La que toca el timbre de su casa con la carta en el bolsillo no soy yo sino otra persona.

La luz del porche se enciende. No sé si él recordará mi nombre, así que cuando él dice en voz alta: "¡Un momento!", yo digo: "Soy Jemma, la hermana de Rozzie".

Él abre la puerta de shorts, camiseta y descalzo.

—Jemma, qué gusto verte. Ven, pasa.

Lo sigo y entro. La casa tiene un aspecto diferente del que recordaba. Parece tener menos muebles y más platos en el piso.

—Siéntate. ¿Qué puedo ofrecerte? Creo que tengo té helado. ¿Te gustaría un vaso?

Pienso en la carta y me pregunto si siempre habrá una jarra de té helado en la heladera, esperando la visita de mujeres más jóvenes. Un momento después, él vuelve con el té helado más dulce que he tomado jamás.

—He oído decir que tomas fotografías.

—Así es.

Se sienta frente a mí en una silla plegable, con su té helado apoyado en una de sus rodillas pálidas.

—Maravilloso. —Mira de reojo hacia la puerta y calla un momento como si estuviera escuchando un sonido en particular.

—Bueno, señor Wilkenson...

—Daniel, por favor.

—Daniel. Vine para hablarle de Rozzie.

Él asiente y cierra los ojos en un gesto que me resulta difícil descifrar, pero que espero que signifique, sí, continúa.

—No sé si alguien se lo habrá comentado, pero lo cierto es que está pasando por un momento difícil.

—¿Con el trabajo?

—Es más que eso. Está muy... —Vacilo. Necesito hacer esto bien. —Sola. Le cuesta conectarse con la gente. Créame, yo no estaría aquí si mis padres y yo no estuviéramos muy preocupados por ella.

Su frente se arruga y sus manos se entrelazan.

—Dame más detalles.

—Pensamos que está sufriendo algo así como un colapso nervioso. No se me ocurre de qué otra manera llamarlo. Vino a visitarme a la universidad y ahora no quiere irse de allí. Dice que tiene miedo de volver a Nueva York. Yo vine a casa a hablarlo con mis padres, y entonces encontramos esta carta en su escritorio.

Se la entrego. Como conozco bien su caligrafía, le agregué un final: *Tú eres la voz en mi cabeza que siempre escucho, eres el amor de mi vida, el hombre que estoy esperando.*

Sé que está mal, pero sigo adelante.

Él lee toda la carta y me mira.

—¿Cuándo escribió esto?

—No lo sé con exactitud, pero estoy bastante segura de que hace poco.

Él mira fijo la carta que tiene sobre las rodillas.

—Nos preguntábamos si no le importaría ir a verla —digo en voz baja—. Sé que es pedir mucho. —Digo esto bastante segura de que él no lo hará. Después de todo, está casado y es docente. Y el hecho de ser una celebridad no puede cambiar algunos hechos. En realidad no quiero que él haga nada; sólo quiero humillar a Rozzie tanto como ella me humilló a mí.

—¿Quieres que yo vaya a tu universidad?

—Bueno, no sabemos si eso la ayudará. Sé que siempre ha sentido un gran afecto por usted, y entonces encontré esta carta. Y se me ocurrió que a lo mejor esto es lo que le resulta tan confuso a ella en este momento. Quizá necesita verlo y descubrir qué es en realidad lo que ella *siente.* —Puse cierto énfasis en la palabra "siente". —Rozzie siempre lo apreció mucho. Tal vez usted no sepa en qué medida. —Bajo la voz hasta convertirla en un susurro por si su esposa está del otro lado de la puerta, escuchando. —Sé que Rozzie parece estar viviendo ahora una vida fascinante, llena de celebridades, pero la persona a quien ella siempre amó es usted, Daniel.

Dejo de hablar y me echo hacia atrás en el asiento. Me arde la cara y el corazón parece querer escapar de mi cuerpo.

Durante un buen rato, ninguno de los dos habla. Después, él bebe un sorbo de té, levanta la vista y dice:

—Tal vez no lo sepas, pero mi esposa me abandonó hace siete meses.

Me quedo mirándolo.

—No. No lo sabía.

—Ella nunca fue feliz aquí, por una serie de razones. Yo traté de darle felicidad, pero hay una medida de lo que una persona puede hacer al respecto.

Yo no digo nada.

—Después de que sucedió, yo fui a ver a tu hermana. Le dije que ahora estaba libre y ella me dijo, en términos bien concretos, que me mandara mudar. Que no quería que yo volviera a visitarla.

¿Qué? La mochila se desliza de mis rodillas.

—¿Cuándo fue esto?

—Hace unos cuatro meses. Desde entonces no tengo noticias de ella.

—Dios mío —digo y siento que se me seca la boca.

Esa noche, durante la cena, estoy tan callada que mis padres dicen que yo los preocupo. Mamá piensa que he estado trabajando demasiado, que necesito tomarme un descanso.

—Alquilemos una película —dice con voz animada—. Elige tú cuál.

En el viaje en auto al videoclub, trato de no recordarme sentada frente a Daniel Wilkenson, viendo el espasmo de su cara cuando me habló de la reacción de Rozzie. Honestamente, pensé que la carta sería una sorpresa para él, algo tan simple como la noticia del enamoramiento de una antigua alumna. Pensé que se echaría a reír, ojalá, de Rozzie. El hecho de que los dos hubieran hablado de sus sentimientos y lo de su matrimonio es un rudo golpe para mí. Yo fui a su casa con la intención de lastimar a Rozzie y ahora tengo miedo de haberle abierto a él una vieja herida.

En el videoclub, camino por el local, distraída y desinteresada. Cuando oigo a mis espaldas una voz que dice "¿Jemma?", finjo, por un segundo, no oír. Después giro y es Theo, a quien no veo desde hace años, con el pelo bien corto y sorprendentemente elegante. Al principio no se me ocurre nada que decir, y después señalo la película que tiene en la mano, *Children of a Lesser God.*

—Ésa es en la que William Hurt les enseña canto a chicos sordos.

Theo sonríe y toca la caja del video.

—Por favor, Jemma. Es mi película favorita.

Yo río y él también lo hace.

—No puedo creer que seas tú —dice—. Estás tan cambiada.

—¿Ah, sí? —digo y me miro, sorprendida.

—Tienes el aspecto de alguien que vive en una gran ciudad.

Yo llevo puesto lo que siempre uso en estos días: jeans negros, suéter negro de cuello alto, zapatos rojos.

—¿En serio?

Cuando me pregunta qué estoy haciendo ahora, le digo que sigo un curso de arte y él parece tan impresionado que continúo y le cuento lo del premio.

Él levanta las cejas.

—¿Dos meses allá y ya ganas premios?

—Bueno, premios no muy importantes.

—¿Cuál es el tema de tus fotos?

Comienzo a decírselo y de pronto me doy cuenta de que ya se lo conté. La última vez que hablamos le describí las fotos que estuve tomando durante los últimos cuatro años.

—Hasta el momento, sets de filmación. ¿No recuerdas que te lo dije?

Él asiente. Lo recuerda.

—Sí, claro.

—Hace un tiempo que vengo haciéndolo. Pero quiero intentar un nuevo enfoque.

—¿Cuál?

—Bueno, ahora estoy en casa de mis padres y fotografío a los alumnos de mamá.

Él parece interesado. Yo quiero seguir hablando, contarle los resultados que estoy obteniendo, pero una mujer rubia y un poco rolliza se acerca con una caja en la mano. Theo le toma la mano.

—Mira, Stace, ésta es Jemma. Jemma, ésta es Stacey, mi novia.

—Hola —digo y mantengo tanto tiempo la sonrisa que los labios se me pegan a los dientes.

Paso el resto de la noche mirando una película con mis padres y pensando en Theo. ¿No quise salir con él hace años porque rengueaba o, quizá, por saber que podría haberme gustado en serio? Un rato después busco su número de teléfono en la guía y lo llamo sólo para averiguar si está viviendo con esa tal Stacey, aunque el contestador automático tome mi llamado. Me digo que sólo lo hice por curiosidad, de manera sociológica, para averiguar cuántas parejas de mi edad viven juntas. Pero contesta él y, sin siquiera pensarlo, digo:

—Theo, soy yo.

Él sabe quién soy.

—Hola, también yo estaba pensando en llamarte.

Nos reunimos para almorzar en un restaurante que hay junto a la autopista y que él asegura que preparan pastas muy ricas, pero yo creo que debe de haberlo elegido porque está como a quince kilómetros de la ciudad y es poco probable que encuentre allí a algún conocido. Cuando entramos, vemos que está lleno de gente vieja. Después de elegir lo que comeremos, Theo no se anda con rodeos.

—Bueno, tengo que confesarte que me descolocó un poco el encuentro contigo.

Yo había planeado tener una actitud algo indiferente, mantener la conversación en tono cordial y superficial. Hasta pensaba mostrarme generosa y preguntarle por Stacey y cómo se ganaba la vida.

—¿Qué quieres decir?

—Lo más extraño de todo fue que yo había estado pensando en ti ese mismo día, más temprano. Y entonces, de repente, te veo allí. Fue rarísimo.

—¿Y qué pensabas?

—Bueno, no sé. A veces sólo pienso en ti. Por ejemplo, una vez alquilé *Green Card* porque el pelo de Andie MacDowell se parece al tuyo. O alquilo una película porque la protagonista es fotógrafa. Eso también lo hice. Pero tal vez no debería decirte todo esto.

Lo que no puedo dejar de advertir es que él habla de películas, pero por suerte no menciona las de Rozzie.

—¿Alguna vez viste alguna película en la que actuaba mi hermana?

—Sí, las vi. Bueno, algunas. No sé. Me gustan. Pero ella no me recuerda a ti. Otras cosas sí lo hacen.

Siento que se me rompe el corazón; me parece que todavía tengo una oportunidad de hacer las cosas bien. Le pregunto si su relación con Stacey es seria y él me contesta que sí, más o menos, y eso hace que de nuevo me ponga a la defensiva.

—Hemos estado hablando de vivir juntos. —Ya que él reconoció una cosa así, quiero que siga adelante. Desearía que él agregara: "Pero todavía no lo haremos, desde luego".

Pero él no lo dice.

En cambio, dice:

—Nos llevamos bien.

Lo que me comentó al principio es lo que empeora más las cosas. El hecho de ver que él puede abrir su corazón mucho más que yo es lo que hace que me entristezca aún más no poder ser la dueña de ese corazón. Pero, a mi manera, yo también soy una actriz. Sé cómo manejar esas situaciones, no dar la impresión de que me estoy muriendo, aunque así sea. Le digo que esa noticia me hace muy feliz, que es fantástico encontrar a una persona que a uno le gusta tanto. No digo "a la que se *ama* tanto". Todavía no he perdido todas las esperanzas.

Dos días después, lo llamo de nuevo. Le digo que a mis padres les sobran entradas para ir a ver una obra de teatro en la universidad. Que sé que es una invitación de último momento, pero ¿le gustaría a él asistir?

—Mmmm... —Dice y calla un momento que me parece eterno.

—No pienses que trato de arruinar la relación que tienes con Stacey. Juro que lo único que quiero es que seamos amigos.

—De acuerdo. Iré.

La obra se llama *Burn This*, pertenece a Lanford Wilson y es tan buena que casi olvido que Theo está sentado junto a mí, que esa función es para mí sólo una excusa para salir con él. La protagonista es una bailarina llamada Anna, que vive hace años en Nueva York con su mejor amigo, un hombre gay. La obra empieza después de que él muere en un accidente de barcos y su hermano, el chef carismático y un poco chiflado de un restaurante, se aparece en la ciudad. Es un hombre grosero, ordinario e increíblemente persuasivo. El actor que lo encarna es bajo y de tez oscura aunque, irónicamente, el nombre de su personaje es Pale. Se pasea por el borde del escenario como un animal enjaulado, golpea las paredes, se emborracha, toma pastillas, lanza imprecaciones contra todo el mundo. Sin embargo, el personaje de la protagonista es en el que realmente me reconozco; tengo la sensación de estar viendo una versión paralela de mí misma: una mujer que ha elegido una carrera poco práctica y después hace todas sus demás elecciones con prudencia y cautela. Cuando ella reconoce que hace años que no tiene relaciones sexuales, trata de explicar que bailar es para ella algo así como el sexo, y que el amor que siente por sus amigos es tan válido e intenso como cualquier amor sexual. Pale la toca por primera vez y dice "Tonterías".

Yo me he estado diciendo una versión de lo mismo durante años: que estoy feliz con mi vida tal cual es, aunque sé que no es verdad. Parte de mi enojo con Rozzie en este momento tiene que ver con cerrar una puerta para abrir otra, eliminar las redes de seguridad para, finalmente, caer. Por último, una vez fuera del teatro, Theo dice:

—Vaya, sí que hubo muchas malas palabras.

Lo miro fijo. En el pasado, solía sentirme agradecida de que un hombre dijera cosas como ésa porque signicaba que yo estaba a salvo, que no hacía falta que él me gustara más, que podía volver a mi vida solitaria sin quedar desolada por comprobar que él no era muy inteligente. Pero esta vez es diferente. Quiero que Theo entienda por qué me gustó la obra.

—A mí me parece que debía haberlas. Él se proponía hacer temblar el mundo de ella. La protagonista tenía una vida ostensiblmente exitosa, pero estaba construida con demasiado cuidado y era muy limitada. —Vacilo un momento y continúo: —Yo también me sentí a veces así. Como si hubiera tenido miedo de correr ciertos riesgos y no supiera bien por qué. Eso fue hace tanto tiempo que ni siquiera estoy segura de haber tenido tanto miedo.

Theo no dice nada, y me pregunto si yo debería sentirme estúpida si él llegara a darse cuenta de que hace mucho que no me acuesto con nadie. Por último, él dice:

—Pienso que lo que tienes es miedo de que te lastimen.

—Sí, supongo que sí.

—No entiendo por qué, para ser realmente sexy, un tipo tiene que estar siempre tan furioso y consumir cocaína.

Me doy cuenta de que eso lo molesta. O lo preocupa. A mí me gustó la obra por mis propias razones y a él no, por las suyas.

—No, no hace falta —digo.

Aunque yo pagué las entradas y la cena, él me llevó al teatro en su auto, así que allí nos quedamos sentados un rato al final de la velada. Le digo que el lunes me vuelvo a la universidad, así que es posible que no volvamos a vernos por un tiempo, pero que fue muy agradable que nos reuniéramos y poder tenerlo de nuevo como amigo. Después de decir esto, me le acerco y lo beso. Sé que puedo parecer ridícula, que mi boca dice una cosa y mi cuerpo hace otra, pero también sé cómo se lamenta uno después por no hacer el intento. Enseguida Theo me devuelve el beso y me atrae hacia él de modo que nuestras caderas se tocan. Eso me hace sentir mejor de lo que imaginé nunca, como si él llegara a cada rincón solitario de mi cuerpo y borrara de él todo dolor. Siento su erección, pero también yo estoy muy excitada sexualmente. Quiero que esto siga, acostarme en el asiento y ponerlo sobre mí.

—Con Stacey no es así —dice.

—¿Como qué?

—No se me enciende tanto el corazón. —Una vez que dice esto, siento que su cuerpo se mueve, como si hubiera cambiado de opinión. —Pero no quiero hacer esto si estás por irte.

No sé qué decir. Lo único que oigo es *No quiero hacer esto*.

—Entonces supongo que deberíamos detenernos ya —digo—. ¿Te parece?

—Sí, de acuerdo.

Rozzie, actualmente

Ella reconoce ver algunas cosas, pero no le cuenta a nadie este hecho sorprendente: que el cuarto día después de que le quitaron las vendas, al abrir los ojos vio a un hombre de pie junto a su cama, un hombre bajo, de blanco, con pelo oscuro y ondulado.

Al principio, supone que se trata de su imaginación. Jemma le ha descripto al médico, y esto es su imagen mental hecha realidad: que habla, lee y se acomoda los anteojos. Entonces ella extiende la mano y toca donde le parece que él se encuentra. Y de veras, él está allí. Rozzie alcanza a *ver* su dedo y el algodón de su guardapolvo, y también lo palpa con los dedos. El corazón se le acelera.

Esto le ha ocurrido una vez antes —este regalo de claridad— y ella ya sabe que no debe contárselo a nadie. Sabe que aparecerá y desaparecerá, y es lo que sucede. A veces, verá flores en el antepecho de la ventana —incluso podrá olerlas, de eso está segura—, pero cuando se dirige al otro extremo de la habitación, sólo encuentra aire cálido y una mancha de luz de sol.

La mente y la memoria son poderosos embusteros.

Si se lo cuenta a los médicos, fracasará en las pruebas que le hagan. Verá una chaqueta azul en un médico que le dirá que sólo lleva puesta una camisa amarilla. E incluso después de que él se lo dice, después de *saber* la verdad, el color de la chaqueta no cambiará. Estará allí con todos sus detalles: botones, pespuntes. Ella verá lo que ve, como siempre sucedió.

Con el tiempo, Rozzie ha aprendido a no confiar en las figuras masculinas de autoridad. O, al menos, a no entregarse confiadamente a ellas. Ha creído demasiado lo que siempre le dijeron. Si se abre y les dice todo lo que ella se cree capaz de hacer, su poder disminuirá. Le dirán que en realidad no está viendo; le harán pruebas con sus aparatos y el resultado será deficiente. Lo que ve se convertirá en la explicación de ellos de lo que ella está viendo. Por ahora, es mucho mejor guardárselo para sí; no fracasar en ninguna prueba y, en cambio, disfrutar de lo que se le da: un zapato, un jarro, el cable del teléfono que tiene al lado de la cama.

Rozzie ya no piensa en la muerte ni en desplazarse lentamente hacia una oscuridad que es igual a la muerte. Este truco es mucho más excitante; se parece a actuar de nuevo, eso de simular no ver lo que sí ve o podría ver.

Cierta tarde, Jemma entra con lo que parece una camisa a cuadros verdes y blancos. Hace años que Rozzie no ve nada verde, desde Nueva York, donde sólo se lo encontraba en ropa o en Central Park. Y ahora está allí de nuevo, en una camisa, de eso está casi segura.

No sabe cómo preguntar sin despertar sospechas. Intenta otro enfoque:

—¿Cómo te las arreglas con la ropa? Porque sólo pusiste en la valija para un par de semanas, ¿no?

—Alterno tres camisas y algunos pantalones que compré la semana pasada en Kmart.

—Fantástico. ¿Cuáles tres camisas?

Espera oír que una es a cuadros verdes y blancos, pero ninguna lo es. En cambio, Jemma describe tres camisas diferentes y Rozzie contiene la respiración. Entonces esto debe de ser fruto de su imaginación, piensa; trucos que una parte de su cerebro le juega a la otra parte. Tiene ganas de llorar por lo poco que ahora se entiende a sí misma.

Entonces Jemma se mueve. Sin duda está mirando hacia abajo.

—Ah, y esta preciosa capa escocesa verde y blanca.

Rozzie exhala.

Jemma, actualmente

En los últimos días ha salido a relucir un nuevo tema. De pronto, existen dudas con respecto a las finanzas de Rozzie. Es raro oír esto; durante años, ella ha sido la persona más rica de nuestra familia. Y, ahora, Miriam nos anuncia que en seis meses más a Rozzie se le habrá terminado el dinero.

Al oírlo por primera vez, confieso que siento una oleada de satisfacción. Lo que pienso es que por fin Rozzie, quien asegura que el dinero no le importa, verá cómo es no tenerlo. La imagino viviendo en los departamentos en que yo me alojé, con lepismas y cucarachas y la bañera decorada con manchas cósmicas de herrumbre. Pero entonces me doy cuenta de que no se trata de vivir en el lujo en que solía moverse sino en sobrevivir con todos los gastos que su enfermedad supone. Ella necesitará equipamiento, caro y electrónico, y también contratar a personas que la ayuden de manera constante. Todo esto representará un permanente drenaje de los recursos de Rozzie y, como Miriam lo señaló, al mismo tiempo menos ofrecimientos de trabajo.

Comienzo a preocuparme. Oigo que mi padre habla con un asesor de inversiones. En otro llamado telefónico, lo oigo preguntar, nerviosamente, cuánto recibirá Rozzie por derechos de exhibición de sus películas. Asiente, se pasa los dedos por su pelo entrecano.

—Desde luego, esperábamos más —dice y tose. Después, una risa tensa.

Nuestros padres nunca fueron magos de las finanzas. Nosotros crecimos con algo de dinero, pero no demasiado, nada como con lo que Rozzie está acostumbrada a vivir. Supuestamente, nuestros padres todavía tienen el dinero que pensaban gastar en nuestros estudios universitarios, pero noto a papá tan nervioso que me pregunto si será o no así. A lo mejor, en el entusiasmo del éxito de Rozzie, también ellos gastaron demasiado. Hablamos del tema con cautela, con tanteos experimentales.

—¿Cuánto cuestan todas estas cosas? —le pregunta mamá a Carol, refiriéndose al equipamiento de computación que ella describe en detalle.

—Van desde ocho a diez mil dólares —responde Carol con voz animada.

Dios Santo, pensamos todos. ¿Por una sola cosa? Miro a papá, quien tiene la vista fija en sus rodillas y no logro leer su expresión.

Miriam, medio en broma, hace una sugerencia:

—No estoy recibiendo ofertas de trabajo, pero *sí* llamados de revistas que quieren publicar la historia de Rozzie. —Aunque ríe, dice esto con un signo de interrogación que sólo yo oigo. Como si nos estuviera tanteando. A mis padres se les pasa por alto la implicación o no le prestan atención. Cuando estoy a solas con Miriam, le pregunto si las revistas pagarán por esa historia. No le estoy preguntando por nada que ella no haya pensado.

—Cada tanto sí lo hacen. Pero tiene que ser una historia exclusiva y, en realidad, las únicas que pagan bien son las publicaciones sensacionalistas. No creo que Rozzie aceptará una cosa así.

No, desde luego que no. Rozzie se ha pasado los últimos tres años esquivando fotógrafos y evitando la publicidad, así que, ¿por qué habría de buscar eso ahora que se siente tan frágil? Mis padres rechazarían enseguida esta idea, pero yo le veo otra faceta: la historia de Rozzie vale algo ahora y eso no durará para siempre. Dentro de un año o incluso seis meses, cuando Rozzie realmente necesite el dinero, será noticia vieja. Tal vez ella tratará de encontrar *cualquier* medio de conseguir dinero y no hallará ninguno.

Por la tarde, mientras Rozzie duerme, me quedo sentada en la sala para fumadores del hospital y hojeo ejemplares antiguos de *Star* en busca de fotografías de otras celebridades internadas en el hospital. Encuentro algunas. En su mayor parte, todas tienen la deficiente calidad y el foco impreciso de las fotos que los *paparazzi* toman a escondidas. Una muestra una cabeza con pelo castaño inclinada hacia abajo, que el epígrafe asegura que pertenece a Elizabeth Taylor sentada en una silla de ruedas, pero en realidad podría ser de cualquiera.

En mi opinión, la pésima calidad de las fotografías se ha transformado en parte de la historia, la expectativa de encontrar una celebridad derribada por una enfermedad. Las enfermedades son el gran nivelador de la sociedad, un elemento que borra todo atractivo. A Mary Tayler Moore se le diagnostica diabetes y en todos los periódicos se publica una foto borrosa de ella despeinada, como si padecer de diabetes significara renunciar a los peines.

Cuanto más miro, más pienso que las fotografías no tienen por qué ser tan malas. Tal vez podría haber una versión diferente de esta historia; una que relate, en foco, el sendero de la enfermedad, la manera en que un cuerpo se adapta a ella y cómo una persona, con suficiente fuerza y convicción, es capaz de aceptarla.

Imagino las tomas que yo haría. Por primera vez en meses, tengo ganas de buscar mi cámara y de usarla.

Me gustaría decir que he perdonado a Rozzie por lo que ocurrió con Matthew, pero lo cierto es que no lo hice. Nunca lo mencionamos y jamás hablamos de lo que sucedió después; cómo en la tercera visita de Matthew a Nueva York, ella de pronto rompió la relación y él regresó a la universidad convertido en una sombra de sí mismo, desolado y sin afeitarse. Durante un tiempo, desde lejos, lo vi pasearse por el campus desgreñado, y entonces lo busqué y le dije que ella hacía eso todo el tiempo, y se lo hacía a muchos hombres. Le hablé de otras personas a quienes ella había hecho mucho daño con su indiferencia.

—Rozzie no cree estar siendo cruel. Es sencillamente su modo de ser —digo y sigo hablando y perdiendo la noción de lo que quería decir.

Teóricamente, lo mío fue algo así como un ofrecimiento, un consuelo, un acto de amistad, pero cualquiera que me oyera habría pensado otra cosa. Hasta Matthew debe de haberlo percibido. Algunas semanas más tarde dejamos de hablar por completo.

Sola en el hospital, el tema Matthew se interpone entre nosotras. Yo espero que Rozzie lo saque a relucir, que me ofrezca una disculpa o una explicación. A veces me pregunto que, si ella llegara a disculparse, ¿qué contestaría yo? Esta furia me protege, me mantiene a la misma distancia de Rozzie de la que ella siempre ha estado de mí. ¿Sería capaz yo de renunciar a eso por un sencillo *Lo siento*?

Esa noche, mato el tiempo en el negocio de regalos y de pronto se me ocurre: Rozzie no tendría por qué saberlo nunca. El tiempo de vida de esas publicaciones sensacionalistas es, en el mejor de los casos, de una semana; nada, en realidad. ¿Qué posibilidades tiene mi hermana de recuperar suficientemente la vista como para ir a un supermercado dentro del próximo mes? También me digo que lo más probable es que esas revistas publiquen igual esta historia. Mejor averiguar algunas cosas antes. Mejor negociar un poco primero.

Consigo los números de teléfono y dejo mensajes. No le digo a nadie lo que estoy haciendo. Es sólo un experimento, me digo; sólo llamo para averiguar qué cifra están dispuestos a pagar. Me lleva varios intentos, pero finalmente me pongo en contacto por teléfono con un editor de notas del *Star*. Le digo que mi llamado es en respuesta a otro que su publicación le hizo a la representante de Rozzie.

Él parece confundido.

—Un momento, ¿cómo se llama usted?

—¿Jemma Phillips? —contesto entre signos de interrogación, mi antigua y horrenda costumbre.

Él me pide que no corte y vuelve un minuto después.

—Hola, Jemma —dice, y su voz está cambiada, como si hubiera revisado algún archivo y encontrado mi nombre—. De modo que eres su hermana, ¿no?

Por su voz me doy cuenta de que está *muy* interesado. De pronto me pongo nerviosa. Necesito jugar bien mis cartas.

—Sí —digo—. Lo cierto es que no estoy segura de que a ella le interese esto. Necesitamos saber cuánto dinero significaría y sin duda ella querría poner algunas condiciones.

—¿Como por ejemplo, cuáles?

Ya lo tengo. Sé que lo tengo.

—Como que ella querría que yo tomara las fotografías.

—*¿Tú?*

—Bueno, soy fotógrafa profesional —digo, esta vez sin signos de interrogación.

Otra pausa.

—De acuerdo.

Después de cortar la comunicación, trato de decidir si esta idea es fruto de mi furia o de ese otro aspecto mío mejor que auténticamente quiere ayudar. Pienso que *podría* servir de algo volver a poner a Rozzie bajo los reflectores, permitir que la gente vea que ella sigue siendo hermosa, sigue siendo ella misma. Quizás hasta podría lograr que volviera a intervenir en películas, de las que ahora habla como si fueran una parte distante de su pasado. A lo mejor mis fotografías pueden conseguir ahora lo que hace tanto quise que hicieran: demostrarle a Rozzie quién es ella. Y mostrárselo también al mundo.

Pero no estoy nada segura. Hace tanto tiempo que estoy enojada que ya he perdido de vista esa meta. Es como un recuerdo lejano, algo que no alcanzo a ver demasiado bien, pero sé que está allí. Se me aparece en sueños, en los que grito tan fuerte y durante tanto tiempo que me desplomo en sillones, casi sin poder respirar. Muy agitada, busco las palabras que entran o brotan de mi boca en sueños. *"¡Tú!"* grito. "Tú no lo entiendes", digo con más suavidad. Nada es siquiera una frase. Nada tiene sentido.

Jemma, 1992-3

Una vez que termino con los alumnos de mamá, vuelvo a la universidad. Encuentro una docena de rosas que Rozzie ha dejado en mi cuarto con una larga carta en la que me dice que yo soy para ella más importante que cualquier otra persona en la Tierra. Pero cuando estoy por la mitad, dejo de leerla y la arrojo, junto con las flores, al tacho de basura.

No quiero sus disculpas ni sus declaraciones huecas de lo importante que soy para ella. Me fascina la novedad de estar enojada y sé que para poder mantener ese enojo debo fingir abandonarlo. Tengo que hablar con Rozzie cada tanto, superficialmente, acerca de cosas triviales de nuestras vidas: comidas que compartimos, películas que vimos, cosa que hago. Hablamos todas las semanas o semana por medio. Sé que ella siente esta distancia y que trata de paliarla con lugares comunes como "Qué bueno oírte la voz", seguido por mi propia reticencia.

"Sí", digo entonces yo.

Aprendo que la distancia es también poder. Cada vez que, al hablar con ella por teléfono, le digo que tengo que cortar, ella trata de impedírmelo y de que yo siga hablando, y ése ha sido siempre mi papel: recibir menos y desear más. La apatía me estimula. Me encanta cada uno de mis bostezos, decir "Tengo que cortar", pocos minutos después de haber iniciado la conversación. Sé cuál es el efecto que esto tiene sobre ella y sé por qué le importa tanto: ella ha tenido hombres cerca y lejos en su vida, pero nunca ha dejado de tenerme a mí.

—¿Tienes que cortar? ¿Ya? —dice Rozzie entonces, muerta de pánico.

—Sí. En este momento estoy muy ocupada.

Entre estas conversaciones, me entrego tanto a mi trabajo que las uñas de mis dedos se ablandan y se ponen de un color amarillento que nunca les vi antes. No quiero hacer ni pensar en ninguna otra cosa. Necesito que todo esto se transforme en un triunfo fenomenal, convertir una historia sórdida en un *portfolio* que pueda mostrar con cierto orgullo. En mis últimos dos días en casa conseguí una cámara para retratos de cuatro por cinco que había pedido prestada en la universidad y que sólo había usado antes en forma experimental. Con ella conseguí grano fino, detalles increíbles, y era como si esos negativos pidieran a gritos ser ampliados hasta producir copias más grandes que las de tamaño natural, y eso hice. Ahora, permanezco de pie frente a esa imagen de luz proyectada contra la pared, para que mi foto caiga sobre mi propia cara, enrojecida por el entusiasmo de tomar esa clase de riesgos. Gastar papel que cuesta cinco dólares la hoja y decir que sí, que eso y mi tiempo y mi dinero bien valen la pena.

Me encanta lo que obtengo.

A mi profesora no le gustan demasiado las grandes ampliaciones, así que sé que corro el riesgo de que ella haga su habitual crítica con respecto al copiado de estilo galería antes de que cualquiera de nosotros esté listo para exponer en galerías. Tengo plena conciencia de que es un acto de confianza copiar caras del doble de tamaño de la mía. Sin embargo, sigo adelante. Hago todos mis retratos enormes, del tamaño de sofás, y después los retratos de mi persona de idéntico tamaño. Extiendo las reglas de mi premisa; después resulta que una de las mejores fotos de "chicos" es la del agua que corre en el inodoro, sobre todo porque aparecen un inodoro y una cara diminuta en un rincón, y otro chico espiando, al parecer tan fascinado como lo está la fotógrafa. Es la imagen que mejor capta lo que puede estar pensando un chico autista. Aunque no fue una foto planeada para ser un retrato mío, la copio y la incluyo como si lo fuera. Reconozco que es injusto para con el chico y lo hace parecer más confundido de lo que está, pero decido que, por ahora, la presentaré. Tanto los fotógrafos como los pintores han estado haciendo elecciones así desde hace años. Es así como se progresa.

Por último, estoy lo suficientemente entusiasmada como para mostrársela a mi amiga Maya.

—Bueno, no sé —dice ella al mirar dos fotografías, una junto a la otra—. Mostrar chicos raros es desagradable. Es algo que ya no se hace.

Mi estómago da una vuelta carnero.

—Quiero decir que son muy buenas, no me entiendas mal. Realmente buenas. En serio. Son fantásticas. No sé por qué dije eso primero. Son excelentes.

Mi ansiedad se catapulta. No sé cómo tomarlo. Maya es una amiga complicada. Es ambiciosa y autocrítica al mismo tiempo. Es capaz de llorar en público de una manera en que yo jamás podría hacerlo. Puede permanecer de pie en el cuarto oscuro y no hablar con nadie acerca de los problemas que tiene con sus copias. Me pregunto si no me estará aplicando a mí la misma hipercrítica preocupada. Al día siguiente decido llevar las copias y mostrárselas a mi profesora, aunque sé que es un riesgo, que tengo demasiadas expectativas depositadas en este trabajo.

—Bueno, no están mal —dice y me las devuelve—. Pero creo que deberías avanzar más en esto.

—¿Avanzar en qué sentido? —pregunto con un hilo de voz.

—Lo que estás haciendo ahora se limita demasiado a esos chicos en particular. Es verdad, están desconectados, ven el mundo de manera extraña, pero ¿qué tiene eso que ver conmigo? Tiene que existir una conexión con una verdad universal fuera de los protagonistas del tema que has elegido. De lo contrario sólo seríamos *voyeurs*; estaríamos espiando a esos chicos autistas, no participaríamos en absoluto de esa imagen.

—¿Qué debería hacer yo con respecto a eso?

—Piensa en lo que esto tiene que ver con personas que no son autistas. Por ejemplo, ¿qué relación tienen esos chicos conmigo?

Nada, quisiera contestar. No hace falta ser un *stripper* para conmoverse con Brassai. No hace falta ser un monstruo para ser tocado por Diane Arbus. Yo quiero que esta mujer piense mejor en lo que está diciendo y se retracte. O, de lo contrario, quiero que se muera ya.

Me está arrancando el corazón. Me está despojando de la única felicidad que he sentido en meses. Salgo de allí y pienso: no puedo soportar estar aquí. Voy a irme. Voy a llevar mi trofeo e inmolarme en el patio central. Dejaré una nota diciendo que me maté porque a nadie le gustaba lo suficiente mi trabajo.

En cambio, decido probar que esa mujer se equivoca. Saco diapositivas de las copias e inicio el proceso arduo e inimaginablemente costoso de presentarlas en galerías. Cada semana hago el trayecto entre mi casa y la oficina de correos con una pila de sobres marrones acolchados en las manos.

Aunque aquí he hecho algunos amigos, comienzo a distanciarme de ellos. Estar enojada con Rozzie significa estar, en general, enojada casi todo el tiempo. Después de un breve acercamiento con Matthew, él y yo nos separamos. Es obvio que él quiere aliviar su pena y que el hecho de verme lo obliga a pensar de nuevo en su dolor. Si, por un instante fugaz, imaginé que el rompimiento de ambos abriría nuevamente una puerta para mí, enseguida compruebo que todas las puertas están cerradas, incluso la de nuestra antigua y hermosa amistad. Ahora él trabaja en otro cuarto oscuro, del otro lado del campus, a una distancia de cerca de dos kilómetros en bicicleta.

Estoy tan aislada que me pregunto si la gente hablará de mí. Permanezco de pie junto a las puertas, como lo hacía en la universidad, conteniendo la respiración y tratando de oír lo que se dice. Cuando le gente me ve se sorprende, como si yo tuviera un aspecto diferente o si creyeran que yo ya no estaba aquí.

Cierta noche, al salir del cuarto oscuro y dirigirme hacia casa, veo a Maya, Matthew y otra mujer caminando por la calle, y se me detiene el corazón. Se ríen de algo, iluminados por el resplandor de una vidriera. Tal vez se trata sólo de una coincidencia, quizá no han salido a comer o a beber juntos, pero, igual, yo me siento fuera de todos los círculos a los que he pertenecido.

Durante todo el invierno no hago más que recibir cartas de rechazo. Mis diapositivas me llegan después en sobres acolchados que ya tienen mi dirección y el franqueo. Otras personas reciben buenas noticias. Maya obtiene una pasantía en una revista de Nueva York y a Matthew le ofrecen un trabajo en una pequeña universidad de Ohio. La gente me cuenta sus planes encogiendo los hombros y como de pasada. ("Esa universidad es en realidad un maizal". Matthew dice: "No queda ni siquiera cerca".) Me doy cuenta de que disimulan su entusiasmo, que editan sus novedades debido a que yo no tengo ninguna.

En marzo llega el golpe de gracia en la forma de una carta de mi consejera. Mi trabajo no se presentará en la exposición de primavera realizada por el Departamento de Arte. He pasado, en el mismo año, de ser una alumna de primer año destacada con un premio a convertirme en una de las dos o tres que no estarán representadas en la muestra final. Voy a la oficina de mi consejera temprano por la mañana, cuando estoy segura de que no habrá nadie cerca.

—¿Qué es esto? —digo, con la carta arrugada en la mano.

—En nuestra opinión, tu trabajo de este semestre no fue suficientemente bueno.

La miro fijo y ella me devuelve la mirada sin pestañear.

Sin duda tiene razón —lo único que recibo son rechazos—, así que ¿qué me hizo pensar que mis fotografías eran tan buenas? ¿En qué momento perdí la perspectiva de mi propio trabajo?

Sé que no es propósito de mi consejera mostrarse cruel conmigo. Esto debo tomarlo como un desafío. Todos los artistas sufren rechazos; los que tienen éxito son los que vencen esos rechazos. Me digo esto, aun cuando Rozzie, la única persona exitosa que conozco, la vara con la que mido mi propia vida, nunca sufrió como estoy sufriendo yo ahora. Entonces recuerdo los primeros días de su visita, en los que parecía tan desorientada y alejada de sí misma, tal como me he sentido yo estos últimos meses. Ella está sin trabajo desde hace casi un año, más tiempo ocioso del que yo he tenido que enfrentar jamás. He mantenido nuestras conversaciones tan escuetas y distantes que no tengo una idea cabal de qué hace ella para llenar sus días.

Por primera vez en meses, esto me hace sentirme mal. Me pregunto si será posible que las dos nos acompañemos y nos compadezcamos mutuamente. La llamo por teléfono, preparada, por primera vez en seis meses, para mantener una conversación sincera, y su voz es diferente, más suave de lo que ha sido hace mucho. Dice que estaba a punto de llamarme.

—¿Ah, sí? ¿Por qué?

—Conseguí trabajo. Un buen papel. —Y me cuenta el argumento de la película y el nombre del director. Al escucharla, siento como me he sentido durante todo el invierno: desconectada, excluida. Tengo ganas de colgar el tubo, de cortar la comunicación en silencio.

Entonces ella dice:

—Y esto es lo cómico: hay un papel para que alguien encarne a mi hermana. Y yo estaba pensando en pedirles que te tomaran a ti.

Oh, vamos, pienso. No de nuevo. ¿Después de todo este tiempo Rozzie sigue tratando de conseguirme trabajos que no necesito y para los que no estoy calificada? ¿Todavía esgrime esa clase de poder?

Al parecer, sí.

Yo ni siquiera digo que sí. Digo tal vez, que supongo que todo el mundo toma por un sí.

Un día después, mi teléfono suena incesantemente con llamados de productores y vestuaristas que quieren concertar un día de pruebas y ofrecerme pasajes de avión. Mi furia se ha mutado: se me volcó hacia adentro y, después, nuevamente hacia afuera. Ésta es mi venganza contra mi profesora, contra Matthew e incluso contra Maya. Ellos tienen sus opiniones, sus críticas, sus ofrecimientos de trabajo y sus pasantías, pero ninguno de ellos tiene un papel en el cine que puede comenzar cuatro días más tarde.

Ninguno de ellos puede irse, así como así, sin despedirse de nadie.

Pero yo sí puedo hacerlo y lo hago. Así como así.

Dos semanas después, estoy de pie con un vestido rosa largo y nada sentador, en el papel de dama de honor. Rozzie es la novia y está espléndida con su vestido de encaje antiguo, que se rumorea que costó diez mil dólares y es un modelo único, aunque en el trailer del vestuario vi otros dos idénticos. Lleva cuarenta y cinco minutos ponerse o sacarse ese vestido, así que para ganar tiempo y salvar el vestido, Rozzie come con un mantel sobre los hombros.

El espíritu que reina en el set es de gran alegría; todos piensan que esta película será un suceso y algunos dicen que cimentará la carrera de Rozzie como una actriz seria y no sólo una cara bonita.

—Por fin tendrá oportunidad de hincarle el diente a algo y de *actuar* —dice Miriam, su representante, cuando visita el set.

La única persona que no comparte ese entusiasmo es Rozzie, quien flota a lo largo del día, de escena a escena, de comida a comida, con una expresión vacía en el rostro. Habla con personas, escucha sus relatos y, cuando se alejan, los ojos de ella no se mueven. Hasta los integrantes del equipo técnico advierten esta seriedad nueva e inexplicable de mi hermana. Les oigo decir a las chicas del vestuario que Rozzie parece un poco introvertida.

—Es un papel difícil —dice una—. Y ella tiene que mantenerse concentrada en ese papel.

Sospecho que no es el papel, pero no sé a qué más atribuirlo. Las dos hemos caído en un ritmo de cautela y cortesía, la una para con la otra. Cada una encuentra su antiguo lugar sereno y lo ocupa con libros en las manos y hielo que se derrite en nuestras bebidas. Esto continúa por día y días. Durante este tiempo, lo único que aprendo es que actuar es algo mucho más difícil de lo que parece. Mi maquillaje es tan grueso que siento que mis mejillas se pliegan cuando sonrío. El peinado que uso hace que parezca, en las sombras, que tengo puesto un casco. Tengo tanta conciencia de estas alteraciones físicas que me resulta imposible decir mi parlamento sin ver mi reflejo en la lente de la cámara. Este tic de principiante hace que se gasten muchas tomas y, me doy cuenta de que, durante todo este tiempo, creía que lo que Rozzie hacía era fácil. Ahora comprendo que no.

En una oportunidad trato de decirle esto a ella, pero me sale mal.

—¿Que hago bien qué? —pregunta, la vista fija en su plato de comida.

—Todo este asunto de la actuación. Es bien difícil.

—Ah, sí. Claro.

No sé qué está pensando ella o en qué se concentra su mente, si no es en su trabajo. Una vez la oí decirle a alguien que hace poco había empezado a meditar. Después, veo que en la parte de atrás de su trailer, encima de su sofá cama, hay una fotografía que parece un elaborado copo de nieve en blanco y negro. Debajo está escrito: *Rueda Tibetana de Oración*. Dios mío, pienso de pronto, al recordar los antiguos temores de mamá con respecto a la cientología. Quizás este trabajo la ha llevado tan lejos de donde empezó, que una religión tal vez le parezca una familia nueva y mejor.

Quiero que no me importe, poder decir que ésta es *su* vida y que por consiguiente puede vivirla y derrocharla como se le antoje. Entonces la oigo decirle a una maquilladora que últimamente no lo ha pasado demasiado bien porque tiene problemas de salud. Yo estoy sentada a dos sillas de distancia, dejando que me maquillen, pero Rozzie habla como si yo no estuviera en el mismo trailer o ella no supiera que estoy aquí.

—Mi hermana ha sido una gran ayuda para mí —dice—. Realmente me ayudó a pasar por todo.

Los latidos de mi corazón se aceleran. La ayudé a pasar *¿qué*?

Necesito preguntarle a alguien si sabe qué le sucede a Rozzie, pero, teóricamente, yo soy la que mejor la conoce.

Mi primera escena verdadera es con un actor llamado Adam Baker, que ha actuado en tres películas y es el hombre más atractivo que conozco. Su papel es el del hermano del novio y se supone que nos estamos peleando en mitad de una reunión.

Su parlamento:

—Yo le doy seis meses.

El mío:

—Calla. Es la *boda* de ellos.

Él:

—¿Realmente crees que esto durará?

Yo:

—Por supuesto que sí. Están muy enamorados.

En la película, los recién casados tendrán un accidente automovilístico al abandonar la fiesta, en el que el novio morirá y la novia se verá obligada a hacerse cargo de los negocios de él con ese hermano que ella detesta. Al final, el personaje de Rozzie emerge como el de una mujer fuerte y decidida que no teme la desaprobación de los demás. Mi personaje representa el lugar de donde ella procede. Se supone que yo soy una mujer convencional y carente de sentido del humor, lo cual me conviene porque decir mi parlamente me pone tan nerviosa que no puedo imaginar lo que significaría tener que decir un chiste.

En la primera toma, la cámara hace un travelling que se adelanta a nosotros. Yo cometo el mismo error de siempre y miro a la cámara. Antes de que llegue el momento de decir mis primeras líneas, el director grita:

—¡Corten!

Me pongo colorada. *Soy nueva en esto*, le digo casi sin sonido al camarógrafo. Él tiene puestos los auriculares y no parece demasiado afectado.

Nos preparamos para la siguiente toma. Las maquilladoras nos retocan la nariz con esponjas y el pelo con peines. Después de pronunciar mis primeras líneas, vuelvo a mirar hacia la cámara.

—*¡Corten!* —aúlla el director.

Trato de sonreír, pero el plan de trabajo es demasiado ajustado y la tensión, excesiva. Nadie me devuelve la sonrisa.

—Tengo una idea —dice Adam—. Yo te miraré todo el tiempo y tú me mirarás a los ojos mientras digas lo tuyo. —Y levanta dos dedos para indicarme dónde están sus ojos.

Por supuesto, me siento una idiota rematada.

Hacemos otro intento y esta vez lo hago bien, hasta que llegamos al final y en ese momento advierto un rostro conocido entre la multitud de personas que observan la filmación.

No miro la cámara pero sí miro hacia esa cara: es la de Daniel Wilkenson.

Durante el rato de descanso para cenar, Rozzie trata de convencerme de que lo mío no es grave.

—De modo que nunca llegarás a ser una actriz. ¿Eso te importa? ¿Acaso querías serlo? —Entrecierra los ojos y me mira. —En serio, ¿lo deseabas?

Por un minuto yo no le contesto, porque estoy demasiado ocupada tratando de ubicar a Daniel entre el gentío que se amontona más allá de la carpa-restaurante. No son muchas personas; en su mayor parte son vecinos curiosos y alrededor de una docena de chicas que quieren ver a Adam. Estoy segura de que Daniel se encontraba allí hace veinte minutos, de modo que ¿dónde está ahora? El rodaje se hace en medio de la nada, pese a lo cual él nos encontró, y ya sé que algo terrible está por suceder. La verdad se sabrá, la carta saldrá a relucir y Rozzie me matará.

—Hay algo que tengo que decirte —le susurro a Rozzie. No puedo postergarlo. Él se aparecerá en cualquier minuto.

—¿Qué?

Levanto la vista y compruebo que es demasiado tarde. Él está aquí, dentro de la carpa, y enfila hacia nosotros seguido por un asistente de producción que parece muy inquieto y tiene un walkie-talkie en una mano.

—¡Rozzie! —grita Daniel sonriendo de oreja a oreja.

Ella levanta la vista y apoya el tenedor en la mesa. No alcanzo a leer la expresión de su cara.

—Daniel —dice.

Él llega a nuestra mesa, mira a Rozzie, después a mí y luego de nuevo a ella.

—Rozzie, este hombre asegura que te conoce —dice, muy preocupado, el asistente de producción.

—Está bien —dice ella y asiente—. Lo conozco.

Durante un buen rato ella y Daniel se miran fijo y, luego, como si algo se hubiera dicho —cosa que no fue así—, Rozzie se corre en el banco para darle lugar a él y que se siente junto a ella. Cuando él lo hace, ella se le recuesta en el hombro.

—Me alegra que hayas venido —le susurra. Él le toma una mano y se la besa.

—Mi querida —dice él—. Por supuesto.

¿Qué es esto? ¿Qué está pasando? De pronto, nada tiene sentido. Observo a Rozzie cuando entierra su cara en el suéter de cuello alto de Daniel, olvida que tiene maquillaje y le deja una mancha del color de la piel.

Durante el resto de la noche no los veo. Estamos tratando de terminar mi escena y Rozzie no forma parte de ella, así que es libre de irse, cosa que hace, con Daniel. Algunas personas preguntan si ése era su novio. "En realidad, no", contesto, tratando de sonar como si fuera algo al mismo tiempo complicado y sin importancia. No vuelvo al hotel hasta las doce y media porque conseguir una toma buena de mi escena ha llevado hasta el último minuto posible.

Me quedo parada un momento junto a la puerta de su suite del hotel. En el interior hay silencio —no sé si ella se encuentra o no allí— y no oigo la voz de Daniel, pero es bastante posible que esté, así que no me arriesgo a llamar a la puerta. Me quedo allí un rato largo, supongo que con la esperanza de que Rozzie intuya que estoy allí y salga, algo que, desde luego, ella no hace.

A la mañana siguiente no encuentro a Rozzie durante el desayuno, pero sí me topo con Daniel. Él me saluda con una gran sonrisa y un movimiento de la mano. Me pregunto dónde habrá dormido, pero él no parece sentirse nada incómodo.

—Vaya, esto sí que es algo, ¿no? —dice, mirando en todas direcciones. Todavía es temprano y no sucede nada, de modo que supongo que se refiere al lugar donde estamos. —Intenté estar en muchas películas, pero nunca lo conseguí.

Ésa es una confesión tan triste que no digo nada.

—Yo lo deseaba, desde luego. Ojalá lo hubiera logrado.

—Oh, bueno. No es gran cosa. —Espero que él diga algo acerca de la carta. *Se la mostré y sé qué fue lo que hiciste.* Pero él no dice nada.

—Pero es que sí lo es. El hecho de que Rozzie actúe en cine es algo que cristaliza un antiguo sueño mío. Me siento feliz por ella. —Mientras lo dice, percibo en la expresión de su rostro algo que me asusta, como si hablara en broma, pero sólo rieran de su chiste personas invisibles dentro de su cabeza. Me cuesta darme cuenta de si se muestra o no sarcástico. Daniel entrecierra los ojos y observa el set. —Sin embargo, estos sets son bastante extraños, ¿no te parece?

Le pregunto qué quiere decir.

—Estamos creando una realidad alternativa y procuramos que todos crean que es ideal.

¿Estamos?

—Estamos perpetuando la ilusión de que es algo asequible. —Extiende una mano hacia la furgoneta donde se sirve el desayuno. —Cuando, por supuesto, todo es mentira, ¿no? Es sólo humo y espejos. Superficies y fachadas. ¿Alguna vez leíste *Day of the Locust*?

Niego con la cabeza.

—Es acerca de las personas que migraron a Los Angeles con la única ambición de alcanzar la fama. Ser bueno no tiene importancia, tampoco la tiene ser artista. Sólo importa la fama.

Quiero decirle que hay más que eso; que para Rozzie éste es un punto esencial. ¿Acaso él no la conoce lo suficiente como para entenderlo?

—Y, al final, ¿sabes qué ocurre? Sodoma y Gomorra son pasto de las llamas. Dios aniquila su ciudad del pecado. Y todo el mundo muere. Más o menos eso.

Lo miro fijo.

—¿Cómo sabías dónde estábamos? ¿Rozzie te llamó?

—En realidad, lo leí en *Variety*.

Le digo que tengo que ir al baño y me levanto de mi silla de director. Todos tenemos esas sillas con nuestro nombre impreso. Curiosamente, el único que no tiene una es, precisamente, el director. Llamo a la puerta del trailer de Rozzie y, aunque no recibo respuesta, entro. Ella está sentada en el banco acolchado que hace las veces de sofá, la vista fija en la nada. Ni siquiera sé si se ha dado cuenta de que yo entré.

—¿Roz? —digo y el corazón me late con fuerza—. ¿Te sientes bien?

Ella sacude apenas la cabeza.

—Es raro, ¿no? Que él esté aquí.

Le observo la cara para tratar de averiguar si ella sabe lo que yo hice. Pero no parece saberlo.

—Supongo que sí, que es un poco raro.

—No puedo evitarlo. Él fue mi maestro.

—¿Qué es lo que no puedes evitar? —Mi voz sube de volumen.

—No lo sé. Sentirme feliz por verlo, aunque es obvio que él... —Su voz se va perdiendo. —No lo sé.

—¿Qué es lo que es obvio?

—Que está perdido, supongo. Su esposa lo abandonó, él dejó de enseñar y vendió su casa. —La miro y ella explica: —La junta escolar votó que se pusiera en escena *Grease* y entonces él renunció.

—Dios mío. ¿Qué va a hacer, entonces?

—Dice que quiere visitar el set por un tiempo. Tal vez escribir algo al respecto.

—¿Escribir qué?

—Una nota para *Harper's* o algo por el estilo.

Esto suena descabellado y no entiendo por qué lo dice Rozzie como si tuviera sentido. ¿De actor suplente a profesor de arte dramático y a periodista de revistas? Durante un buen rato el silencio flota entre nosotras. Espero oírla decir algo acerca de mi visita a casa de Daniel, pero lo único que dice es:

—No lo sé. Es extraño.

Tres días después de su llegada se produce una controversia con respecto a qué es lo que Daniel está escribiendo. Ha tomado la costumbre de llevar un anotador al set y de mantener conversaciones sin sentido, como por ejemplo decirles a los reflectoristas que están iluminando una promesa vacía, comentarle a una asistente de producción que le gustaría conversar con el director. La asistente de producción se encoge de hombros. Ella tiene tan poco contacto como él con el director. Está concentrada en tratar de encontrar un nido de grillos que no han hecho más que cantar durante las últimas dos tomas.

Finalmente los productores llaman a la puerta del trailer de Rozzie y le preguntan si tiene un minuto. Quieren saber para qué revistas escribe Daniel y cuáles son sus intenciones. Yo me acerco lo suficiente para oír trozos de ese intercambio.

—No es nada —dice ella—. Él nunca publicó nada.

Al rato, la oigo decir:

—Él necesita hacer *algo*.

Sin duda, es humillante reconocer todo esto. Sería posible, por cierto, que ella tuviera un novio que es un auténtico periodista, que tiene pelo castaño o rubio y no de color gris metálico, y que tiene más o menos su edad, pero no lo tiene. Por alguna razón, Rozzie parece estar con este hombre.

Por fin terminé todas mis escenas habladas. Para mejor o para peor, acabó mi debut como actriz y ahora sólo me queda participar en un par de escenas de fiestas en segundo plano, lo cual quiere decir que permanezco de pie hablando con otros extras acerca de las películas en las que han participado. Una mujer dice que ésta es su película número treinta y cinco. Explica que comenzó de chica, como extra de segundo plano en *Gigante*, con James Dean. Curiosamente, es la segunda persona que conozco que dice haber trabajado en esa película.

Un asistente del set que no reconozco me da golpecitos en el hombro.

—¿Por casualidad no viste a tu hermana? —pregunta mientras se ajusta su walkie-talkie. Aunque su voz es calma, su expresión no lo es. Seguirle la pista a Rozzie debe de ser tarea suya. Por lo general, no es nada difícil: Rozzie siempre está en su trailer.

—¿No está en su trailer?

—No. —Sacude la cabeza y se toca el metal que tiene en la oreja. —La hermana no lo sabe —dice en el micrófono. Yo aguardo. —Tampoco está en maquillaje ni en vestuario ni en diez cien. —Sé que ésa es la forma abreviada que se usa al hablar en un walkie-talkie para referirse al cuarto de baño. No entiendo por qué razón la corriente permanente de lenguaje ofensivo que fluye por los walkie-talkies habría de ser suavizada por este único eufemismo del cuarto de baño. Él vuelve a levantar la vista. —¿Tampoco viste a su novio?

Yo quiero explicarle: "Él no es su novio. Por favor, entiéndanlo bien. Tiene una mezcla complicada de sentimientos de obligación y deber, pero él no es su novio". Pero esto no viene a cuento.

Además, ¿qué es él, si no es el novio de Rozzie?

Por un rato nadie hace nada. Alguien la encontrará en los minutos siguientes, supongo. Rozzie es responsable de estos aspectos del trabajo y, que yo sepa, nunca ha llegado tarde al set, ha echado a perder una escena ni le ha costado un centavo más a la producción. Ahora, en cambio está primero siete, después, diez, después trece minutos tarde, y les está costando dinero. Alcanzo a sentir cómo aumenta la tensión arterial de los productores.

Transcurre media hora y yo sigo esperando que mi hermana aparezca y digo:

—Lo siento tanto. Yo iba a buscar un café.

Al cabo de cuarenta minutos encuentro a Paul, el asistente de dirección que por lo general trata con Rozzie, sacudiendo la cabeza.

—Es mi culpa. Todo esto es culpa mía. Por lo general Rozzie es tan cumplidora que asigné un nuevo asistente de producción para que la cubriera, y ahora el muy tarado la perdió de vista. —No es habitual que ellos hablen así delante de nosotros, como si se estuvieran refiriendo a animales o prisioneros. Está muy agitado y ansioso. *Será* culpa de él si Rozzie no aparece en la próxima media hora. Trato de pensar. ¿Estará en el hotel?

—Lo intentamos en la habitación de Rozzie y en la de él. Hasta le pedimos al conserje que abriera las puertas por si ellos habían desenchufado los teléfonos.

—¿Y nada?

—Tampoco en tu habitación.

—Y ella sabía que tenía esta escena.

—Se fue de maquillaje a las dos y diez. Y a las dos y veintidós nadie pudo localizarla. Habitualmente la acompaño, aunque esté bien y sepa lo que está haciendo, pero yo siempre la acompaño desde el maquillaje al set. Pero, como dije, este nuevo asistente tuvo un error de criterio. Ella le dijo que estaba bien, que estaría en el set en un minuto, y él lo tomó por un hecho.

—¿Y nadie vio a Daniel?

—No.

Se me seca la boca. La próxima escena era muy importante y esa perspectiva la tenía nerviosa. Me pregunto si un posible ataque de pánico la hizo dirigirse a alguna parte. En ocasiones, aunque la tenga sentada delante de mí, me preocupa percibir que con su mente está en otra parte. Pero la pregunta es, ¿adónde podría haber ido? Durante un rato la busco en los lugares donde ya todos la buscaron como cien veces. Regreso a su trailer, donde el asistente de producción culpado de su desaparición ha decidido sentarse y montar guardia.

—Yo me quedaré aquí —digo—. No hace falta que tú lo hagas.

—No puedo irme —tartamudea él—. O me meteré en problemas.

Así que él se sienta junto a la puerta y yo entro… no sé bien para qué. En realidad, tengo tan poca idea como él acerca de adónde se habrá ido Rozzie.

Cuatro horas más tarde, Rozzie aún no aparece. Yo tenía previsto volver a la universidad en un vuelo que despega a las cinco, pero no me voy a ninguna parte. Estoy sentada en una comisaría con Paul, el asistente de dirección, quien parece haber envejecido diez años en las últimas dos horas. Desde aproximadamente las ocho me di cuenta de que él o una mujer llamada Patty siempre están cerca de mí, como vigilándome como por lo general lo hacen con Rozzie durante todo el día. Sin duda deben de haber decidido que, si no se me vigila, es posible que también yo desaparezca. O quizás ellos creen que sé más de lo que en realidad sé.

El agente de policía solicita hablar conmigo a solas; Paul acepta y después camina junto a nosotros por el hall, señala un punto de la alfombra y dice que esperará allí hasta que yo termine con la entrevista. Esta paranoia me resulta incomprensible, pero a lo mejor yo no entiendo nada. Quizá Rozzie corre un peligro que yo no entiendo, y también yo estoy en peligro.

Una vez en su oficina, el policía, que es pelado y petiso, me pregunta si me siento bien.

—Eso creo.

—¿La están atendiendo bien?

—Sí.

Entonces me pregunta si estoy asustada por la desaparición de mi hermana.

—Sí, por supuesto.

—¿Tiene alguna idea de dónde podría estar o qué puede haber sucedido?

—No.

—Pero probablemente usted la conoce mucho mejor que cualquiera de esas otras personas, ¿no es así? —Y mueve la mano en dirección al pasillo. —¿Estoy en lo cierto?

Asiento y le digo que supongo que es así.

—De modo que, como la conoce de toda la vida ya que crecieron juntas y todo eso, ¿dónde cree que puede estar? ¿Cuál es su conjetura?

—Tengo que suponer que está con ese amigo suyo.

Él consulta los papeles que tiene delante.

—¿Daniel Wilkenson?

—Así es.

—¿Cuál es, exactamente, la relación entre ambos?

—Él fue su profesor de arte dramático en la secundaria. Fue quien la alentó a iniciar su carrera de actriz y la incluyó en su primera obra de teatro. Creo que ella siempre sintió que estaba en deuda con él. Suele ir a visitarlo cuando está en casa de nuestros padres, y cosas así. Pero creo que en los últimos tiempos él sufrió un colapso nervioso o algo por el estilo; su esposa lo abandonó y él renunció a su trabajo en mitad del ciclo lectivo y se apareció aquí sin aviso previo.

—¿Cuánto hace que está aquí?

—Creo que cinco días.

—Y ¿cuál fue la reacción de su hermana? ¿Se puso nerviosa al verlo? ¿Insegura? ¿Asustada?

No puedo decirle que Rozzie pareció contenta de verlo. No puedo decirle que ella le dio un abrazo tan prolongado que parte de su maquillaje quedó en la camisa de él.

—No estoy segura. Creo que ella *quería* parecer contenta. Me parece que se siente culpable con respecto a él.

—¿Le parece?

—Sí.

Él desplaza su silla al lado izquierdo del escritorio y mete un lápiz en un sacapuntas automático.

—¿Sabe si alguna vez consumió drogas?

—No. —Pienso en la época del secundario, en mis preocupaciones, en el sahumerio en su habitación, en el desodorante de ambientes. —Quizás un poco cuando era más joven, pero no después de empezar a trabajar.

—¿Está segura?

—Sí. Rozzie toma muy en serio su trabajo. Jamás consumiría drogas mientras trabaja, tal como nunca abandonaría voluntariamente el set cuando se la necesita.

—Está bien. Mire, ¿qué cree usted que pasó?

—Creo que tal vez Daniel se la llevó a alguna parte, creyendo que así la rescataba de una idea que él tiene de que la industria del cine es peligrosa.

—¿Y le parece que ella lo habría seguido voluntariamente?

—No lo creo.

—Bien. —Asiente, pero me doy cuenta de que no me cree. —De acuerdo.

De nuevo en la oficina de producción, Miriam, la representante de Rozzie, ha llegado. Su rostro está pálido y le tiembla la mano. Cuando me ve, me aferra de la muñeca y no me suelta.

—Se rumorea que la *secuestraron*. Que nuestra Rozzie ha sido secuestrada.

—Todavía no saben qué ocurrió en realidad.

—Yo estoy aquí sentada y les pregunto: "¿Ustedes no tienen *seguridad?*" Estamos en el set de una película *importante* con estrellas *importantes*. ¿El mundo está lleno de locos y la seguridad de la empresa es tan deficiente que permite que su estrella más importante sea secuestrada a plena luz del día? En este momento, lo único que digo es que esta compañía se prepare para que le hagan juicio por cada centavo que gane en los próximos veinticinco años. Y lo digo en serio. Cada centavo.

La observo caminar de aquí para allá. El problema de su diatriba es que, inadvertidamente, puso sobre el tapete que esta compañía cinematográfica *sí* cuenta con seguridad, tres guardias de tiempo completo. A plena luz, en doce minutos, es bastante poco probable que alguien hubiera podido llevarse a Rozzie si ella no hubiera querido. De hecho, es mucho más probable que Rozzie haya subido a un auto y se haya mandado mudar por su cuenta.

Otras tres horas y nuestros padres están aquí, sentados en sillas plegadizas en el interior de la oficina de producción. Papá estudia un registro de actores mientras mamá le pregunta a cada persona que entra cuál es su tarea. Nuestros padres se esfuerzan por parecer menos nerviosos de lo que están. Aunque ya han pasado ocho horas y dos equipos periodísticos de la televisión local se encuentran estacionados del otro lado de la puerta, la atmósfera en esta habitación trata de ser cordial. Mamá incluso le pregunta a las personas de dónde son.

Una y otra vez se nos dice que no podemos hacer otra cosa que esperar y estar allí por si Rozzie llama. Lo cierto es que yo me siento mejor con mis padres aquí, y entiendo mucho más su manera de enfrentar lo que sucede que la de Miriam, quien sigue entrando y saliendo de la oficina, furibunda y amenazando con iniciarle juicio a todo el mundo. En general, el foco de su furia es el departamento de policía, que ella considera que está centrando la investigación en los elementos equivocados (concretamente, en la dudosa relación de Rozzie con Daniel y la idea de que en algún punto ella podría haber consumido drogas).

—Él era su profesor. Punto. Fin de la historia —es lo que no cesa de decir.

Cuando Miriam entra por cuarta vez en una hora, yo me disculpo y vuelvo a mi camarín. Paul me acompaña desde el trailer principal al destinado a los actores secundarios. Porque el equipo técnico dejó de trabajar hace horas, todo está muy silencioso y prematuramente calmo. Un utilero deambula por allí con una foto Polaroid de Rozzie, tomada doce minutos antes de que desapareciera. Ya nos habían hablado de esa fotografía. A este utilero le pagan dinero adicional para que se quede y hable con la policía acerca de la fotografía y de lo que recuerda de su intercambio verbal con Rozzie.

Las chicas de maquillaje ya han sido interrogadas. No sé qué dijeron las demás personas. Se supone que no debemos hablar con nadie de nuestras declaraciones. La sensación general parece ser que Rozzie estaba "encerrada en sí misma" y que les había parecido más callada de lo habitual a las personas que trabajaron antes con ella. Aunque sea cierto, no quiero que nadie diga una cosa así. Quiero que todos repitan los mismos elogios entusiastas que Rozzie suele escuchar. Quiero que hablen de lo agradable que ella es y que siempre come ensalada de frutas para el almuerzo.

En el trailer de maquillaje, Paul dice que me esperará afuera.

—Mira que tal vez yo me quedaré adentro un buen rato —digo—. Todavía no he tenido oportunidad de reponerme.

—Sí, claro —dice él—. Está bien.

Nos dicen que dentro de treinta minutos la noticia se dará en los informativos.

Cada hora que pasa sin tener noticias de Rozzie hace que el pronóstico sea peor. Mis padres y yo cenamos en un restaurante italiano, aunque ninguno de los dos decide qué plato pedir.

—De nuevo, ¿qué es pollo *parmigiana*? —pregunta papá, mirando por encima de sus bifocales. Sin embargo, es un plato que él ha preparado... ocurre que está confundido.

—Con migajas de pan —dice mamá—. Y tomate.

—Ah, sí, claro.

Mamá tiene los nervios de punta. La preocupa que lo sucedido sea culpa suya: en realidad, nunca se sintió cómoda con que su hija actuara en cine, pero no hizo nada para impedirlo.

—Mamá —le digo para arrancarla de esos pensamientos—, no fué decisión tuya. Es la vida de Rozzie. Ella sabía que no te haría ninguna gracia que trabajara en el cine.

—¿De veras? Yo traté de que no se me notara.

La miro fijo.

—Por supuesto que Rozzie lo sabía.

Por último, los tres cerramos nuestros menús y nos miramos. Papá me pregunta cómo vi a Rozzie esta semana.

—Bueno, la vi bien —respondo—. Estaba feliz de trabajar y concentrada en esa tarea.

—¿Qué dijo acerca de ese tal Daniel? —pregunta. Por lo general, a papá lo que le interesa es nuestra mente, no nuestro cuerpo ni los hombres con quienes lo compartimos. Pero ésta es una pregunta que no podemos eludir.

—No sé cuál era la relación entre los dos —le digo con sinceridad.

—Yo sí lo sé —dice mamá lisa y llanamente. Giro y la miro, sorprendida. —O al menos lo sabía. Tuvieron una relación mientras Rozzie era su alumna.

—¿Ah, sí? ¿Cómo lo sabes?

Ella sacude la cabeza.

—Lo sospeché y la enfrenté. Fue terrible. Tuvimos nuestra peor pelea. Ella dijo que lo amaba, que él era la única persona en el mundo que la entendía. ¿Recuerdan lo afectada que solía ser Rozzie por aquella época? —Todos asentimos, todos cortados a partir de moldes distintos. —La hice ir a Los Angeles durante el verano porque quería alejarla de él. Recuerdo que, antes de irse, me dijo: "¿Qué te parecería que no volviera nunca?" —Mamá se echa a llorar. —Le pedí que no dijera eso, que por supuesto que quería que ella volviera. Pero Rozzie nunca volvió, ¿verdad? Nunca lo hizo en realidad.

Más tarde, después de pedir platos que ninguno de los tres comió, mamá dice que tiene la sensación de ser la causante de lo que está sucediendo.

—Oh, Maureen, ¿cómo se te ocurre pensar...? —empieza a decir papá.

Ahora ella está más calma y ya no llora.

—Creo que tratar de alejarla de él en cierta forma abrió la puerta de algo que no habría pasado si yo no hubiera intervenido. Las cosas habrían seguido su curso natural. Ella era suficientemente inteligente y habría comprendido que él era un hombre limitado y triste.

No sé cómo decirle a mamá que la culpa no es de ella sino mía. Yo fui a su casa, cometí una cantidad de errores de juicio e invité a una persona insana a entrar de vuelta en la vida de Rozzie. Ésta es la infracción que cometí y que me parece tan imperdonable que no se la conté a la policía, a mis padres ni a Rozzie. Hice algo tan espantoso que no hay nada que pueda decir.

Sola, en mi cuarto del hotel, trato de decidir si no me sorprendió tanto enterarme de lo de Rozzie y Daniel en la secundaria porque siempre lo supe. A lo mejor lo supe en el minuto mismo en que él se sentó junto a ella en el set. Pero si éste es el amor de su vida para Rozzie, ¿por qué, entonces, cuando él quedó finalmente libre y fue a verla, ella lo echó?

Suena la campanilla del teléfono. Es el policía con el que hablé esta tarde, que quería saber si yo tenía algunas de las posesiones de Rozzie.

—No —contesto—. ¿A qué se refiere?

—Bueno, por ejemplo una camisa o un traje de baño. Algo que haya usado recientemente.

—Yo no tengo nada así. Esas cosas deben de estar en su habitación.

—¿Puedo reunirme con usted en la habitación de ella en el hotel por la mañana? Entonces podrá señalarme algunas cosas que haya usado últimamente. Podría ser su camisón, algunas medias.

—¿Para qué?

—Para armar una bolsa de olores para los perros. Todavía no lo estamos haciendo, pero cuanto antes consigamos esas cosas, mejor.

—Ah. —Me incorporo. Por primera vez, alguien dice que cabe la posibilidad de que Rozzie no haya vuelto por la mañana, y que, en mi opinión, implica: *Es posible que, al final, lo que estamos buscando sea un cadáver.*

Me quedo allí acostada un momento, hasta que vuelve a sonar la campanilla del teléfono. Supongo que es de nuevo él o mi madre, que recibió un llamado similar. Durante todo este tiempo no he llorado y sé que, si es mi madre, lo haré.

—Hola.

—¿Jem? —La voz es apenas un susurro. Tengo la sensación de que sólo se trata de un sueño, borroso e irreal. Es Rozzie.

—¿Dónde estás?

—En algún hospital.

Me incorporo y le digo que no puede ser, que todos los hospitales de la zona han sido verificados.

—Está en Minneapolis.

—*¿Por qué?* —Minneapolis queda como a siete horas de aquí.
—Tengo mal los ojos. Y aquí hay un especialista.
No se me ocurre qué decir.
—Aquí todos tenían miedo de que estuvieras muerta.
—Nada de eso. Sólo ciega.

Segunda parte

Rozzie

El día que Rozzie finalmente abandona el hospital, ella casi espera una fiesta, como las que se ofrecen en los sets de filmación, en las que cada uno le entrega al otro regalos idénticos y sin sentido. Lo que ella siente ahora —una mezcla de exaltación y de agotamiento— es tan similar que, una hora antes de su partida, recorre el hall en uno y otro sentido, regalándoles anteojos para sol a las enfermeras, quienes, con su silencio, no parecen saber qué hacer con ese regalo. Una mujer la besa en la mejilla y le dice:

—Ahora cuídate mucho. Eres una verdadera dulzura.

Paula dice:

—Anteojos para sol. Genial. Muchísimas gracias.

El médico permanece callado durante tanto tiempo que Rozzie se pregunta si se habrá ido de la habitación. Por último, él dice:

—Yo nunca antes recibí un regalo.

Desde luego, sin duda se refería a *un regalo de una paciente*, pero igual. Después de eso, ninguno de los dos sabe qué hacer. Fue una equivocación, comprende ella; una medida de lo poco que ella entiende la dinámica social básica entre la gente común y corriente.

Una vez en casa, la desorientación continúa.

Rozzie sabe tan poco acerca de cómo estar con su propia familia de lo que sabía estar con esas enfermeras. En el trayecto en auto de cinco horas de duración, todos escucharon una cinta grabada de un libro y rieron con incomodidad cuando la protagonista tuvo relaciones sexuales. Cuando llegaron a casa, cada uno se dirigió enseguida a un cuarto distinto y, al parecer, para todos fue un gran alivio que Rozzie se refugiara en el suyo.

Rozzie sabe que, para los demás, ellos dan la impresión de ser una familia atractiva y realista que curiosamente no cambió nada a pesar de la atención que suscitó su éxito personal. Para ella, es más complicado. Parecer normal exige el esfuerzo de recordar cómo era una vida normal, pensar todo el tiempo en eso y cubrir sus huellas. Piensa en una fotografía que *Paris Match* publicó hace años de Jemma y ella juntas, en Italia. Estaban de compras, algo que rara vez hacían juntas, y tenían el aspecto de dos hermanas comunes y corrientes: Rozzie apoyando una camisa sobre los hombros de Jemma y las dos riendo como locas como si algo de esa camisa fuera cómico. ¿Qué podría haber sido? ¿Era fea? ¿Obscena? ¿Qué les produjo tanta risa?

Su recuerdo de aquellos días en Italia se ve enturbiado: primero, por lo difícil del carácter del director y, después, por su obsesión con Leonard y por las drogas que él consumía y que trataba de hacer que ella probara. La noche previa a la llegada de Jemma, ella estuvo levantada toda la noche y resistiéndose, pero finalmente aceptó fumar la heroína que él no hacía más que ofrecerle. Rozzie, que sólo había fumado marihuana unas pocas veces. Así eran las cosas por aquella época, cuando pasó de las obras de teatro de la secundaria a las películas, salteándose otros pasos —como la escalera de las drogas— y tratando de no tener miedo, de no sentirlo demasiado, de no vomitar en la silla donde debía estar sentada durante siete horas, tocándose las zonas de la cara donde tenía vello antes de que el estudio cinematográfico pagara el tratamiento depilatorio de electrólisis. No fue divertido y no fue un cambio de vida agradable. No fue mucho de nada, salvo algo un poco nauseabundo y una manera sencilla de hacer dieta: durante siete horas ella no tocaba ni una sola papa frita del bol que tenía al lado.

Sólo después, con la crisis, brotaron todos los sentimientos juntos, como un millón: náuseas, depresión, una horrible inseguridad. Durante todo un día estuvo tirada en la cama de su cuarto de hotel, llorando. Cuando recordó que Jemma estaba por llegar, se levantó de un salto y se vistió, agradecida por la promesa de la presencia sensata de su hermana. Estuvo a punto de llorar cuando Jemma bajó del avión, pero ¿cómo decirle todo lo que le estaba sucediendo? ¿Cómo explicarle que se estaba acostando con un hombre cinco años menor que el padre de ambas porque él la intimidaba y era la única persona, en seis meses, que no le había dicho que era hermosa?

Durante toda la visita de su hermana, la obsesión de Rozzie fue proteger a Jemma de la verdad de sus propios secretos sórdidos. Todas las conversaciones rodeaban tangencialmente las pistas; con el tiempo, permitió que Jemma se hiciera amiga de todos los demás y dejó de tratar de decir algo de todo. Entonces, ¿qué les hacía tanta gracia de esa camisa? Ella siempre había guardado la fotografía porque le gustaba la idea de que tal vez había recordado equivocadamente aquella época; quizás era divertido, *Deux belles soeurs on the town*, como decía el cartel.

En el hospital, fue mucho más fácil. Con un público de enfermeras y el personal médico ellas podían jugar a ser hermanas comunes y corrientes, una familia normal. A veces Rozzie olvidaba incluso por qué se llevaba mal con su familia. Ahora, recuerda la sensación de claustrofobia y de encierro que esta casa le generaba y el miedo que solía sentir de llegar a casa y enfrentar esos tres rostros a la hora de la cena, mientras durante todo el tiempo esa cena parecía una muerte serena sin ella.

Rozzie detesta el poder que su familia le confirió años antes, cuando ella solía inventar reglas adolescentes y veía, con horror, cómo todos las respetaban. Se detesta por crear esas reglas, odia a sus padres por obedecerlas, odia a Jemma por no detestarla más.

Y ahora allí está ella, viviendo a la sombra de su peor faceta, junto a personas que creen que ella es así en realidad. ¿Por qué esto le pareció bien en el hospital? No estaría nada bien; sería triste y desagradable. Necesitaba volver a Nueva York y a su auténtica vida lo antes posible. Allí podría ocuparse de volver a ver. Sacar partido de este misterio y desafiar a la ciencia.

En su segunda semana en casa, Rozzie va al Centro para Personas con Problemas de Visión y se anota para un curso, en cuya primera clase, el profesor dice:

—Esto versará tanto con aprender lo que no se puede hacer como con lo que sí se puede hacer. Si ustedes han ido perdiendo la vista lentamente, como nos ha sucedido a casi todos nosotros, significa que durante un tiempo han simulado ver. Fingieron poder leer menús para después decidirse por lo que pide la persona que tienen al lado.

Un murmullo de risas atraviesa la habitación.

—Lo más probable es que hayan estado haciendo muchas cosas tontas, como comer alimentos que no les gustan, y también algunas cosas peligrosas, como cruzar las calles cuando no pueden ver si la luz del semáforo está verde. La vanidad o el orgullo que les ha impedido usar un bastón blanco no les está haciendo ningún favor. Líbrense de esos sentimientos. Arrójenlos lejos. Si hay algo que no pueden ver, no lo pueden ver y punto. Eso es todo. Sigan adelante.

Rozzie siente que se pone colorada. El hecho de que esté sentada en una habitación llena de personas que comparten su impulso a ocultar su problema no la consuela sino que la pone aún más incómoda.

Sin embargo, mientras él sigue hablando, ella levanta la vista y ve algo: a Jemma junto a la puerta, inclinada hacia adentro, como si esperara obtener la atención de su hermana sin incomodar al profesor. En la postura de Jemma, ella percibe cierta urgencia, casi una sensación de pánico. Rozzie se pone de pie y avanza hacia su hermana, casi esperando que Jemma le susurre algo como: *Tenemos que irnos enseguida, sucedió algo.* Entonces, al llegar al pasillo, la visión desaparece. Jemma no está allí en absoluto. Rozzie permanece allí de pie, sola, durante un momento, mientras trata de recuperar el aliento.

Éste es el problema cuando se tiene una visión poco confiable: después de un error, una se siente más ciega que nunca.

Esa noche, Rozzie se queda un rato sentada en la cocina, con su madre, bebiendo té. Finalmente tiene ganas de decirle a alguien: *A veces veo cosas. No estoy segura de qué significa eso.* Durante tanto tiempo ocultó que no veía bien: estudiaba menús, guiones, fotografías que no eran más que un borrón confuso. Ahora hace todo lo contrario: simula no ver lo que cada tanto sí ve.

La última vez que le sucedió esta misteriosa mejoría de la visión fue cuando visitó a Jemma en la universidad. Su intención al ir allá era poner fin al secreto y hablarle a Jemma de su problema de la vista y luego, los primeros días, ese problema fue peor que nunca. Fue tan terrible que no pudo siquiera salir y sintió demasiado miedo como para mencionarlo siquiera. Durante tres días se quedó encerrada tanteando con las manos el contenido del cuarto de Jemma. Esa vez no hubo ninguna duda. Salieron a cenar a un restaurante y ella pudo ver todo, pudo extender la mano y tocar lo que no estaba sólo en su imaginación: los cubiertos, la servilleta, el salero.

Lo sintió como un milagro. Y lo era.

Esta vez es diferente. La visión viene y se va muy rápido. Y, después, durante una hora, ella se acongoja y se pregunta si ver cada tanto un poco no será peor que no ver nunca nada.

Trata de decírselo a su madre:

—Me pasó una cosa muy extraña. A mitad de la clase, me pareció ver a Jemma junto a la puerta.

—¿Ella te estaba esperando?

—Pensé que algo había pasado y que ella había ido a buscarme.

Su madre aguarda un momento.

—¿Y?

Por un rato, Rozzie no dice nada. Después:

—No era ella.

—¿Quién era?

—No lo sé. —Trata de pensar: ¿Habrá sido un recuerdo? ¿Alguien de la secundaria cuando Jemma se apareció en la puerta del aula a buscarla?

Deseó tener más práctica en hablar con su madre. Jemma era la que siempre obtenía la atención de su madre, la que hablaba y hablaba sin cesar, contando una historia tras otra. Rozzie solía escucharla, a veces desde otra habitación, sorprendida por lo que Jemma estaba dispuesta a contarle a su madre: lo que los muchachos le decían, lo que las maestras escribían en sus trabajos. A veces sentía lástima por su hermana (a la pobre le sucedían tan pocas cosas, que todo lo que le pasaba *podía* contárselo a su madre) y a veces se preguntaba cuándo había empezado ella a contar tan poco. A lo mejor comenzó con Daniel, pero en realidad fue mucho antes de eso que dejó de hablar con su familia.

—¿Te gusta el curso? —le pregunta su madre.

—No sé. Es raro estar sentada en un salón lleno de personas ciegas.

Su madre vacila un instante.

—Pensé que sería agradable que todos tuvieran algo en común.

—Sí, claro. —Rozzie tiene ganas de decir: *Eso es justo lo que me da miedo.* En una época, Daniel solía decirle: *Tú no tienes nada en común con esas personas*, refiriéndose a sus amigas, queriendo decir que ella era diferente, mejor, extraordinaria. Fue ese convencimiento el que la hizo ser como era, lo que le permitió ir a California y ser capaz de ver todos sus éxitos antes de que sucedieran: las reuniones, los apretones de manos, la forma en que hombres mucho mayores que ella la conducían por una habitación con las puntas de los dedos apretadas en su trasero.

Más tarde, esa misma noche, accidentalmente entra en el baño cuando Jemma está en la bañera.

—Lo siento —dice al oír el ruido del agua. Y comienza a retroceder.

—Está bien. Quédate, quédate.

—Sólo quiero lavarme los dientes.

—Adelante, hazlo.

Rozzie saca la tapa del dentífrico. En clase, el profesor les había dicho que debían medir la cantidad de dentífrico poniéndoselo primero en los dedos. Ella quiere intentarlo, pero no quiere que Jemma la vea hacer algo tan extraño, que se pregunte si fue por accidente que no logró ponerla en el cepillo. Le da la espalda a su hermana.

—Dime, lo de esta noche ¿fue horrible o beneficioso?

—Supongo que un poco las dos cosas.

—Es curioso. A la misma hora, me preocupé pensando en ti. Me acordé de la vez que me oriné encima en el jardín de infantes y pensé: "Dios, Rozzie no tiene idea de dónde está el cuarto de baño".

Rozzie interrumpe lo que estaba haciendo. Oye que Jemma aprieta la esponja y se la pasa por la cara.

—Es obvio que se lo habrías preguntado a la maestra, ¿no? Fue el pensamiento más tonto que...

Rozzie cierra los ojos y contiene el aliento.

—Pero yo fui a buscarte.

Jemma no dice nada más y tampoco pregunta: *¿Encontraste el cuarto? ¿Te quedaste parada junto a la puerta?*

Esa noche, sin embargo, Rozzie comienza a preguntarse cuántos momentos de visión recuperada tienen que ver con su hermana.

En la última semana y media, ella ha visto vívidamente tres cosas: Jemma junto a la puerta del salón de clase, un jarro de té que Jemma le puso delante, y una caja color amarillo fuerte de papel fotográfico de Jemma. Esta caja Rozzie la tomó, se la puso sobre la falda, fascinada con la vibración que percibió en ella y con la clara sugerencia de una K en un ángulo. Cuando Jemma entró y preguntó, alarmada: "¿Qué estás haciendo?", la visión se desvaneció. Por lo visto, de alguna manera su hermana poseía el poder de producir una visión o de hacerla desaparecer.

Rozzie se pregunta entonces acerca de la última vez, cuando su visión se aclaró y se volvió perfecta al visitar a Jemma en la universidad. Hasta pensó: *Se supone que ahora debo mirar a mi hermana y verla con más claridad*, y entonces Jemma estaba tan atareada, se iba al cuarto oscuro, a clase, a una u otra conferencia, y lo único que Rozzie podía ver era el color púrpura de su buzo, que cruzaba el patio y se alejaba de ella. De modo que miró en otra dirección, encontró un rizo de pelo castaño y un par de ojos color avellana con pintitas amarillas. Los hombres, con sus necesidades y deseos obvios, eran más fáciles. Rozzie ni siquiera sabe si amó o no a Matthew; sólo que vio con mayor claridad lo que él quería de ella.

Jemma

Juntas en casa, con nuestras viejas paredes alrededor de nosotros, yo me muevo sigilosamente por los pasillos, desaparezco detrás de puertas y me siento en habitaciones con todas las luces apagadas. Si alguien me llama, cuento lentamente hasta sesenta antes de contestar, por ninguna razón especial fuera de poner espacio alrededor de mi persona, paredes y aire. Estoy y no estoy aquí.

En presencia de los otros, me entero de lo que Rozzie ha sabido todos estos años: cómo ausentarme. Hago preguntas y asiento entre una respuesta y otras que dejo de escuchar desde el momento en que empiezan. Hablo sin tener idea de lo que estoy diciendo. Participo en conversaciones que no puedo recordar, porque todo el tiempo estoy pensando: *Yo necesito esta fotografía, y esta otra.*

Mi mente se transforma en un obturador. Mentalmente, estoy tomando fotos todo el tiempo.

Rozzie sigue siendo hermosa. Aunque su mirada vague por la habitación, sus ojos no parecen muertos: parecen concentrados en la búsqueda de otros mundos. Yo tengo la sensación de que estamos de vuelta en la escuela secundaria, sólo que ahora yo no tengo que esconderme en mi cuarto para espiarla en el suyo. Puedo estar parada en el de ella y contener la respiración.

Para poder tomar fotografías, debo cubrir mi cámara con bufandas y cortajear remeras para silenciar el zumbido mecánico del motor. Cada vez que saco una foto, estoy segura de que no podré salirme con la mía en esto. Pero sí lo logro. Una y otra vez.

A veces me quedo parada a un metro de ella. Rozzie cree estar sola en el cuarto así que yo contengo la respiración y no muevo nada fuera de la abertura de diafragma. Obturo con lentitud y avanzo despacio la película; así, puede pasar veinte minutos con sólo seis tomas. Pero por la noche, cuando revelo la película, sé lo que valen esas tomas. Sola en mi cuarto oscuro, las imágenes emergen en el baño de revelado y ella aparece hermosa y extraordinaria.

No le muestro las fotos a nadie y jamás hablo de lo que estoy haciendo. Así, invisible y en silencio, una vez más me convierto en una artista.

Cada tanto creo que ella se da cuenta de mi presencia y que hasta posa para mí. Levanta la vista justo cuando yo la estoy enfocando y gira la cabeza hacia la luz y encuentra un ángulo con sombras más sentadoras. En esos momentos, tiemblo por dentro y aguardo a que Rozzie diga algo. Pero ella nunca lo hace.

Rozzie

La última vez que ella vivió en su casa durante más de una semana, tenía diecisiete años y ella y sus amigas del secundario solían hablar tanto acerca de "salir de esta ciudad" que cualquiera diría que estaban prisioneras. Sin embargo, era la obsesión que reinaba y todo lo que todas tenían en común: esta certeza de que su vida real y su felicidad la encontrarían lejos de allí. Rozzie todavía pensaba algunas veces en esas personas, Tara, Zooey y Leo, aunque volver al colegio y verlas de nuevo había sido tan terrible aquella vez. Eran las últimas personas con las que había mantenido una amistad equilibrada, la última vez que había entendido cómo estar cómodamente con personas de su misma edad. Desde entonces, sus amistades habían cambiado; casi todas duraban lo que duraba una filmación, seis semanas, o estaban basadas en la proximidad: sus vecinos en Nueva York, sus porteros. Ninguna tenía mucho que ver con tener cosas en común con ella porque, en realidad, ¿qué tenía Rozzie en común con la mayoría de las personas? ¿Quién más había comenzado su vida adulta a los diecisiete años?

Todos estaban en la clase de teatro de Daniel, y su amistad se inició por la época en que él incluyó en sus clases juegos de improvisación. "Jueguen a ser atractivas", les había dicho, mirando fijo a Rozzie. "Jueguen a ser la hija, a ser una amiga. La improvisación significa encarnar un papel y crear una historia más complicada".

Al principio, se reunían por las tardes para improvisar frente a un público inexistente, salvo, quizá, varios hermanos y hermanas que los escuchaban desde los pasillos. Todo era una especie de teleteatro: de peleas simuladas, de aventuras fingidas. Una vez, Rozzie y Tara simularon ser amantes; otra vez, Zooey lloró durante horas por un embarazo imaginario. La aventura con Daniel empezó como una improvisación. Todos rivalizaban para ser el centro de la historia, y a Rozzie se le ocurrió la idea al día siguiente de aquel en que Zooey había encarnado el papel protagónico durante toda una semana con su recargada actuación con respecto al embarazo. Todo se desarrolló en la sala de grabación de Leo ubicada en un sótano, rodeados por paneles de madera y parafernalia náutica. Rozzie recordaba todavía el timón y el pez espada embalsamado. "Seguro que no podrán creer lo que me pasó anoche", comenzó ella.

La regla no hablada era que todos permanecieran "en el momento" y nadie reconociera que se trataba de un juego. Se suponía que los participantes debían expandir la historia, validarla y, después, hacerla tomar otras direcciones. Con el tiempo todos había mejorado y ya pensaban en distintas formas de complicar el argumento. "Pero yo te quiero", podía decir Leo mientras Rozzie y Tara estaban de la mano. Pero cuando Rozzie hizo intervenir a Daniel en el juego, nadie agregó nada de su coleto. Todos se quedaron mirando como espectadores, atónitos, como si eso pudiera ser cierto. Esta actitud de sus compañeros alentó a Rozzie. "Su matrimonio es un desastre", dijo ella, la vista fija en el pescado embalsamado, su tono monótono y neutral. Se preguntó si realmente era tan buena actriz o si, quizá, sus palabras habían dado en el blanco. Presionó incluso más: "Él dice que no ama a su esposa, que hace años que no tienen relaciones sexuales". Le pareció oír la voz de Daniel: *Haz que importe; haz que la vida de esa persona nunca vuelva a ser la misma.*

Una semana después, no lo era.

Fascinada por su impostura, lo intentó ahora frente al público más difícil de todos. Le dijo a Daniel que había estado pensando en él. Ella debió de haber sabido lo que sucedería, que él se le acercaría con una rapidez que los avergonzaría a ambos. De pronto, Rozzie se encontró improvisando con una cabellera entrecana en las manos y la nariz llena de loción para después de afeitarse.

Al principio lo tomó como una broma privada, un juego inventado por ella para pasar el tiempo hasta que todos salieran de la secundaria. Rozzie sabía que eso la distanciaría de sus antiguas amistades, pero no lamentó esa pérdida. La consideró necesaria, inevitable. Ya había comenzado a imaginar una nueva vida. Después de ver en una matiné *La elección de Sophie* con Daniel, él le dijo: "Si tú te esfuerzas y lo trabajas, podrías ser una actriz así de buena", y entonces Rozzie comenzó a trabajar con más intensidad en privado, lejos de los demás; a pulir los acentos, los monólogos, sola en su cuarto. Estaba convencida de que, para ser extraordinaria, debía alejarse de las personas ordinarias, cortar sus vínculos con ellas. Si seguía siendo parte de una multitud, nunca lograría destacarse y ascender.

El día después de besar por primera vez a Daniel, antes de acostarse con él, Jemma le pidió que posara para un trabajo fotográfico. Al mirar fijo a la lente de la cámara de su hermana, Rozzie descubrió que un reflejo deformado de sí misma, como visto a través de una lente *fish eye*, le devolvía la mirada. Esa distorsión la maravilló: cómo podía parecer tan poco atractiva cuando le constaba —y ahora tenía pruebas de ello— que era hermosa. Se preguntó si Jemma adivinaba lo que había sucedido. ¿Advertiría el cambio que los labios de un hombre mayor habían generado en su rostro? Esperó que Jemma dijera: *Pareces diferente*, o *¿Qué te está pasando?*, olvidando que su hermana no solía tener tanta imaginación. Si ella se lo hubiera contado, seguramente Jemma no se lo habría creído: "Pero él es tu profesor", le diría. O: "Es canoso", como si esos dos hechos excluyeran la posibilidad de cualquiera de los otros.

Por aquella época, Jemma estaba totalmente centrada en el aquí y ahora: en sus hebillas, sus medias, la sombra para ojos que a fuerza de parpadeos se convertía en rayas minutos después de abandonar la casa. Jemma era una chica dulce y bien intencionada, pero tan diferente de Rozzie en todo sentido. Jemma clamaba por las sombras, la ropa sencilla de tonalidades tierra y el mismo estilo de todas las demás. Ansiaba tanto fusionarse con los demás en la misma medida en que Rozzie se esforzaba por no hacerlo. Nunca podría entender cómo besar a un profesor podía ser algo *bueno*. Ella sólo vería el peligro, se preguntaría acerca de la esposa. No vería, como Rozzie sí veía, que Daniel no era la clase de hombre que besa a sus alumnas; que, con ese beso, él la transformó en más que sólo una alumna, la convirtió en una persona adulta.

Ésa era siempre su razón para tener secretos con su familia. Por la forma de pensar de ellos, las cosas buenas, felices y dulces —como Daniel siempre había sido— les resultarían sospechosas, incluso peligrosas. Ella había visto cómo sus amigas quedaban demudadas, así que no necesitaba ver que a su familia le sucediera lo mismo.

Algunos días son mejores que otros. Algunos días ella puede levantarse y caminar, los hombros hacia atrás, los brazos a los costados, sin sentir miedo de los muebles y las paredes. Otros días, la cautela se infiltra en sus huesos y su postura refleja el miedo que tiene de tropezar con todo lo desconocido. Hacia el final de esos días, el cuello y los hombros le duelen por el esfuerzo de andar encorvada.

En su segunda semana en casa, empiezan a llegar consejeros asignados por el Centro para Personas con Problemas de Visión para volver a enseñarle habilidades que ella nunca tuvo: barrer, pasar la aspiradora, asar un pescado. Rozzie disfruta los detalles de estas clases, todos los trucos: las burbujas de cola endurecida en las perillas de la cocina, el sonido de la basura al caer sobre la pala. Los consejeros son todos ciegos, algo a lo cual ella se está acostumbrando y que incluso aprecia. Se le ocurre que podría preguntarle a alguno acerca de su visión pasajera.

Rozzie trata de hablar primero con Mary, una mujer que ella supone que tiene poco más de cuarenta años, que anda de aquí para allá en la cocina como si estuviera haciendo una prueba para un spot en *Martha Stewart*.

—¿Alguna vez oíste hablar de personas ciegas que pueden ver ciertas cosas, con bastante claridad, pero sólo ocasionalmente? —le pregunta, tratando de no parecer demasiado interesada.

Mary interrumpe lo que está haciendo.

—No. No lo sé. Bueno, sí, he oído hablar de esos casos. No son demasiado comunes y confieso que no me gusta pensar en ello.

¿Pensar en qué?, se pregunta Rozzie. ¿En esa posibilidad?

Renuncia a seguir hablando del tema con Mary y lo intenta con Neil, su excéntrico tutor de braille, quien se pasea con botas de vaquero y, durante la primera lección, le preguntó si podía poner música country mientras trabajaban, que eso lo relajaba.

Él le pregunta qué es lo que ella ve.

—Cosas raras. A veces objetos sin sentido, como al azar; otras veces nada.

—Apuesto a que son proyecciones de ondas cerebrales, como recuerdos en forma de holograma en el interior de tu cerebro. Como ramalazos de memoria. ¿Recuerdas a la princesa Leia, de *La guerra de las galaxias*?

Neil quedó ciego hace nueve años, por suerte antes de que Rozzie apareciera en una pantalla de cine. Ninguna de estas personas se refiere jamás a las películas de Rozzie.

—Pero a veces no puede ser sólo un recuerdo... yo veo el color correcto. —El día anterior, ella había tropezado contra un auto y se lo contó a Jemma, que estaba con ella.

—Apuesto a que era una Ferrari color rojo vivo —dijo Jemma.

—Bueno, de todos modos sí era rojo—, que fue lo que ella había visto, un resplandor color rojo. Ésas no pueden ser coincidencias, pero si se trata de una señal de que está recuperando la visión, ¿por qué sólo ve gris el resto del tiempo? ¿Y por qué, de alguna manera, su hermana está siempre relacionada con lo que ella ve? Una vez, cuando estaba sola, el gris se disipó y se transformó en un suéter de color amarillo intenso que estaba en el sofá, junto a ella. Era tan chillón que Rozzie supuso que pertenecía a su padre, quien a veces iba a jugar al golf con colores llamativos como ése. Rozzie quedó aliviada —por fin, podía decir que esas visiones eran arbitrarias, sencillamente casuales—, y entonces Jemma entró en la habitación y dijo: "Allí está", y tomó el suéter.

Puesto que Neil parece interesado, Rozzie continúa:

—Lo extraño es que casi siempre sucede en conexión con mi hermana.

—Bromeas.

—Es algo que le pertenece a ella o ella está en el cuarto.

Él deja escapar un silbido prolongado y detonante.

—Qué misterio. ¿Puedes controlarlo?

—No.

—¿Cómo es, entonces?

Ella piensa un momento.

—La niebla se dispersa, desaparece por un segundo, y después vuelve.

—¿Ninguna conexión con algo que estás haciendo? ¿O con relámpagos? ¿No podría ser luz reflejada?

—No.

—Qué extraño.

Rozzie empieza a pensar en la fascinación que sentía, de adolescente, por lo oculto. Tal vez son visiones fugaces del futuro o del pasado; otra dimensión del tiempo que se aparece en el presente, como ver cómo una película se va derritiendo en un proyector descompuesto. Quizás ella vio un suéter que Jemma poseería algún día. Incluso mientras lo piensa, tiene que admitir que parece bastante descabellado. ¿Por qué habrían de conferirle a alguien el poder de profecía sólo con respecto a visiones fugaces de suéteres y jarros de té? ¿Qué clase de dios trabaja en ese nivel?

Sin embargo, en general ella no puede ver mucho, así que no tiene sentido demorarse demasiado en esto. Sobre todo, le duele la espalda por el esfuerzo de inclinarse hacia adelante tratando de ver nada; tiene dolores de cabeza que le bajan hasta los hombros y, después, por todo el cuerpo; a veces tiene la sensación de que sus omóplatos están conectados con un cable caliente de dolor. Tiene moretones en las piernas, con la parte de adelante adornada con zonas de piel dolorida allí donde ha tropezado con mesas de café, puertas, bordes de sillas. Pero, en general, está ciega. ¿Qué pueden significar un jarro para café o la visión fugaz de una Ferrari cuando ella no puede leer, no puede ver una película, no puede encontrar una manzana en el local Stop & Shop?

Entonces cierta noche, ella ve algo con total claridad: una pila de fotografías sobre la mesa de la cocina. Son copias grandes, lo cual la ayuda a reconocer enseguida que son fotos de los alumnos de su madre. Primero, un chiquillo rubio con un collar de cuentas, sus manos borrosas, su sonrisa, enorme. La siguiente, una chica que ella reconoce, Regina, mucho mayor que la última vez que Rozzie la vio, pero siempre en puntas de pie y con los ojos mirando de costado.

Un verano, Rozzie trabajó en el aula de su madre como parte de un experimento para integrar periódicamente a chicos normales en la vida de esos alumnos. Le asignaron jugar con Regina, lo cual, le dijeron, no sería tarea fácil, y no lo fue. Regina quería jugar por su cuenta, cantar canciones de *Sesame Street*, que la dejaran sola. Rozzie sólo tenía quince años en ese momento y le entusiasmó mucho la perspectiva de esta tarea adulta, vestirse todas las mañanas, ir a trabajar con su madre, hablar por la noche acerca de los alumnos que compartían. Pero estar allí la asustaba. Algunos de los chicos se mordían las propias manos o se quedaban horas tendidos debajo de sillas. Rozzie tenía miedo de que esas excentricidades se le contagiaran, de que si pasara demasiado tiempo en el aula, también ella terminaría por mecerse sin cesar o caminar en puntas de pie. Pero, en lugar de decírselo a su madre, ella simplemente anunció, después de una semana, que no iba a volver, que había cambiado de idea y quería, en cambio, tomar lecciones de tenis. En ese momento, prefería ser objeto del enojo de su madre más que de su desaprobación. Pero, después de eso, nunca volvió, nunca entró de nuevo en el aula de su madre. Se sentía demasiado arrogante, demasiado culpable.

Estas fotografías eran diferentes de las fotografías de Jemma que ella había visto en el pasado, todas fotos instantáneas tomadas en los sets. Éstas, en cambio, estaban cuidadosamente compuestas y sacadas con luz artificial. El estado de ánimo que transmitía cada una de ellas era sorprendentemente alegre, como si Jemma entendiera algo que Rozzie no comprendía: qué era lo que llevaba a su madre a trabajar con esos chicos que parecía poco probable que cambiaran de manera apreciable.

En las fotos era obvio que sí habían cambiado. La pubertad había llegado, le había regalado pechos a Regina, la había hecho hermosa de una forma extraña y perteneciente a otro mundo. Regina casi podría ser modelo o actriz. El hecho de mirar esas fotos entristeció a Rozzie, como si hubiera cosas que ella jamás entendería y que su hermana y su madre hacían de manera intuitiva. Se imaginaba, años más tarde, esperando en un banco fuera del aula de su madre, simulando leer lo que incluso entonces le costaba mucho ver, mientras Jemma sí entraba. Una vez Rozzie hasta miró por la ventana, vio a Jemma en un rincón, hablando con su madre, transmitiendo el mensaje —iban a ir a la piscina—, aunque en realidad ella no podía estar segura de qué decían. Tampoco entonces alcanzó a ver el movimiento de los labios.

Rozzie trata de comprometer más a su hermana, de conseguir que recuerde tal como lo hacían en el hospital, pero Jemma parece nerviosa, como si estuviera trabajando con un reloj registrador imaginario. Diez minutos de conversación durante el desayuno y empujará la silla hacia atrás, y dejará una cuchara en su bol. "Debería ponerme a trabajar", dirá y desaparecerá pocos minutos después hacia la oscuridad prohibida del sótano por la desvencijada escalera.

Rozzie se pregunta si esto es como ella misma solía ser, siempre impaciente por irse, por desaparecer. Incluso mientras Jemma cuida de Rozzie, le prepara el almuerzo, le lee su correspondencia, casi nunca se queda suficiente tiempo en una silla como para calentarla. A veces Rozzie le tira un señuelo para iniciar una conversación: "Cuéntame en qué estás trabajando", le dirá, y Jemma se mostrará vaga, casi indiferente. "Nada del otro mundo", o: "Sólo un experimento".

—*Dímelo* —dice Rozzie, y siente que su hermana se retuerce junto a la puerta, desesperada por irse—. ¿Qué pasó con la serie de enfermeras?

—No salió bien. Fue una estupidez, el fotómetro no me andaba bien y gasté muchísima película.

¿Es así como se siente el fracaso en su mundo? ¿Como una decepción privada? ¿Película gastada inútilmente? Su voz suena tan inquieta; sin embargo, para Rozzie, es relativamente menor, nada parecido a la paliza pública que representan sus propios fracasos.

Una tarde, Neil la deja con su primera tarea hogareña: un menú de McDonald's impreso en braille.

—A mí me resultó útil. A lo mejor tú comes en otros lugares.

Rozzie no entraba en un McDonald's desde su infancia; en una ocasión, se filmó allí una escena y el utilero había sacado todos las hamburguesas de los sándwiches que ella tenía que comer durante once tomas. Un rato después Rozzie se sintió descompuesta y le alcanzaron una bolsa para que escupiera en ella el pan masticado cuando las cámaras no filmaban.

—No, esto es fantástico —le dice a Neil—. Muchísimas gracias.

Después de que él se va, ella sigue trabajando en eso. Quiere leer más, sorprenderlo la próxima vez con todo lo que sabe. Permanece tan enfrascada, tan centrada en las yemas de sus dedos, que cuando oye un clic detrás de ella, por un minuto no sabe de qué se trata. Entonces, por supuesto, lo recuerda: una cámara fotográfica.

—¿Jemma? —pregunta.

—¿Sí?

—¿Qué haces?

—Nada.

¿Jemma acababa de tomarle una fotografía? La sola idea la inquieta.

—¿Qué quieres decir con "nada"?

—Nada.

Un minuto después, cuando Rozzie la llama, Jemma ya no está allí.

Jemma

Mientras trabajo tarde por la noche, me pregunto adónde irá a parar todo esto o cuándo terminará. Estoy fuera de mí misma todo el tiempo, casi no duermo, como alimentos cuyo sabor casi no siento y no reconozco hasta que bajo la vista y veo lo que tengo en la mano. Y entonces descubro que son castañas de cajú o una torta de arroz. Cosas que habitualmente yo no comería.

Duermo tan poco que por la tarde tengo la sensación de estar moviéndome debajo del agua. A veces estoy tan cansada que siento un hormigueo en todo el cuerpo, como si estuviera dejando atrás mi piel, como si ya no la necesitara. Por las noches duermo de a ratos y sueño que estoy en otros lugares, de vuelta en la universidad o en Nueva York. Los sueños se despliegan como películas, con argumentos cuyo final ignoro. Y siempre me despierto antes de que ese final se produzca. Pienso en Rozzie cuando era adolescente, cuando aseguraba ser capaz de sentir cómo crecía su cuerpo y que permanecía tendida en la cama por las noches, consciente del movimiento de sus huesos y músculos. Y que, en determinado momento, decidió ser hermosa. Ahora, yo conozco los peligros de ese camino y decido someterme a una transformación diferente.

El cuarto oscuro es el único lugar donde me distiendo. Allí bajo la guardia y me sumerjo en sustancias químicas. Mis copias necesitan que mis manos se muevan sobre ellas, que las yemas de mis dedos queden maceradas. En ese baño rojo de luz, emerge una ironía. No se trata de autorretratos, pero algunas de las fotos han sido tomadas en ángulos tan cerrados y a distancias tan cortas, que bien podrían serlo. Nunca pensé que mi hermana y yo éramos parecidas —nuestros ojos son diferentes, lo mismo que el color del pelo—, pero parezco estar fotografiando como si en realidad nos pareciéramos, como si yo estuviera tratando de encontrarme a mí misma.

Desde atrás, en sombras o de perfil, partes del cuerpo de cada una son sorprendentemente idénticas. Parece que tenemos los mismos codos, las mismas orejas, la misma curva en las caderas.

Toco esas partes, las estudio con atención.

Me pregunto cómo nunca antes lo noté.

Rozzie

Cierta noche, a la hora de la cena, suena la campanilla del teléfono.

Jemma contesta, habla durante algunos minutos y después regresa, pero no se sienta.

—Era sólo una galería de Nueva York —dice—. Me ofrecieron un lugar en la muestra de sus alumnos. Dijeron que lamentaban no haberlo hecho antes, pero que ahora decidieron incluirme en la exposición que presentan en el verano.

Durante un momento prolongado, nadie dice nada. Esto parece algo tan inesperado.

—Yo les envié diapositivas hace mucho tiempo —explica Jemma—. Las fotos de los alumnos de mamá.

Ahora lo entienden. La madre grita y echa hacia atrás la silla.

—¡Bien por ti! —exclama el padre.

Rozzie no logra decir nada. Sabe lo que esto significa. Una tarde, Matthew la llevó por el SoHo y le mostró las galerías donde le gustaría exponer alguna vez. Esto es algo importante, realmente importante, pero de pronto Rozzie siente que tiene la garganta llena de algodón, que le falta aire. La abruma el miedo de que Jemma regrese a Nueva York antes que ella. Que Jemma ocupe su departamento, su lugar, y que ella tenga que quedarse para siempre en el dormitorio de cuando era chica. Se pregunta si su visión transitoria tendrá algo que ver con que Jemma tome las riendas de su propia vida.

Por supuesto, es una locura. Más tarde, tendida en la cama, se pregunta si, encima de todo, no estará perdiendo el juicio.

Después, resulta que dentro de una semana Jemma irá a Nueva York y —porque no tiene otra opción— se quedará en el departamento de Rozzie. Aunque a la dueña de la galería le gustan las fotografías de los chicos autistas, quiere ver los nuevos trabajos de Jemma, qué tema desarrolla ahora. Y, en un único día, el nivel de intensidad de Jemma aumenta incluso más y ella deja de comer con la familia. Emerge del cuarto oscuro cada cuatro horas, toma una naranja, algunos pretzels, y vuelve a enfrascarse en su tarea.

Aunque casi no hablan, Rozzie sabe lo que Jemma está pensando: *Llegó el momento. El resto de mi vida depende de esto.* Desea prevenirla, decirle que no espere demasiado y que no preste atención a todo lo que le dicen. Que en el éxito hay peligros que es imposible anticipar. Pero no puede hacerlo.

Por más que Jemma todavía esté aquí, es como si ya se hubiera ido. Flota por las habitaciones murmurando para sí aberturas de diafragma y tiempos de exposición. Y no hace más que copiar negativos. Rozzie puede seguir el rastro de los movimientos de su hermana por la casa a través del olor, al tocar toallas y superficies todavía húmedas con las sustancias químicas por donde Jemma acaba de pasar.

En determinado momento, Rozzie le pregunta a Jemma qué está copiando, y la respuesta de su hermana es vaga:

—Sólo unos experimentos.

Existen otros misterios. El contestador telefónico transmite mensajes que no tienen sentido. Un hombre dice que es un editor fotográfico y que han surgido algunos problemas... pero si Jemma no ha estado todavía en Nueva York y no entregó sus fotos, ¿cuáles podrían ser esos problemas? Rozzie no pregunta. Otro mensaje dice: —Mucho mejor, mi amor. Éstas están perfectas.

A medida que Jemma se vuelve más distante, a Rozzie le ocurre todo lo contrario. Durante la cena se queda sentada un buen rato con sus padres, participa en las conversaciones, se transforma en la clase de hija que nunca fue antes. Después de la cena, de pie frente a la pileta de la cocina, lava los platos, acompañada de su madre, los seca y los guarda. Hablan de los llamados que Jemma recibe. La madre tampoco entiende.

—Hasta piensa en no volver a la universidad. Dice que allí todos son todos de mente estrecha. —La madre suspira.

Esto no parece propio de Jemma.

Rozzie comienza a hacer más por sí misma. Para el almuerzo, encuentra una lata de atún, la abre, la come sin ayuda ni consejos de nadie. Horas después, Jemma le grita desde el sótano:

—Lo siento, Roz. ¿Quieres comer algo?

Ella le contesta:

—No, está bien, gracias. Ya almorcé.

Cuando nadie la mira, se atreve a más experimentos. Sale sin su bastón, da una vuelta a la manzana. Afuera, sola, el mundo se convierte en un océano de luces en movimiento: los autos parecen fantasmas que vuelan sobre alfombras persas. Los árboles parecen gigantes, sombrías ruedas de parques de diversiones. En una ocasión ella estuvo afuera unos veinte minutos, aunque nadie pareció advertirlo.

Hace este descubrimiento: lejos de Jemma, ve menos pero hace mucho más. Afuera, su piel está nuevamente viva a las sensaciones: siente el viento, el sol entre las zonas de sombra. Encuentra el cordón de la vereda con el bastón y camina por ella. Lejos de Jemma, vuelve a moverse; no permanece inmóvil, a la espera de una visión.

Los otros sentidos de Rozzie no se agudizaron cuando su visión disminuyó. Ella siempre tuvo buen oído, siempre fue capaz de saber cuál miembro de la familia se acercaba por el hall por el sonido de sus pisadas. Lo que le ha aumentado con la ceguera es la intensidad de su memoria. En los días buenos, ella puede caminar por toda la casa sin el bastón y sin tropezar con nada. Es capaz de depositar un vaso y saber, sin necesidad de tantear, dónde comienza la mesa. Rozzie tiene la sensación de que el poder no está en su mente sino en su cuerpo, enterrado en sus huesos.

Su memoria se fortalece cuanto más está en casa. Si bien no puede ver la cara de nadie ni nada impreso en papel, sí puede ver a la perfección escenas de su infancia. Recuerda trepar a un árbol tratando de llegar al nido de un pájaro que había visto. Recuerda con exactitud cómo era el diminuto huevo veteado que contenía. Recuerda lo que sintió: la certeza de que la mamá de ese huevo estaba muerta y que ese pájaro no nacido, ese ser que se escondía dentro de esa cáscara azul preciosa necesitaba que alguien lo salvara.

Recuerda haber ido a patinar sobre hielo con Jemma, desplazarse sobre el estanque helado cerca de la casa, y el color del agua debajo. No ha perdido la memoria de los colores, aunque no haya visto ninguno en meses. Una vez inventó nombres para ellos: azul cerúleo, verde biliar, chartreuse. Ahora son todas tonalidades de gris, pero mentalmente todavía puede verlos, puede conjurar ese huevo perfecto color azul.

A veces la visita un recuerdo extraño, algo en lo que no ha pensado en años: la vez que perdió sus anteojos en un barranco; los tenía puestos y al instante siguiente caían flotando por el barranco. Porque sus padres estaban allí, Rozzie hizo una escena, algo bastante calculado de su parte. Algunas semanas antes su madre había comentado que, con el precio que tenían actualmente los anteojos, sólo podían pagar un par nuevo año por medio. La intención de la escena era demostrarle a su madre que vivir como pobres cuando no lo eran tanto podía marcarlos emocionalmente. Ella quería que su madre se sintiera culpable de que su hija pensara que esos anteojos perdidos no podrían ser reemplazados hasta dos años después y que a ella le sería imposible ver durante todo ese tiempo.

Y su escena tuvo éxito —tiempo después del incidente le compraron lentes de contacto—, pero el recuerdo más intenso de ese incidente fue la manera en que Jemma permaneció sentada e inmóvil en el auto durante toda su pataleta. Al principio le encantó la idea de estar asustando a su hermana, pero después pensó: ¿y si algo hubiera salido realmente mal? ¿Su hermana habría hecho lo mismo, vale decir, observar todo a través de las ventanillas tonalizadas del Oldsmobile mientras ella públicamente se desmoronaba en una playa de estacionamiento con piso de tierra?

Tal vez ella levantaba paredes precisamente porque era evidente que a Jemma le gustaba estar detrás de ellas.

La noche anterior a la partida de Jemma, su madre le pide que por favor se siente a la mesa para cenar.

—Muy bien —dice Jemma y echa hacia atrás la silla.

Rozzie ya se encuentra allí, sentada, tocando la comida con el tenedor, un truco que aprendió de uno de sus consejeros.

—Ahora —dice la madre con una alegría forzada—, cuéntanos más acerca de la exposición.

—Bueno, no es tan importante —dice Jemma, a pesar de todas las pruebas en contrario—. Sólo durará una semana. Es una muestra rotativa de trabajos de alumnos, así que no significa que nadie me preste demasiada atención a mí.

Si eso fuera cierto, ¿por qué, entonces, habla de no seguir en la universidad?

—Igual queremos ir —dice su madre.

—No es necesario. —Por un segundo, silencio. —En serio. No creo que deban ir.

Es obvio que ella no desea que vayan.

Más tarde, cuando Jemma está sola en su cuarto, Rozzie llama a su puerta.

—¿Por qué no quieres que vayamos? —Lo había estado pensando toda la noche, tratando de entender.

Durante un rato prolongado, Jemma no dice nada. Finalmente, con un hilo de voz, dice:

—Es por ti.

—¿Qué quieres decir?

—Si tú vas, habrá un gran revuelo. Todos te prestarán atención y te sacarán fotos. Y yo no quiero eso.

Por un segundo, a Rozzie le parece ver a su hermana, sentada en la silla junto a la ventana, llorando.

—Está bien —dice y se pone de pie—. Pero, ¿qué me dices de mamá y papá?

—Si ellos fueran, yo me sentiría mal pensando que te quedaste aquí sola.

Rozzie dice entonces lo único que se le ocurre, lo que sabe que es cierto:

—Si nosotros no vamos, nada parecerá real.

Rozzie

Cada vez con más frecuencia, Rozzie descubre que dice la verdad. Le resulta refrescante y sorprendentemente fácil. Nadie parece demasiado escandalizado por cualquiera de sus revelaciones. Al principio, ella lo toma como un experimento. Le cuenta a su madre de sus salidas con Leonard. En lugar de preocuparse, su madre sencillamente le pregunta.

—¿Cuál era su atractivo?

—No estoy segura —contesta ella—. Me pareció que él era un desafío. No parecía estar muy interesado en mí.

Cuanto más habla con su madre, más tiene ganas de admitir cosas. Recuerda que Jemma era la que siempre desempeñaba ese papel. Ahora Jemma es el misterio, la figura cifrada, y Rozzie es quien tiene toda la atención de su madre. Le cuenta muchas cosas, importantes e insignificantes: qué directores le gustaban y cuáles no. Le dice que Miriam le pone los pelos de punta. Le informa que se ha sometido a cinco tratamientos de electrólisis.

—¿Cómo fue eso? —le pregunta su madre.

Rozzie piensa un minuto.

—Doloroso —dice por último.

Hablar acerca de todo esto da forma a sus recuerdos, los ordena. Finalmente empieza a comprender qué fue importante y qué no.

Cierta noche, en voz muy baja, le dice a su madre que se ha sometido a una leve cirugía plástica. El corazón le late con fuerza. Espera una gran reacción: risas o lágrimas. No sabe bien cuál de las dos cosas hará su madre.

Una vez más, se sorprende.

—Bromeas —dice su madre—. ¿Dónde?

El alivio es tan enorme que es Rozzie quien se echa a reír. De pronto, es una equivocación que cometió, algo trivial. Tiene la sensación de estar metiéndose una vez más en su propio cuerpo, ocupándolo de nuevo, por primera vez en años.

La segunda noche en que Jemma está ausente, Rozzie sale para su primera caminata larga sola. Quiere practicar, utilizar sus sentidos, su oído, su piel. Quiere salir a ese mundo que, durante un tiempo, fue tan peligroso para ella.

Siente que está cambiando, que se está abriendo, que ríe más. Una noche, le hace a su padre una pregunta sobre su trabajo y ella escucha —realmente escucha— la respuesta. Él le cuenta entonces una larga historia acerca de una persona que ella reconoce vagamente, un profesor colega, alguien que probablemente ella conoce pero que no recuerda. Durante tanto tiempo Rozzie no ha tenido energía suficiente para escuchar.

Ahora sí lo hace, y la sorprende. Es curioso. Se echa a reír.

Comienza a hacer cosas extrañas y poco atractivas. Delante de Neil, su tutor ciego, eructa. Los dos no se conocen lo suficiente como para echarse a reír. Ella no quiere decir "Perdón", porque es lo que diría su madre. Así que no dice nada. Y está casi segura de que lo suyo tuvo también mal olor.

Incluso siente diferente su boca, como si sus papilas gustativas estuvieran cambiando. Durante años ha vivido comiendo ensaladas y pescado. Su lujo es la fruta, enormes pomelos rosados que solía devorar uno tras otro, a veces hasta ocho en una sola sentada. Algunos años antes, un dentista le advirtió que el esmalte de sus dientes se estaba desintegrando por los ácidos contenidos en la fruta. Ella trató de detenerse, pero no pudo. En cambio, empezó a llevar un cepillo de dientes a todas partes.

Ahora, corta y come alimentos que ni siquiera puede imaginar. Lasaña verde, espaguetis a la carbonara. Muerde sándwiches, panes; prueba una torta de jengibre preparada por su madre. Durante años, se lo ha pasado diciendo que detesta los dulces. Y, ahora, de nuevo los tiene en la boca. Es como un recuerdo sepultado, un despertar. A veces siente su cuerpo tan despierto que se pregunta si algo diferente no estará fluyendo ahora por sus venas: electricidad o té verde. Ríe frente a los lugares extraños que su mente recorre. Decide, en medio de todo este alboroto, que quiere besar a alguien, sentir de nuevo esa antigua carga especial. En las viejas épocas —que ahora recuerda como días anestesiados—, el sexo era una de las pocas cosas que sí podía sentir. Le gustaba tener relaciones en lugares incómodos, sobre tablas duras y pisos de madera, donde cada articulación registraba ese hecho y los moretones le duraban días.

Ahora piensa que si alguien llegara a rozarle la clavícula, seguramente gritaría.

El único candidato obvio es Neil, su tutor de braille y el único hombre de una edad parecida a la suya con quien está en contacto.

A esta altura comparten una broma acerca del mal gusto de él con respecto a la música. Una tarde, Rozzie le pregunta si tiene novia.

Durante un momento prolongado, él no responde.

—Bueno —dice por fin—, no exactamente. —Eso es todo. Un momento después tose, hojea algunos papeles y cambia de tema. No es nerviosismo sino alguna otra cosa que Rozzie no logra identificar con exactitud. Pero de pronto se le ocurre: ¡Neil no está interesado! ¡La está rechazando!

No era la primera vez que se topaba con hombres a quienes no les interesaba tener una relación con ella, pero nunca conoció a ninguno que no quisiera flirtear. Más tarde, vuelve a pensar en lo sucedido. *Él no sabe quién soy yo*, se maravilla, cuando en realidad parece querer decir: *Él no sabe qué aspecto tengo.*

Jemma llama desde Nueva York con voz muy tensa.

—Todo va bien... creo. Es difícil saberlo. Les gustan algunas de las nuevas fotos, pero no todas.

Rozzie le pregunta cómo está Nueva York. Ahora que Jemma está allí, piensa todo el tiempo en esa ciudad; imagina Central Park y andar en subterráneo. Está impaciente por volver allá, ocupar de nuevo su lugar, superar sus antiguas rutas alrededor del vecindario.

—Está muy bien —dice Jemma—. En realidad no he hablado con demasiadas personas.

Aunque Jemma no dice que se siente sola, Rozzie se lo percibe en la voz, reconoce esa carraspera que implica hablar por primera vez en todo el día, tarde por la noche por teléfono. Piensa que es raro sentir tanta nostalgia por un lugar en el que casi siempre se sintió tan sola. Algunos días ni siquiera salía del departamento ni hablaba con nadie. Desde luego, es cómico y, al mismo tiempo, triste.

En esa inmovilidad —ese silencio eterno y sombrío—, ella encontró la fuerza y el coraje para quedarse ciega sin decírselo a nadie. Sólo ahora se maravilla de ese logro privado suyo. Quiere volver allá, ser de nuevo la persona que realizó esa hazaña. Sólo que esta vez se divertirá, paladeará auténtica comida, olerá cosas.

Comienza a prepararse para su regreso. Practica separar fichas para el subterráneo de su monedero. Hace listas en braille; le pide a Neil que la ayude a convertir su antigua libreta telefónica en otra escrita en braille. Su madre le lee nombres de actores y directores. Rozzie espera que Neil los registre y que entienda que ella *conoce* a esas personas. Nunca antes se le ocurrió lo extraño que es eso. Que su libreta telefónica, leída en voz alta, suene como un episodio de *Entertainment Tonight*. Tiene ganas de reír, de aguijonear a Neil y decirle: *¿Viste a quiénes conozco? Ahora, dime: ¿tienes novia?*

Él no parece notar que esos nombres pertenecen a personas famosas. Si hasta pregunta cómo se escriben algunos.

Rozzie se desinteresa de Neil, pero empieza a imaginar a otros hombres, rostros de su pasado. Le faltará lo que para ella era lo mejor de la seducción: perderse en la mirada insistente e intensa de un amante. Ahora ella tendrá que aprender otros trucos, utilizar la voz, tratar de pescar indicios en la de ellos.

Con cada día que pasa Rozzie se vuelve más osada y realiza sola caminatas cada vez más prolongadas. Del otro lado del caos desorientador de sombras y movimiento, el mundo se organiza. Ahora ella puede estar parada en la esquina de una calle y saber en qué dirección avanza un auto, puede oír pisadas, darse cuenta de cuándo se le acerca un perro sujeto por una traílla.

Cada accidente evitado es un triunfo en su corazón. A veces, moverse así por las calles es para ella como volar.

Cierta noche, en una de sus caminatas oye pisadas. Se pone a un lado sobre un terreno blando con césped, pero cuando lo hace, las pisadas se detienen.

—Tú eres la hermana de Jemma, ¿no? —pregunta una voz de hombre.

Ella asiente. Hace tiempo que espera que suceda una cosa así. No es una ciudad grande, así que tarde o temprano era inevitable que tropezara con alguien del pasado.

—¿Quién eres tú?

—Trabajábamos juntos en el supermercado. Soy Theo.

Rozzie recuerda que su hermana trabajaba allí, pero no recuerda haber oído el nombre de ese muchacho. No importa. Tiene frente a ella a una persona, alguien distinto de su consejero o sus padres con quien hablar.

—¿Vas en mi misma dirección? —pregunta ella y regresa a la vereda.

Caminan juntos por un rato, durante más tiempo y más lejos de lo que ella suele ir. Él se hace cargo de la mayor parte de la conversación y le habla de un negocio para el que trata de conseguir un préstamo del Banco.

—Pero el problema es que ya ni siquiera tengo auto. El mío se descompuso, y por eso estoy a pie. Tampoco soy propietario de una casa. Tengo un excelente equipo estéreo, pero eso el Banco no lo considera suficiente garantía.

Rozzie practica escucharlo a él y al mundo al mismo tiempo. Eso exige concentración, como aprender una lengua extranjera, traducir todo el tiempo. Cuando él le hace una pregunta, ella contesta enseguida. Pero no puede hablar y escuchar al mismo tiempo.

Frente al Banco, él le toca el hombro.

—Bueno, hasta aquí llego yo. Me alegro de haberte conocido finalmente. He oído hablar mucho de ti.

Rozzie querría decir que ha oído hablar de él, pero no puede, así que sonríe. Levanta la vista hacia donde él debe de estar y, al hacerlo, algo sucede. Por primera vez en una semana, Rozzie ve: una camisa abotonada y, después, más, un cuello y pelo rubio y ondulado. Lo ve todo, su primera cara en meses. Y él es buen mozo.

Esa noche, llama a información y consigue el número de Theo. Rozzie sabe cómo invitar a salir a los hombres, lo ha hecho muchas veces antes. No está nerviosa. Podría hablarle a Jemma del asunto —*debería* hacerlo—, pero su hermana dejó un mensaje de que algo se había presentado y que se quedaría en Nueva York otra semana después de la exposición. Cuando Rozzie trató de comunicarse con ella por teléfono a su propio departamento, nadie contestó.

Bueno, qué le vamos a hacer, piensa Rozzie mientras marca el número de Theo.

Lo invita a almorzar. Ella quiere estar en terreno conocido y no tener que tantear en busca de una silla o golpearse con los bordes de las mesas, como le pasaría en cualquier restaurante. También quiere estar sola, algo que sólo ocurre durante el día.

La respuesta no es fácil de descifrar. Theo parece confundido.

—¿Jemma está por ahí?

—No. Todavía se encuentra en Nueva York. *—¿Acaso eso importa?* —¿Por qué? —agrega Rozzie.

—Sería agradable verla.

Al parecer, él no lo entiende bien aún, pero no es problema. Ya lo entenderá.

Rozzie actúa movida por un nuevo deseo: necesita sentir de nuevo su cuerpo debajo de otros dedos, encontrar sus bordes, dónde empieza ella y dónde termina. Piensa en el instante fugaz en que le vio la cara, en esos ojos sonrientes. Desea hablar con Jemma para averiguar si tiene razón con respecto a los ojos de Theo, pero Jemma nunca está en casa. Durante dos días, nadie contesta el teléfono en el departamento.

Para Rozzie es fácil imaginar ser besada de nuevo y besar, y mucho más difícil imaginarse preparando el almuerzo. Nunca ha sido buena cocinera, jamás se sintió suficientemente cómoda con la comida como para poner parte en un plato y esperar a que otra persona la coma. Una vez más, su memoria falla: ¿Alguna vez preparó la comida para alguien? Sin duda que sí, en algún momento, pero no logra recordar nada en concreto ni cuál sería el plato elegido. ¿Le preparó alguna vez a Matthew una receta con pollo? ¿O simplemente compró los ingredientes y los mezcló?

Tomando en cuenta todas estas cosas, decide no apuntar demasiado alto. Sopa y pan y su nuevo postre preferido: bizcochos de jengibre. Se los pone en la boca y deja que se le derritan lentamente.

Le pide a Mary, su consejera, que la acompañe a comprar las provisiones. Ya lo hicieron una vez antes, y para Rozzie es una tortura que implica memorizar y tocar latas.

—La del puré de tomate tiene bordes altos —le canturrea Mary—. La de salsa no los tiene.

Rozzie la escucha sin demasiado entusiasmo, sabiendo que no necesita memorizar esos detalles porque cuando esté de vuelta en Nueva York hará su pedido por teléfono y se lo entregarán en su casa. Pero, por ahora, eso no es posible. Empuja el carrito mientras Mary abre el camino frente a ellas con su bastón. Les lleva una hora recorrer los pasillos y para cuando llegan al sector de frutas y verduras, ya Rozzie está exhausta. Mary, en cambio, tiene una energía a toda prueba.

—Las manzanas pasadas tienen olor —dice—. Las que están a punto, no.

Rozzie se lleva una manzana tras otra a la nariz y no nota ninguna diferencia. Al cabo de un rato, extiende la mano.

—Dame una que esté bien podrida.

Pero en lugar de Mary, la que le habla es otra mujer:

—Nos apenó muchísimo enterarnos de lo que te pasó, querida.

Rozzie se da media vuelta, hacia las manzanas.

—Lo siento. Pensé que usted era otra persona.

Siente que la mano de la mujer le toca la suya.

—De veras lo lamentamos tanto, querida. ¿Cómo te sientes ahora?

Rozzie no quiere mantener esa conversación. Quiere que Mary vuelva y le dé consejos para que esa mujer entienda que ella no está sola y que no necesita la compasión de nadie. Pero Mary no regresa.

—Estoy bien —dice, sonriendo—. Míreme. Aquí estoy, de compras.

—Así es. Bien por ti. Vi tus películas y estaba segura de que te pondrías bien.

—Lo estoy. Estoy muy bien.

—Sí, ésa es la actitud que tienes que tener: bien positiva. Que Dios te bendiga, querida.

Por suerte, la mujer se aleja con su carrito y Rozzie queda sola con dos manzanas en las manos.

—¿Mary? —dice de nuevo y aguarda. Se pregunta si ésa será una prueba a la que Mary la somete. ¿Se propondrá hacerla caminar por el supermercado preguntándole a la gente si ha visto a otra mujer ciega? ¿Y si se supone que debe seguir haciendo compras por sí misma? Siente que está a punto de tener uno de los ataques de pánico que tenía en las calles de Nueva York, cuando tropezaba con algo que debería haber visto: un poste, un kiosco de diarios, otra persona. Por aquel entonces siempre debía luchar después con el dolor y la vergüenza. Ahora sólo está el espacio vacío donde antes estaba Mary. Por primera vez en siglos, siente que las lágrimas amenazan con brotar de sus ojos. Ni siquiera recuerda dónde está el carrito o de dónde sacó las manzanas que tiene en la mano.

—*¿Mary?* —lo intenta de nuevo.

Mágicamente, Mary se materializa.

—Lo siento —dice en medio de bufidos—. Tuve que ir hasta el otro extremo para encontrar una buena manzana. Toma, huélela.

Rozzie tiene ganas de llorar mientras sostiene la manzana debajo de su nariz. Se siente tan abrumada por todo el episodio que no es sino cuando aguardan en fila junto a la caja que piensa: *¿Cuáles películas?*

Esperar en una fila es un asunto difícil y Mary le ha cedido el papel activo; Rozzie tiene que permanecer de pie junto al carrito y, por las sombras y las voces, darse cuenta de cuándo avanza la fila. A Rozzie, lo que menos le cuesta es bajar la vista y tenerla lejos de las luces, que a veces brillan y la confunden. Avanza y se topa con la espalda de alguien.

—Lo lamento.

La persona en cuestión no dice nada. Rozzie se pregunta si debería agregar: "Soy ciega" o si eso es obvio. Usa anteojos oscuros pero no un bastón blanco. Después de un silencio embarazoso, alguien —Rozzie está bastante segura de que es la cajera, porque ahora el espacio que tiene delante parece vacío— dice:

—¡Vaya, qué extraño!

—¿Qué sucede? —pregunta Rozzie.

—Que usted esté aquí y, al mismo tiempo, allí. En ese periódico. Y que lleve puesta la misma camisa. Es bien extraño.

Aunque el corazón le late a toda velocidad, Rozzie sabe cómo enfrentar ese momento tan difícil. Esboza una sonrisa y se atarea en poner las provisiones en la cinta transportadora.

—Supongo que debería comprarme algunas camisas nuevas —dice, un poco demasiado tarde como para que parezca el comentario en son de broma que ella querría que fuera. Su mente está muy ocupada haciendo cálculos. Esta camisa es nueva, y hace dos semanas que la usa, lo cual significa que el fotógrafo del periódico ha estado en esta ciudad, siguiéndola en alguna de sus caminatas. Eso, justo cuando empezaba a sentirse nuevamente entera y a salvo, sin duda para recordarle que ninguna de esas cosas es cierta.

Aparta de su mente ese episodio. Lo que importa ahora no es conseguir una privacidad perfecta sino lograr un control sobre sus elecciones. Seguirá saliendo a caminar, preparando ese almuerzo para Theo, avanzando hacia un futuro que pronto dejará de interesar a los fotógrafos de publicaciones o al público en general.

Cuando Theo llega, la mesa está puesta y la sopa está lista. Rozzie ha preparado su primera comida utilizando la cocina y leyendo las perillas con los dedos. Hasta preparó una hogaza de pan con la máquina de hacer pan de su madre, que, digámoslo, hace todo el trabajo. Lo cierto es que la casa está llena de aromas deliciosos. Rozzie ha hecho a un lado el pánico vivido en el supermercado. Se mueve por la cocina con una sensación de orgullo por lograr cosas que jamás pensó que haría. Cuando suena el timbre de la puerta, hace una inspiración profunda. Piensa de sí misma que está bien, que está mejor que antes y más feliz que nunca: una mujer con un hombre del otro lado de la puerta. Saborea anticipadamente ese momento y hasta espera a que el timbre vuelva a sonar.

—Hola —dice y abre la puerta—. Pasa, por favor.

Una hora después, en medio del almuerzo, se siente desmoralizada. Theo conoce la casa y conoce a Jemma más de lo que suponía. Rozzie está casi segura de que nunca oyó a su hermana mencionar a Theo, pero las anécdotas que él cuenta acerca de ella se remontan a muchos años atrás y parecen implicar que los dos son muy amigos.

—Recuerdo la vez que te contrataron para tu primera película —dice—. Jemma estaba contentísima porque necesitabas que ella te sacara fotos. Y siguió hablando acerca de cómo sus fotos iban a ir a Hollywood.

A Rozzie eso no le pareció propio de Jemma, pero era tan poco lo que recordaba de aquella época. Apenas si recuerda que Jemma envió sus fotografías.

—Creo que tú realmente la inspiraste. Ella quería participar de tu éxito, eso creo.

—¿En serio?

—Sí, en serio. Lo que quise decir es que ella quiere ser independiente y reconocida, y ganar dinero. Supongo que eso es lo que queremos todos, ¿no? No es ningún secreto.

Cuanto más habla Theo, más evidente es que los dos no se besarán pronto. No existe ningún flirteo entre ellos, nada de revelaciones íntimas cuidadosamente seleccionadas. Lo único que hay es esa interminable conversación acerca de Jemma.

—¿Sabes una cosa? Me encantaría ver su cuarto oscuro —dice él en determinado momento—. Ver en qué está trabajando. Hace mucho que no veo sus fotografías.

—Está bien —dice Rozzie en voz muy baja.

¿Qué es esta desolación que crece dentro de ella? Nunca antes sintió nada así. Dios Santo, Jemma ni siquiera está aquí y, sin embargo, es el centro de toda la atención de este hombre.

Después del almuerzo bajan al cuarto oscuro. ¿Por qué no?, piensa Rozzie, quien ya renunció por completo a la seducción. No quiere pensar demasiado en esto, no quiere suponer que, con la vista, perdió también su atractivo sexual. Se dice que ya encontrará a alguien. En Nueva York, cuando esté de vuelta en su departamento y se sienta más segura.

Por ahora, sólo tiene que seguir adelante con la visita. Deseó no haber invitado a Theo. Ahora tendrá que contarle a Jemma que él estuvo allí y no tiene idea de cómo le caerá a su hermana. Cualquier cosa que diga le sonará raro e indiscreto.

Cuando Theo encuentra el interruptor de la luz y la enciende, Rozzie entrecierra los ojos, espía en todas direcciones y trata de encontrar las fotos de chicos autistas que mentalmente imagina. Pero no ve nada. En lugar de comentar algo, Theo lanza un silbido.

—¿Qué? —pregunta Rozzie, nerviosa por ese silencio—. ¿Son las fotos de los alumnos de mamá?

—No. —La voz de Theo se desplaza por toda la habitación. Él se toma bastante tiempo. Al parecer, son muchas las fotos a mirar.

Y entonces, antes de que él diga nada, Rozzie sabe qué fotos son ésas. Aunque no ve nada, lo sabe.

Jemma

Todas las noches me enfrasco en un examen silencioso de sus cosas. Nunca enciendo el televisor y ni siquiera me permito la radio como distracción. Si lo hago me preocupa que me oigan y me descubran. Olvido que me está permitido estar aquí. Tengo una llave y un permiso, y aun así, el corazón me late con fuerza cada vez que paso junto a un portero que me saluda con una inclinación de cabeza.

Esta privacidad es demasiada. Escapo entre sus cosas, me rodeo de cartas que la gente le envió y de algunas que ella debe de haber escrito pero nunca despachó antes de que la vista le fallara. Por una me entero de que Matthew se portó muy mal. En una de sus visitas combinó una reunión con sus viejos amigos de la preparatoria y después le pidió a ella que se pusiera algo más lindo antes de salir. Esto parece tan poco propio de Matthew que me pregunto si la presencia de Rozzie no alterará a la gente sin que ella se lo proponga, le hará ver sólo la superficie de las cosas. No sé por qué ella nunca me contó esta parte, nunca me dio la oportunidad de que odiemos juntas a Matthew.

Por dormir tan poco y comer poco y salteado, he adelgazado lo suficiente como para ponerme la ropa de mi hermana y sorprenderme muchísimo al comprobar que puedo abotonármela y subirme los cierres automáticos. Antes sólo podía llevarme prestados zapatos y suéteres; ahora, en cambio, toda la ropa me queda bien. Al principio, sólo uso esa ropa en el departamento; después me aventuro a salir, primero al pasillo y finalmente a la calle.

Un día, me pongo zapatos de taco alto, así que quedo tan alta como ella sin zapatos.

Es así como se siente ser ella, pienso, de pie en la plataforma del subterráneo, meciéndome suavemente. Cuando llega el tren cierro los ojos.

Es eso lo que se siente al ser observada, decido. Intuir una mirada a mis espaldas, girar y comprobar que tenía razón: allí está un hombre que levanta las cejas como si nos conociéramos. Yo he contemplado estos momentos en el pasado y me he sentido desvalorizada, borrada por la forma en que los ojos de todo el mundo se centran en Rozzie. Ahora yo soy la protagonista de uno de esos momentos y siento el efecto que tiene sobre mí, cómo me deja sin ningún lugar donde mirar. Intento mirar el suelo, los avisos del subterráneo y, finalmente, la ventanilla oscura en la que veo mi reflejo.

Aunque nunca lo tomo, el periódico con mis fotos de Rozzie acaba de salir y está en los kioscos y en los exhibidores del supermercado. Paso junto a ellos cuatro o cinco veces por día y en ningún momento los miré con la atención suficiente como para ver cuáles fotos decidieron publicar. Supongo que pienso que, si no miro, tal vez tampoco lo harán los demás. Todo el tiempo espero las repercusiones, el enfrentamiento por parte de uno de mis padres o incluso de Rozzie, pero nunca se produce. Para mantener esta buena suerte, invento juegos conmigo misma. Contengo la respiración cuando paso por un kiosco de periódicos. Cierro los ojos cuando suena la campanilla del teléfono. Durante tres días completos no hablo con nadie, incluyendo los desconocidos. Empiezo a pensar que quizá no pasará nada, que tal vez ella nunca lo sabrá y que tendremos sólo un poco de dinero adicional como prueba.

La mañana de la inauguración de la muestra decido que usaré ropa de Rozzie, pero que será la última vez. Por una noche me vestiré como ella y después dejaré atrás todo esto, definitivamente. Reviso su guardarropa y rozo las telas finas cortadas en estilos que yo sólo he visto en las revistas. Nadie que yo conozca usa ropa como ésta, y después se me ocurre que... tampoco lo hace ella. Aunque me pruebo una prenda tras otra, me doy cuenta de que es imposible aprender algo de estas cosas. Es una indumentaria de las películas, ropa que sólo han usado los personajes encarnados por Rozzie.

Apilada en el piso, esa ropa comienza a tener un aspecto ominoso, como la piel de muchas serpientes exóticas. Me pregunto si a Rozzie le ha pasado también esto, si no se ha sentido desorientada por sus propios atuendos.

Empiezo a preguntarme si no estará en la habitación conmigo, rondando alrededor de esa ropa, invisible pero omnisciente. Me pregunto si sabe todo lo que me propongo hacer.

No invité a ninguno de mis amigos a la inauguración porque me pareció que eso no haría más que poner demasiado en evidencia la ausencia de mi familia. He imaginado los rostros de ellos, sus cejas unidas por un instante, como diciendo sin palabras: *¿Dónde está ella?* Y, desde luego, yo tendría que decir: *Miren en las paredes, abran los ojos, ella está en todas partes.* Yo querría que fuera una broma, pero no resultaría divertida. A ellos les preocuparía la posibilidad de que yo hubiera enloquecido, cosa que es cierta.

Me tiembla el alma cuando me pongo ropa que me vuelve irreconocible para mí misma. Me quedo tanto tiempo mirando el espejo que por un segundo imagino que lo rompo con la mano y que contemplo cómo las gotas de sangre caen sobre este vestido.

Y entonces se me ocurre otra idea: que hay otro camino de salida de esto, algo que parecerá descabellado pero no lo será tanto. Yo he desaparecido de mi propia vida, pero si me muevo con suficiente rapidez, tal vez no sea demasiado tarde.

Rozzie

Daniel ya sabe lo que está pasando. Ha visto las fotos, leído el crédito por ellas.

—Cuesta imaginar en qué estaba pensando. —Su tono es neutral, como si en realidad hubiera estado tratando de adivinar.

—Ella quería vender las fotos —dice Rozzie.

—Pero ésa no puede ser toda la historia. Ella es tu *hermana*. Quizá no sabía que las utilizarían de esta manera.

—¿Qué? ¿Pensaba que el *Star* sería benévolo?

—No son malas fotos. Tú saliste bien.

—Oh, por favor. —Al decirlo, ella parece tranquila, sorprendentemente neutral.

Después de la partida de Theo, se puso a caminar de aquí para allá en la casa, llorosa y enfurecida. Ahora han pasado algunas horas. Sin duda hay en ella enojo y una sensación de traición, pero hay también otra cosa: una sorprendente sensación de alivio. Ya no es la única capaz de lastimar a los demás, ya no es la persona cuyo éxito fue conseguido a expensas de los que la rodeaban. Por primera vez en años, Rozzie no se siente culpable.

Logró estar allí ya una hora sin mencionar que no se hablan desde el hospital. Así son las cosas con Daniel. Una crisis puede ser aislada de muchas otras, es posible prestar atención a cada drama sin aludir a una docena de otros. Como, por ejemplo, el hecho de que su casa casi no tiene muebles, que su esposa parece haberlo abandonado con apenas una silla de director, algunos vasos de plástico y nada más. Rozzie no puede ver esto, desde luego, pero se ha movido por el living desde que llegó y no tropezó con nada.

—Nunca te lo dije, pero Jemma vino una vez a verme. Cuando tú te alojabas en su cuarto, en la universidad.

Rozzie toca un estante donde está segura de que solía estar el equipo estéreo.

—¿Para qué?

—Dijo que estaba preocupada por ti. Que te estabas portando de manera extraña.

—Jemma no estaba preocupada. Estaba furiosa conmigo. Yo me estaba acostando con un tipo que a ella le gustaba.

—Ah, bueno. —Daniel parece estar un momento desconcertado, como si tratara de poner las cosas en perspectiva. Sin duda no lo sorprende enterarse de que Rozzie se ha acostado con otros hombres. Por último, dice: —¿Por qué?

—¿Por qué qué?

—¿Por qué te acostaste con alguien que a tu hermana le gustaba?

—Reconozco que no estuvo bien, pero yo me estaba quedando *ciega*. Y quería sentirme conectada con alguien.

—Entonces, ¿por qué no conectarte con ella?

—Yo fui allá con la intención de hablarle de mis ojos, y de pronto empeoraron. Estaba tan mal que entré en pánico y no le dije nada.

—¿Y, en cambio, te acostaste con su novio?

—No era su novio. Era sólo un amigo. —Titubea. —Pero yo sabía que a ella le gustaba. —No pudo explicarlo todo: que ella se había pasado toda su vida adulta siendo agradable con los desconocidos y Jemma era diferente. —¿No crees que lo que ella hizo es un poco peor que lo que hice yo?

—Tal vez sí o, quizá, no. A lo mejor ella tenía sus razones para hacerlo. Tienes que preguntárselo. Hacer que te lo explique.

Al ir allí después de que Theo se fue de su casa —y hacer el trayecto en ómnibus y a pie—, Rozzie dijo: *Nunca volveré a hablar con Jemma.* Fue una extraña sensación de liberación, como si por fin pudiera librarse de toda obligación difícil que tuvo en su pasado.

—No quiero hablar con ella.

—Pero tienes que hacerlo, querida mía. Al menos eso debes dárselo.

—No veo por qué.

—Bueno, para empezar, porque ella está en tu departamento, ¿no es así?

Daniel tiene razón, por supuesto. Él la conoce lo bastante como para saber qué está pensando: que usará esta traición como excusa para alejarse, volver a Nueva York un mes antes de lo planeado. Ahora, comprenderlo es tan espantoso y frustrante que Rozzie rompe a llorar. Quiere, más que nada, estar sola. Pero parecería que ni siquiera eso es posible.

Daniel la abraza y la deja llorar. Ella ha llorado tan poco en los últimos dos años que el sonido de su llanto la toma por sorpresa. Su pecho se hincha, se le cierran los pulmones y ella tiene la sensación de no poder dominar su respiración. Está perdida y sobreactúa tanto que le resulta imposible controlarse. Comienzan a temblarle primero las manos y después todo el cuerpo. Se separa de Daniel y se deja caer al suelo. No hay sillas. No hay nada que la sostenga.

Jemma

Vestida con un vestido negro de cóctel y zapatos de taco alto a las dos de la tarde, entro en una ferretería y compro un destornillador. Saco el dinero de una cartera que hace juego con el vestido pero no es más grande que un sobre. Una vez afuera, descubro que el destornillador no me cabe en la cartera. En el subterráneo, la gente me mira, ya sea porque estoy elegante con este vestido o porque uso un vestido así, con una cartera en una mano y un destornillador en la otra... me cuesta saber cuál de las dos razones.

Llego a la galería con cuatro horas de anticipación y encuentro a la recepcionista sola, con un teléfono al oído en lo que obviamente era un llamado personal. Me saluda con un movimiento de la cabeza y la mano sobre el tubo. Yo sacudo la cabeza como diciéndole: *No, estoy bien. Vuelve a tu llamado.*

En esta muestra, sólo cuatro fotografías han sido tomadas por mí, pero están colocadas sobre una pared bien iluminada en el centro del salón y todas son de Rozzie. Yo presenté otras, pero ésas son las únicas que enamoraron a los dueños de la galería, las que, en opinión de ellos, mejor demostraban mi talento. También despertaron más atención hacia esta exposición gracias a una nota publicada en el *Times*, en la sección "Qué hacer este fin de semana". "Estudiante de fotografía y hermana de la actriz Rozzie Phillips...", decía el titular. Cuando vi la nota, no me sorprendí ni me puse mal. Pensé: *Oh, bueno. Está bien.*

Pero ahora entiendo que son incendiarias. Si no saco de allí esas fotos, todo esto explotará igual que la casa contigua a la nuestra, cierta noche, cuando todos dormían. Rozzie ni siquiera está aquí pero se encuentra en todas partes, presionándome, quitándome el aire, llenado el salón con lo que siento como humo. Empuño el destornillador y pongo manos a la obra.

Rozzie

Su familia siempre ha considerado a Daniel una amenaza, pero no entienden que Rozzie no tiene nada que temer de él. Hace años que ella no se acuesta con Daniel, desde la secundaria, con una excepción desastrosa que Rozzie no quiere ni siquiera recordar: una Navidad en la que ella fue a casa de él en auto en medio de una tormenta de nieve y descubrió que la esposa de Daniel se encontraba ausente de la ciudad, obligándolos así a aprovechar la ocasión. Pero fue una relación sexual triste y carente de pasión, y los dos lo sabían. Cuando la esposa de Daniel finalmente lo abandonó y él fue a ver a Rozzie a Nueva York, ella sólo necesitó recordarle ese último encuentro para convencerlo de que ellos no eran amantes a los que el destino les impedía concretar su unión.

Es verdad, cuando él se le apareció en el set, ella lo encontró diferente, más tenso y volátil, más decidido a hacerle tomar conciencia de sí misma. Finalmente ella lo encaró y le dijo que por favor dejara de hablar de la relación de ambos, porque se estaba quedando ciega y en ese momento no quería pensar en ninguna otra cosa. Daniel fue la primera persona a quien ella se lo contó.

Retrospectivamente, es posible que ella hubiera tenido que hacerlo de esa manera: decírselo primero a una persona neutral, después a su familia y después al mundo. El hecho de revelar lo que se había convertido en su secreto más íntimo fue algo que le dio una gran sensación de libertad, y por un tiempo Rozzie pensó que quizá sí amaba a Daniel, pero era la misma clase de amor familiar y carente de sexo que siempre había sido. Durmieron castamente, los dos de piyama, en la misma cama. Él la sostuvo en sus brazos y le permitió hablar durante horas acerca de qué había sentido al perder la vista sin tener a nadie al lado y teniendo que consultar a un médico después de otro. "Mi pobrecita chiquilla", no hizo más que decirle él mientras le acariciaba el pelo, hasta que Rozzie comenzó a pensar que realmente ella había sido muy valiente, un ejemplo de fortaleza.

Durante meses ella esperó que se le desprendiera la retina y que el mundo se convirtiera en un lugar de terrible negrura, tal como le habían descripto los médicos. Cuando finalmente sucedió, se sintió orgullosa de sí misma por haber preparado una salida de escena nada dramática. Su mayor temor era que sucediera con un dolor tan grande que la hiciera sentir atormentada e indefensa, gritando mientras una multitud la miraba boquiabierta y las luces de una ambulancia pulsaban en la escena. En cambio, fue sencillo, como postigos que permanecen cerrados en lugar de abrirse. Mientras estaba en el trailer de maquillaje y veía, al minuto siguiente dejó de ver y fue todo tan rápido y sorprendente que, de hecho, preguntó:

—¿Qué sucede? —creyendo que, tal vez, las luces se habían apagado.

Y cuando Marcie le contestó:

—¿Qué quieres decir, querida? —Rozzie supo que nada había ocurrido, salvo para ella. Salió del trailer y casualmente Daniel estaba allí. Cuando Rozzie oyó su voz, pudo extender el brazo hacia él y decirle, sólo con su mano:

—Me está sucediendo justo en este momento.

En el auto, ella le dijo que ya era bastante malo tener que ir probablemente a Minneapolis, queriendo decir: *Llévame al hospital más cercano y lo más probable es que termine internada allí,* pero él en cambio condujo el auto siete horas hasta Minneapolis sin decirle nada a nadie y creando así un gran misterio, algo que ella nunca se propuso producir. Mientras avanzaban, el dolor comenzó a irradiarse de los ojos hacia atrás y Rozzie tuvo la sensación de que una lava ardiente se dirigía al extremo más alejado de su cráneo y, en el camino, le destruía el cerebro, la memoria, los pensamientos y la claridad. Cuando llegaron al hospital, había perdido toda noción del tiempo. Le programaron una cirugía de emergencia y la tuvieron tendida en una camilla del hospital por lo que para ella fue una eternidad, cubierta por metros y metros de sábanas y rodeada de voces que Rozzie creyó que estaban dirigidas a ella. Como no tenía idea de dónde estaban todos o si había alguien allí hablándole, trató de que la expresión de su cara fuera de atención y pensativa, pero no patética. La voz de Daniel aparecía y desaparecía sin que ella pudiera preverlo. Supuso que él se alejaba para hacer llamados telefónicos e informarles a todos lo sucedido, pero no se lo preguntó. No supo sino hasta mucho después lo seriamente que él había asumido su papel de confidente suyo ni que la había internado en el hospital bajo un nombre falso. Todo era tan absurdo y Rozzie supuso que se encontraba mucho más lejos de su familia de lo que realmente estaba. Se enojó con Daniel y le gritó, justo antes de que la llevaran al quirófano. Cuando salió, él ya no estaba.

Fue entonces cuando llamó a Jemma, la única persona en quien pudo pensar.

Llorar la ayudó mucho. Lejos de su familia, Rozzie puede respirar mejor, distenderse más, ser ella misma; llorar un rato, después dejar de hacerlo para sonarse la nariz y manejarse como si nada hubiera sucedido o si en realidad lo sucedido no fuera nada en el gran esquema de las cosas. Con su familia, el hecho de que llorara así los habría afectado durante días. Habría silencio cuando ella entrara en una habitación, preguntas lastimeras cada vez que ella estaba a solas con su madre: *¿Cómo está todo? ¿Te sientes bien?* Compartir lo que se siente con las personas que más nos aman significa que esa atención aumenta, se hace más profunda. Y no es eso lo que Rozzie quiere.

Estar en ese lugar significa que quiere que la dejen sola. Daniel tiene sus propios problemas, sus propias preocupaciones. Él siempre está dispuesto a hablar de los de ella por un momento, pero al rato siempre aparecen de vuelta los problemas de él, cosa que a Rozzie no le importa.

Durante la cena, Daniel habla acerca del colegio y de conseguir su trabajo de vuelta.

—Todo se reduce al hecho de que no pudieron conseguir a nadie más. Si lo hubieran hecho, yo estaría desocupado. A ellos no los hace demasiado felices que sea yo el que enseñe, pero no les queda más remedio. —Daniel dice que los alumnos están satisfechos, como si los alumnos fueran una entidad colectiva con una mente única. —Están contentos de que yo haya vuelto, y yo también lo estoy. Los de la administración quieren que yo me muestre arrepentido y no diga nada cuando me pidan que presente de nuevo *Nuestro pueblo* por cuarta vez en diez años.

Y sigue hablando de las cosas que le gustaría hacer. Al cabo de un rato ella deja de oírlo; piensa en su departamento y se imagina sentada, sola, en su sofá.

Después de la cena, mientras él lava y ordena todo en la cocina, Rozzie recorre la casa. Quiere comprobar si los libros de Daniel están todos allí, y así es. La historia de su prolongada relación con Daniel, llena como está de obligaciones y culpa, de pasión y ternura, siempre ha sido, en el fondo, una relación maestro-alumna. La primera vez que ella fue a casa de él —en ocasión de una fiesta del elenco de *The Children's Hour*—, ella merodeó a solas por las habitaciones, maravillada por la cantidad de libros que Daniel poseía. Recordaba haber tomado algunos de los estantes, permanecer de pie en el hall y desear tener más años, haber estudiado ya en la universidad y haber leído todos esos libros. Deseó saber todo lo que él sabía: conocer a los personajes principales de cada obra de Shakespeare, cada parlamento de los protagonistas. En gran parte, ella se había pasado los últimos diez años tratando de leer la biblioteca de esa casa. Leía de cabo a rabo los clásicos de Penguin, pasó por Thackeray, Flaubert y *Los hermanos Karamazov*. "Todos deberían leer *La guerra y la paz* cada cinco años", escribió Daniel un verano en una postal, y Rozzie corrió a una librería en busca de la edición de ese libro que tuviera las letras más grandes posibles. Con el tiempo tuvo que renunciar a los de ficción. A medida que su vista empeoraba, se ciñó a las obras de teatro y la poesía, agradecida por los espacios en blanco de cada página, lugares donde descansar los ojos. Al mismo tiempo, le encantaba lo que leía: amaba a Yeats, Eliot, Ibsen. Cuanto más difícil le resultaba leer, más apreciaba cada palabra y con más tenacidad se prendía a ella. A veces se veía obligada a leer un poema con tanta lentitud que, para mantener la idea en su cabeza, al final la había memorizado.

Y, entonces, le pertenecía. Para sí, para la próxima vez que veía a Daniel, para lucirse en los sets, algo que la fascinaba hacer. Incluso cuando ya no alcanzaba a ver las caras de la gente, por el silencio y el sonido del aire, sabía que todos pensaban: *Por Dios, además, es muy inteligente.*

Éste fue el verdadero regalo que él le hizo, al contrario de lo que todos los demás podían pensar: no centrarse en su aspecto físico sino en su mente.

Rozzie regresa de la cocina y le pregunta a Daniel si tiene un dormitorio adicional que ella podría usar por esa noche.

—Quiero volver a Nueva York por la mañana —dice ella—. Y no pasarme toda la noche discutiendo con mis padres por eso. Sólo quiero irme. Esta noche llamaré a Jemma y le diré que ella también necesita irse.

—¿Estás segura?

—Sí —contesta sencillamente Rozzie—. Lo estoy.

Él no hace más preguntas.

—De acuerdo. Sí, hay una habitación arriba.

Ella recuerda entonces la escalera, el roce de la baranda, el olor del dormitorio de Daniel cuando él la conduce y pasan frente a ese cuarto hacia una habitación en la que ella nunca estuvo antes.

—¿Dónde estamos?

—Éste iba a ser el cuarto del bebé. Tuvimos un bebé el verano previo a que yo empezara a enseñar. Greta lo llevó en su seno durante nueve meses y, después, la criatura nació muerta.

—Cuánto lo lamento.

—Fue un problema genético, así que Greta tuvo miedo de hacer otro intento. Nos mudamos aquí desde Nueva York para formar una familia, y nunca volvimos allá. A veces pienso que deberíamos haberlo hecho. En Nueva York éramos muy diferentes. Aquí, ella nunca dejó de tener miedo.

Durante todo este tiempo, Rozzie casi no ha pensado en la esposa de Daniel. Como adolescente inexorable, pensaba en ella sólo como una mujer callada y mal vestida, que no merecía el gran encanto de Daniel. Nunca entendió por qué Daniel se casó con ella, pero en aquella época la mayoría de los matrimonios le parecían incomprensibles y nada relacionados con ninguna clase de romance. Ahora, Rozzie entiende que existe una red que la conecta a las personas que la rodean. Que lo que ella hace les importa.

—¿Ella te dejó por mi culpa?

—No. O, quizá, sí, en parte. Por alguna razón nunca pudimos recuperar lo que nos unía. Tuvimos que separarnos para conseguirlo.

Dios mío, piensa ella y luego pregunta:

—¿Cuánto hace que murió tu bebé?

—Once años. Ella ahora tendría once años.

¿Cómo podía durar tanto la desdicha?

Jemma

No me lleva mucho tiempo terminar con el trabajo. Detrás de mí, la recepcionista llama frenéticamente por teléfono a personas con las que habla en un susurro bastante audible: *Ella no dice por qué. En realidad, no dice nada.*

Es verdad que yo no he respondido a ninguna de sus preguntas. Hacerlo me demoraría y me obligaría a dar explicaciones; al no hablar, termino mi trabajo en cuarenta minutos. Me voy mientras ella está en el fondo y en determinado momento vuelve la cabeza para ver la pared que estaba cubierta con fotos de Rozzie y ahora está adornada por fotos de chicos, todos autistas. Camino a la salida, mi vestido se engancha y se le hace un desgarro.

Esa noche, empaco mis cosas para irme. Sé que debería volver a casa y sincerarme con Rozzie, explicarle que yo vendí fotografías suyas al periódico con la esperanza de que me sirviera de algo. Que deposité el dinero en su cuenta para que no hubiera escenas entre nosotros por ese tema. Yo no suelo planear mis discursos de antemano. Sólo espero que entienda que me he sentido tan desorientada como ella por esta enfermedad.

No sé qué me dirá Rozzie. Quiero confesarle lo que es probable que ella no quiera escuchar en este momento. Rozzie quiere creer que a nadie le interesa su enfermedad, que al deslizarse hacia la oscuridad ha encontrado una sombra en la que puede sentirse cómoda. Tal vez ella quiere pensar que somos iguales, dos hermanas dedicadas a una vida difícil en pos del arte. Pero nada de esto es cierto. Toda mi vida está moldeada por el alcance de su luz, por las sombras que generan sus brazos.

Si yo le digo todo esto, tal vez ella entenderá por qué las razones que le di para vender las fotografías no son la verdadera, que lo cierto es que yo quería que ella permaneciera en el zenit resplandeciente de su fama. Yo quería que ella flotara fuera del alcance de la gente. Me siento cómoda con la distancia que crea una actriz de cine.

Quizá, si le digo esto, se convertirá en algo menos cierto. Tal vez la veré mejor y ella me verá a mí. Mientras conduzco el auto hacia casa, imagino la conversación, las lágrimas, las acusaciones, la primera pelea auténtica que hemos tenido en años. Siento alivio por finalmente sentirme furiosa. Incluso con Matthew, nunca me pasó. Será algo catártico, un camino de vuelta a la cordura y a una nueva relación.

Entonces avanzo hacia la puerta a las siete de la mañana y al ver el entrecejo fruncido de mi padre y la expresión dolorida de su cara, sé que lo que quiero que pase no sucederá. Sé que Rozzie se ha ido, ha vuelto a desaparecer.

Rozzie

De regreso en Nueva York, sólo le lleva unos días empezar a moverse con cautela, al principio una cuadra, luego dos, lejos de su departamento. Elige las horas en que hay menos gente por las calles y después comprende, con la práctica, que no hace falta que esto la preocupe, que su bastón blanco le abre siempre un camino. Neil le dijo en una oportunidad que Nueva York es un lugar sorprendentemente bueno para que en ella vivan personas ciegas, y resulta que es verdad: no hace falta manejar un auto porque hay ómnibus por todas partes. Rozzie se sienta detrás del conductor, le dice adónde va. Algunos son conversadores y otros no, pero todos le avisan dónde tiene que bajarse.

A lo largo de una semana, las únicas personas con las que habla son su madre, por teléfono, y su portero, cada vez que ella sale y vuelve. Jemma está de nuevo en casa, pero nunca contesta el teléfono y Rozzie nunca pide hablar con ella. Harold, el portero, no menciona el bastón de Rozzie, que ella mantiene plegado en la mano hasta que se encuentra en la calle. Quizás él no lo advierte o es un hombre bondadoso. O tal vez ésa es la norma de los porteros: hablar del tiempo o de la correspondencia y de nada más.

Al cabo de un rato, empieza a hacer llamados para avisarle a la gente que está de vuelta. Se fija metas y establece reglas para sí: debe hacer cuatro llamados telefónicos por día y salir dos veces. Debe vestirse y ponerse lápiz de labios. Incluso mientras decide esas reglas, las viola. Cuenta el llamado a su madre como uno de los que debe hacer por día.

Durante su segunda semana de regreso en Nueva York, Rozzie permanece de pie en la esquina, frente al Lincoln Center, esperando cruzar la calle, y un hombre se le acerca por atrás y le toca el hombro. Cuando ella se da media vuelta, él la abraza y le susurra al oído qué bueno que es verla y que linda que está.

Durante un buen rato Rozzie no logra darse cuenta de quién es. Por último comprende que es Leonard, a quien no ha visto en casi cuatro años, desde el día en que ella abandonó Italia. Asombrada, Rozzie no dice nada. Recuerda el aspecto que él tenía, recuerda haberse sentido tan destruida por su rechazo que un día se quedó sentada en una habitación de hotel hiperventilando dentro de una bolsa de papel marrón. Recuerda todo esto, pero no puede recordarlo *a él*. ¿Cómo era? ¿Qué fue lo que la atrajo tanto hacia él? No tiene la menor idea.

Hay zonas enteras de su vida como ésta, en las que puede recordar detalles sin importancia pero no exactamente qué pasó en realidad ni por qué. Casi desearía beber alcohol o consumir drogas que explicaran esos baches en su memoria, pero después de aquella vez en Italia, nunca volvió a hacerlo.

Leonard cruza la calle con ella, llevándola del codo, un error que siempre cometen las personas que ven, y le pregunta si quiere tomar una copa con él. Una vez en el interior del restaurante, Leonard le habla de las dos películas en las que él trabajó, títulos que ella ni siquiera reconoce. Las historias de él cobran impulso; menciona nombres que Rozzie nunca ha oído y después el relato parece apuntar hacia lo famosa en que parece haberse convertido esa persona.

—Así que todo el mundo no hace otra cosa que hablar de Ben Ligni. Y yo digo: "El pequeño Ben Ligni, yo lo conocí cuando tenía granos en la cara". En serio, ahora. ¿No lo recuerdas con esos granos?

Ella no lo recuerda. No tiene idea de qué habla Leonard.

—Más o menos —dice, porque no quiere que él continúe y le diga que esa persona tuvo un pequeño papel en su película y ahora ha adquirido fama, los ha aventajado a todos y ahora está en Sundance, en Cannes. Ésta es la misma historia que los actores se dicen mutuamente una y otra vez. Tarde o temprano, todos se convierten en tanteadores de los más jóvenes.

Lo sorprendente del encuentro es que él no hace más que decirle lo linda que está, pero ni una sola vez menciona sus ojos ni su propio matrimonio. ¿Acaso es demasiado embarazoso aludir a esos dos temas? La última vez que ella lo vio, hablaron casi exclusivamente de su esposa. Esta vez, cuando se despiden, Rozzie sólo se pregunta por qué alguna vez estuvo tan fervientemente convencida de que él era el amor de su vida.

Rozzie no tarda en descubrir que Leonard no es el único. Algunos amigos quieren hablar solamente de su ceguera, y otros parecen creer que el solo hecho de mencionarla sería descortés. Rozzie comienza a asistir a cenas y todo el tiempo le dicen el buen aspecto que tiene. Para recordarle a la gente que no está nada bien, ella inventa algunas historias, anécdotas divertidas acerca de ponerse un vestido al revés, con las costuras hacia afuera.

—Como si no fuera suficiente lo mal que me visto —les dice a los ocho reunidos para cenar.

Y continúa, inventando cosas, le cuenta al grupo de la vez que se lavó el pelo con Palmolive y se cepilló los dientes con crema depilatoria. Lentamente comienza a convertirse de nuevo en una actriz y encarna el papel de la chica ciega divertida y valiente.

Después de una fiesta recibe más invitaciones, llamados de personas que ella no recuerda. A veces, mantiene toda una conversación con una voz que no logra ubicar hasta mucho después de haber cortado la comunicación, y que entonces recuerda: *Ah, sí, era la peinadora.*

Durante semanas esto la hace vibrar. Ella es el centro de todas las reuniones, una persona discapacitada pero bien adaptada que es una inspiración para los demás. Alcanza a oír lo que se conversa cuando se va, y todos hablan de ella.

Sus amigos, que son actores o guionistas, generalmente centran su conversación en los negocios y en sus proyectos, al igual que Leonard. Curiosamente, a pesar de estar ciega y de no estar trabajando, ella tiene más que decirles que cuando tenían tareas en común. Algunas noches llega a su casa con la boca seca y la garganta dolorida de tanto hablar. Pero poco a poco, sus historias se vuelven menos divertidas.

—Estoy bien —le dice a Suzanne, una mujer que una vez encarnó a su hermana—. Juro que estoy bien. Es extraño. Ahora soy más feliz que antes.

Ella quiere explicar qué se siente cuando uno se despoja de toda ambición, de todo deseo. Pero tiene miedo de que, sin bromas, parezca budista y extremada. Sigue hablando.

—Todos empezamos tan jóvenes. ¿Acaso alguno de nosotros sabía qué queríamos? ¿Qué edad teníamos? ¿Diecisiete años? ¿Dieciocho?

A veces el silencio que sigue a uno de esos discursos es denso e incómodo. Rozzie sabe que algunas personas dan por sentado que ella ha perdido el juicio junto con la vista, pero Suzanne es diferente. Dos años antes, Suzanne tenía veinte años y la película en la que actuó junto a Rozzie era su primera. Acababa de llegar de Texas y todavía hablaba con acento tejano cuando las cámaras no rodaban. Desde entonces, ha actuado en tres películas. Perdió su acento y su mano en la de Rozzie es fría y pegajosa.

—Caramba —dice con voz un poco tensa—. Eso es fantástico. Has encontrado un poco de paz. Lo único que yo puedo hacer es yoga, yoga, yoga.

Rozzie sabe que no siempre logra transmitir lo que siente, pero a veces debe hacerlo, porque algunas personas le toman la mano y le aprietan los dedos. "Tú me has ayudado a pensar", susurran. En una cena, Rozzie estaba sentada al lado de un hombre que le dijo: "Tú sí que eres una persona libre, aleluya" y se pone a cantar *Let My People Go*. Aunque es obvio que lo dice en son de broma, eso es exactamente lo que Rozzie siente: que se ha liberado de las trabas y las ataduras que mantienen sujetos a los demás.

El problema es que, tarde o temprano, la conversación vuelve a sus antiguos cauces: cuáles películas son malas, qué obras de teatro han sido elogiadas en exceso, quién acaba de conseguir cuál trabajo y dónde. Hace meses que Rozzie no ve ninguna película ni lee una reseña. Una de las principales alegrías de quedarse ciega es estar ciega a esos detalles. Rozzie no quiere preocuparse por ellos, pero el hecho de estar con esas personas le recuerda todo lo que debe esforzarse por ignorar.

Poco a poco, al cabo de aproximadamente un mes, los llamados telefónicos disminuyen, y también eso es un alivio para Rozzie. Un descanso de largas tardes de encarnar a Helen Keller.

Rozzie comienza a quedarse mucho tiempo sola, a ir a conciertos, a caminar por la ciudad y a escuchar durante horas libros grabados. Por último, llama a Miriam.

—¿Qué opinas de trabajos con la voz? —sugiere. Últimamente ha estado pensando en un juego de acentos al que solía entregarse, en el que ella se sentaba en un restaurante junto a una mesa de extranjeros y, en el tiempo que llevaba una comida, aprendía el acento de esas personas. Era bien capaz de hacerlo; incluso con idiomas tan difíciles como el checoslovaco y el holandés. Últimamente ha estado pensando: *Lo que sé hacer muy bien son distintas voces.*

—Pero... —es obvio que Miriam no está tan segura—. ¿Qué me dices de los guiones? ¿Cómo harás para leerlos? —Miriam habla con lentitud, como si tal vez Rozzie no hubiera pensado en ese inconveniente.

—Mi computadora me los leerá y yo los memorizaré la noche anterior.

—Tú no eres capaz de hacer una cosa así.

—Miriam, es lo que yo *hice*. Durante años. Tú consígueme un trabajo y yo les demostraré que puedo hacerlo. Los convenceré de ello. Te lo prometo.

Cuando corta la comunicación, Rozzie siente que el corazón le late con fuerza. Ésa es la auténtica verdad. En realidad, ella no quiere nada. El vacío es algo difícil de tolerar y no trabajar es aun peor.

Durante una semana no sucede nada. Miriam no le consigue lecturas ni citas; ni siquiera la llama por teléfono. Rozzie permanece sentada a solas en su departamento, escuchando la radio y estudiando distintas voces y la manera en que pronuncian las frases. Trata de imitarlas, y lo hace en voz alta en su departamento vacío. Inventa juegos con ella misma, pone el dial de la radio en estática y también imita eso; encuentra una emisora en español y repite todo lo posible echando mano de lo que recuerda de fonética.

Rozzie comienza a sentir una zozobra que no es exactamente desdicha, pero lo cierto es que hay menos convicción en su voz cuando por la calle les habla de la nueva paz que ha encontrado a los que le ofrecen sus mejores deseos.

Es verdad que la alivia no pertenecer ya al círculo de estrellas de cine. Su actuación en cine tuvo poco que ver con lo que imaginaba años antes al pensar en convertirse en actriz en Nueva York. En el fondo de su corazón sigue teniendo ese sueño, la fantasía que siempre incluía una lucha que en realidad ella nunca libró. Soñaba con tomar clases, ser camarera, en los años que le llevaría ser reconocida como un talento maduro. Por aquella época, Rozzie imaginaba qué sucedería cuando tuviera veintiocho años. Ahora tiene sólo veinticinco, pero se siente inmensamente más vieja.

Contiene el aliento al pensar en aquella antigua visión de sí misma, de pie en un escenario, encarnando a Hedda Gabler o a Lady Macbeth, dándole vida a un lenguaje hermoso mientras pronunciaba las líneas que Daniel entretejía a lo largo de todas sus clases. Rozzie no se dio cuenta de que esas obras ya casi no se representaban. Tampoco tuvo conciencia de que aceptar su primer trabajo representaría no volver a pronunciar nunca una línea de poesía frente a una audiencia.

Este viaje hacia la oscuridad es también un viaje de regreso a la poesía, al mundo en el que las palabras se transmiten sobre alas.

Encuentra una copia en braille de las obras completas de Shakespeare, aunque su conocimiento del braille es todavía rudimentario. Avanzar incluso por esa obra que ella conoce tan bien es trabajoso y lento, pero a medida que va leyendo, sola en su departamento, con todas las luces apagadas, su boca forma las palabras. Al principio lee en voz muy baja, modulando la emoción de su voz. Después se suelta, se da permiso para interpretar a fondo todos los parlamentos. Su departamento cobra vida con personajes y conflictos. Rozzie ríe de sus propias bromas, hace una pausa para reflexionar en los pasajes en que hay soliloquios. Cuando llega a la canción de Feste, canta.

Se lleva su lectura consigo a la calle y cada tanto recita una o dos líneas en voz alta, sentada en Central Park. Bueno, ¿qué tal?, piensa, he aquí un Shakespeare libre sin las multitudes.

No ve nada, no tiene idea de si alguien la mira o no. Pero, entre una línea y otra, le parece oír el sonido de los caminantes que se detienen por un momento. Y, por primera vez en su vida, se siente una verdadera y auténtica actriz, como debe haberse sentido Meryl Streep, como si no fuera ella misma en absoluto sino un personaje que dice las palabras que le brotan del corazón.

Cierta noche, caminando hacia su casa con el bastón en una mano y el grueso libro de Shakespeare en la otra, piensa en Jemma. Imagina que su hermana está en el parque, observando su actuación, aplaudiendo a pesar de la vergüenza que sin duda sentiría. No tiene idea acerca de de dónde salió esa idea. Hace casi seis semanas que no habla con Jemma. Desde que llegó a Nueva York no ha tenido visión, ninguna suspensión temporal de todo ese gris. Da por sentado que la explicación tiene que ver con estar en la ciudad o, de lo contrario, que ha pasado suficiente tiempo para que sus retinas finalmente se hayan desprendido de manera permanente. Ésta es su verdadera vida o lo que será en el futuro, y sus ojos parecen haber entendido este hecho y dejado de esforzarse tanto. En ningún momento pensó que la ausencia de su hermana tuviera alguna relación con ese hecho.

Entonces, por alguna razón, piensa en la primera obra de teatro en la que actuó. En su opinión, ninguna otra actuación superó aquella primera, ese maravilloso zambullirse en la piel de otra persona. Tomó sobre sí esos problemas, sintió la pena desgarradora de Karen como si hubiera sido la propia. Abandonar ese papel fue una de las cosas que más le costó en la vida. Quizás ésa fue la razón por la que la entristeció tanto que Jemma no la hubiera visto. Ese personaje era su nueva personalidad, la que estaba emergiendo, y ella necesitaba que los que la rodeaban la vieran y la entendieran.

Rozzie se da cuenta de que nunca le perdonó a su hermana faltar a esa función, haber simulado una enfermedad para *evitar* ver hacia dónde se dirigía ella, el futuro que tenía por delante, y considera que ése fue un momento crucial en su vida. Incluso después, puso distancia entre ella y su hermana. Una distancia peculiar que necesitaba proximidad. Invitó a Jemma a todos sus sets y apenas si le habló, mínima y superficialmente, cuando llegaban a él. ¿Qué era lo que trataba de transmitirle a Jemma con todo ese silencio y esos secretos? *¿No me importa lo que tú opines, me tiene sin cuidado?*

De pronto comprende que sin duda lo contrario debe ser cierto. Qué extraño que, durante todo este tiempo, ella se haya sentido juzgada por su hermana. Esa noche, por primera vez, siente el peso de la ausencia de Jemma en su vida. Al separarse de Jemma se está separando de una parte de ella misma, de la duda que quizá Jemma nunca expresó, pero que siempre demostró. Pero, ¿por qué?, pregunta, casi en voz alta. Sobre todo, Jemma no ha hecho más que amarla desproporcionadamente durante toda su vida. Tal vez todo se remonta a la naturaleza efímera de la celebridad; que el hecho de ser llevada demasiado alto les confiere poder a quienes la sostienen, hacen que ella dependa de sus caprichos y sus estados de ánimo.

Y, ¿en qué ojos se miró primero y se vio reflejada como más importante y atractiva en la vida que llevaba? Rozzie se pregunta si actuar fue su idea o si nació de lo que vio en los ojos de su hermana.

Decide que a la mañana siguiente llamará a su casa. Cuando pregunta por su hermana, la voz de su madre cambia.

—Bueno, es algo difícil de explicar. Se supone que ahora está de vuelta en la universidad, pero no estoy segura de que se encuentre allí. El número de teléfono que nos dio no funciona.

—¿Han tenido noticias de ella?

—No desde hace una semana.

—Aguarda un minuto. ¿Hace una semana que no saben nada de Jemma y no me lo has dicho?

Jemma

Levantar la vista y verla de pronto es una sensación extrañísima, aunque, por supuesto, yo estoy aquí, en su ciudad. No es imposible, sólo improbable. Levanto una mano y empiezo a llamarla, pero me detengo. Ella parece tener algún propósito concreto. Se sienta en un banco, pliega su bastón y lo deja caer en una bolsa de donde saca una voluminoso libro encuadernado en cuero. Estoy demasiado lejos para leer el título, pero tiene el aspecto de una Biblia.

Lleva puestos anteojos oscuros para sol, aunque es un día luminoso y soleado y todo el mundo los usa. No parece diferente de cualquier otra persona hasta que abre el libro y comienza a leer sin inclinar la cara. Aunque yo le he sacado fotos trabajando con el braille, nunca la vi leer durante un período prolongado. Ahora no me queda otro remedio. Estoy aquí con mi cámara y ella está frente a mí.

Veo cómo se mueven sus dedos, en hilera, avanzando muy despacio entre las líneas. Yo creí que todavía era una principiante, que sólo leía menús y libros para chicos, pero es evidente que ha adelantado mucho. ¿Habrá estado ella, en estos dos meses, trabajando sólo en esto? ¿O será que en realidad no está leyendo sino simulándolo? Aunque ahora hace meses que la fotografío, en realidad no la he estado observando. No de la manera en que solía hacerlo, cuando intuía sus motivaciones y cambios de estado de ánimo. Esta vez no tengo idea de lo que piensa o de lo que se propone hacer.

Sus labios empiezan a moverse.

Está sentada a cuatro bancos de mí. No oigo nada, pero las personas que la rodean se detienen y escuchan.

Rozzie está presentando una suerte de espectáculo, reuniendo un público de personas como yo que tenemos tiempo libre en un día de semana para sentarse en el parque y observar lo que pasa alrededor de nosotros. Una pareja se sienta frente a ella, sonríe y asiente. Saben quién es ella, lo advierto por sus cejas y por forma en que la sonrisa permanece en sus caras. Éste es, para ellos, un extraño momento en Nueva York, una historia que contarán en las siguientes semanas. Al principio me alegra comprobar que la observan, pero después eso me preocupa. Su relato fácilmente podría significar: *¿Recuerdan esa chica, la actriz que desapareció de la escena y después resultó que estaba ciega? ¿Quieren oír la cosa más extraña?* Tengo ganas de acercarme a Rozzie y protegerla, sentarme junto a ella y detener la lectura al decirle que estoy aquí. Alejar a las demás personas con mis ojos, con una mirada que dice: *Ya pueden dejar de mirarla.*

Y entonces recuerdo que ni siquiera se supone que yo esté allí.

Rozzie

Ella empieza a hacer llamados telefónicos. Su madre, que no quiere creer que es posible que en el lapso de seis meses sus dos hijas hayan desaparecido, no está preocupada: está segura de que Jemma está a salvo y de vuelta en la universidad, demasiado ocupada para llamarla. Pero Rozzie sabe, en la piel, que Jemma no está allá.

Llama a la universidad, se comunica con la oficina de registros, donde una mujer le dice que, hasta dos semanas después, resulta imposible afirmar quién se ha anotado para los cursos y quién no. Llama al departamento de arte y habla con una secretaria que es nueva y suena como si tuviera dieciocho años.

—Bueno, no la conozco, no puedo decirle si la vi o no.

—¿No podría preguntar en todas partes y yo volveré a llamarla?

Rozzie lo hace y nadie ha visto a Jemma. El corazón le galopa en el pecho. *Tengo razón*, piensa, momentáneamente complacida de haber comprobado que su intuición era correcta. *Jemma está en problemas y sólo yo lo sé.* Le deja un mensaje a la mujer y cuelga. Tiene que concentrarse en eso, presionar más a esos poderes efímeros, averiguar dónde puede haberse ido Jemma. No hace más que pensar que su hermana debe de estar en alguna parte de Nueva York, pero eso no tiene sentido. Si estuviera allí, ¿dónde se alojaría si no con ella?

Llama a las amistades de Jemma. Nadie ha tenido noticias de ella, pero Rozzie no permite que se den cuenta de que ella está bastante preocupada. Lo hace parecer sólo una cuestión de poca importancia. Les pregunta qué les pareció la exposición de Jemma y la escandaliza enterarse de que ninguna de esas personas sabía nada de la muestra. Hace un año, ésas eran las personas más amigas de Jemma, gente con la que ella pasaba todo su tiempo. ¿Cómo era posible que no las hubiera visto ni las hubiera invitado a su exposición?

A la mañana siguiente Rozzie decide ir a la galería y averiguar exactamente qué sucedió antes de la inauguración de la muestra. Es lo más lejos que se ha aventurado desde su departamento hasta ese momento y es el terreno más desconocido para ella. Casi no conoce el SoHo y en dos oportunidades tiene que pedir indicaciones. Por último, un hombre se ofrece a acompañarla a la galería.

Una vez adentro, pide hablar con Stella, el nombre que recuerda haberle oído mencionar a Jemma. La mujer del escritorio de recepción sin duda reconoce a Rozzie o la toma por una compradora potencial.

—Por supuesto, enseguida —dice y se aleja.

Un momento después, oye una voz con acento británico.

—Señorita Phillips, acompáñeme a mi oficina.

—Lamento importunarla en este momento, pero existe cierto misterio alrededor de mi hermana. Estoy segura de que aparecerá dentro de algunos días, pero por ahora nadie sabe dónde está y nos preguntamos si no se habrá puesto en contacto con usted.

—No, no. No creo que haya intentado comunicarse conmigo.

—¿Por qué no?

—No creo que haya entendido las complicaciones de llevarse fotografías cuando se realiza una muestra. Es algo que perjudicó a todos, sobre todo a ella.

—¿Sabe por qué lo hizo?

La mujer parece indecisa con respecto a qué decir.

—Dimos por sentado que usted se lo había pedido.

—No.

Por un minuto, ambas permanecen sentadas en silencio mientras Rozzie metaboliza esas palabras.

Por último, la mujer dice:

—Son fotografías excelentes. Merecían ser expuestas.

Hasta ese momento, Rozzie no las consideró así, jamás pensó que Jemma podía haber tenido un propósito artístico además de sus motivaciones de paparazzo: Supuso que eran todas fotografías instantáneas de ella con sus libros de braille, sus consejeros, su bastón blanco. Imágenes tristes y vulnerables que no tenían nada que ver con lo que ella estaba sintiendo.

—Yo no sabía que me las estaba sacando —dice Rozzie con una voz chiquita que ella misma casi no reconoce—. En realidad, nunca hablamos sobre ellas.

—Mmmm. —Stella parece pensar en ello. —Es interesante que usted no lo haya sabido. Tal vez ésa sea la razón por la que son fotografías tan buenas. Tienen cierta cualidad indiscreta que no sabíamos si era auténtica o simulada.

De pronto Rozzie, sentada en esa silla frente a la mujer, se siente agotada y triste. No quiere oír nada acerca de esas fotografías ni de qué impresión causa ella a otras personas. Se siente agradecida hacia Jemma por haberlas sacado de la muestra, agradecida porque esa cara que ella ya no conoce no es vista por personas que ni siquiera conoce.

—Gracias —le dice a la mujer—. Creo que es mejor que me vaya.

Cuando llega a su casa, hace el llamado que ha estado evitando todo este tiempo: a Matthew, quien sin duda todavía está enojado y querrá acusarla de utilizarlo para poner distancia entre ella y su hermana. Y Rozzie sabe que él tendrá razón. Pero también es posible que él sepa algo. Marca el número y habla con rapidez. Hay cierta irritación en su voz, una cualidad frenética que debe transmitir (Rozzie ni siquiera está segura de lo que está diciendo). *Por favor, no empecemos de nuevo, sólo dime si sabes dónde está Jemma.* Porque llega al final de su discurso y casi no puede creerlo.

Él sí lo sabe.

Y se lo dice.

Jemma

Maya, que está loca a su manera, entiende mi nuevo estado de fragilidad. Cuando me aparezco junto a su puerta y digo, con voz temblorosa, que he ido allí con el auto en lugar de dirigirme de vuelta a la universidad, ella cierra los ojos y asiente con actitud comprensiva.

—Sí, claro —dice—. Lo entiendo.

Tampoco ella volverá a la universidad, pero por una razón mucho mejor: su internado de verano se ha transformado en un legítimo ofrecimiento de trabajo.

Le cuento un poco qué me está pasando. Que no funciono bien, que no puedo dormir, que parezco comer sin sentir el sabor de lo que me pongo en la boca.

—Sí, claro. —Asiente, nada sorprendida. —Lo sé. Lo he vivido.

Es la primera persona con la que realmente he hablado, y es un enorme alivio. Al hablar, me doy cuenta de que estoy abriendo una puerta y dejando entrar luz en lo que, durante seis semanas, ha sido un interior completamente negro. Maya no se pregunta qué estoy haciendo allí, no me señala que, en la universidad, nuestra relación no era demasiado estrecha. Lo que yo había sospechado es cierto. Ella conoce las manifestaciones de la locura, cómo moverse de maneras extremas e imprevisibles, cómo la confusión puede ser tan grande que uno inicia un viaje por los caminos con un destino concreto y lo cambia totalmente cuando ve un cartel verde y blanco que dice Ciudad de Nueva York, Ruta 2. Cómo, en ese momento, puede parecer no una señal carretera sino una orden.

Durante tres semanas, viví en casa esperando el nuevo inicio del ciclo lectivo en la universidad y, después, camino hacia allí, supe que no podría regresar a ese lugar. Vine a Nueva York para evitar la universidad y, también, para alejarme de mis padres y del peso de preocupación que veo en sus rostros; para estar cerca de Maya, quien ha aprendido cómo estar a la vez asustada del mundo y también funcional. Cada mañana ella va a trabajar a una revista de cocina, donde pulveriza goma laca sobre pollos y organiza las uvas de manera artística para que ambas cosas sean fotografiadas. Yo he estado con ella tres días y vi su eficiencia y la forma en que compartamentaliza sus emociones. En el trabajo permanece neutral frente a la ansiedad de las otras personas, férrea ante las críticas. El día que paso con ella allí, la observo y me pregunto cómo es posible que nadie imagine que por las noches vuelve a su casa, se bebe dos vasos de vino blanco y llora sin cesar.

Una noche, después de una semana que estoy allí, suena la campanilla del teléfono y es Rozzie que quiere hablar conmigo. Yo no me había preparado para lo que quiero decir, cómo explicar todo esto de manera que suene sensato. Es más fácil estar cerca de Maya, quien no me conoce lo suficiente como para esperar ciertas cosas. Con Maya me las he ingeniado para parecer que estoy bien. Le cuento pequeñas partes de la verdad: que me resultaba difícil estar en casa, que me preocupa mi trabajo y qué voy a hacer con mi vida, y ella asiente como si nada de esto la sorprendiera o fuera inusual. Me escucha, hasta me deja llorar y, al cabo de un rato, se va a acostar diciendo que tiene que levantarse temprano.

Yo duermo en un futón que, durante el día, sirve como banquito para alcanzar un equipo estéreo ubicado en un estante absurdamente alto.

—En realidad, yo no entiendo a esta gente —dice mientras lo prepara, refiriéndose a la gente a quien ella le subalquila el departamento. En Nueva York es posible tener esta clase de privacidad, ser mal entendido por alguien que vive entre nuestras cosas o se sienta precisamente en ese lugar.

Por teléfono, prometo ir a ver a Rozzie, aunque no bien cuelgo tengo ganas de llamarla de nuevo y decirle que no puedo, que todavía no estoy lista.

Maya le resta importancia a mi pánico.

—Tú estás aquí, en la ciudad. Ella también está aquí, ¿no es así? —Se sirve otro vaso de vino. —Ve a verla. Tarde o temprano te cruzarás de todos modos con ella. —Maya no sabe que yo ya la he visto, leyendo en el parque. —O no vayas. Da lo mismo. ¿Sabes qué pasará si vas o si no vas? Nada. La vida continúa. Eso es lo único importante. La vida continúa.

Voy. Me cambio de ropa, me lavo la cara, salgo hacia una noche sorprendentemente cálida. Cuando llego allá, me alegro de que Rozzie tenga buen aspecto y no parezca enojada. Esperaba que ella me gritara por lo del periódico, pero no lo hace. En cambio, me sirve una taza de té y abre una caja de bizcochos de jengibre.

—Aquí tienes —dice y me ofrece la caja—. Toma uno. Son mis nuevos favoritos.

Tengo la sensación de que han pasado años desde la última vez que la vi poner un bizcocho en su boca, pero ahora lo hace con facilidad y lo parte por la mitad con los dientes.

Durante un rato no hablamos de nada. Me pregunta dónde vive Maya, cómo es su departamento. Le describo la cuadra de Maya y su trabajo. A lo mejor podemos pasar toda la visita así, pienso, como parientas lejanas que se reúnen una vez por año para tomar té. Pienso en las palabras de Maya: *Da lo mismo. La vida continúa.*

Entonces, Rozzie me pregunta si no pensaba llamarla.

—Desde luego que sí. En algún momento. En realidad no lo pensé mucho.

—¿Te importaría decirme qué te hizo venir a Nueva York?

Comienzo a llorar. No puedo evitarlo.

—¿Qué pasó con Matthew? —pregunto, como si ése fuera el núcleo de todos nuestros problemas, la razón de mis lágrimas, cosa que sé que no es así.

—¿Qué quieres decir?

—¿Por qué viniste a la universidad donde yo trataba de iniciar una nueva vida y... —pienso por un minuto—, y te apoderaste de todo lo que yo quería?

Durante un buen rato, ella no contesta.

—Ésa no fue mi intención.

—Yo ni siquiera podía quedarme allí. Estabas en todas partes. Yo ya ni siquiera existía.

—Eso no es verdad.

—Sí que lo es.

Rozzie habla en voz baja.

—Eso fue lo que sentiste, pero no lo que sucedió. Lamento que sintieras eso.

—¿Lo amabas?

Ella aprieta los labios.

—No habría permitido que eso pasara si no creyera que ésa era una posibilidad.

—¿Y qué fue lo que pasó?

Espero que ella me cuente la historia que yo ya conozco: que él era una persona superficial deslumbrada por la fama de ella, como todas las demás. Pero, en cambio, Rozzie dice:

—No lo sé. Supongo que fue mi culpa.

Advierto la tristeza en su voz. Sé que ella no quiere mantener esta conversación.

—No tiene que ver con Matthew —digo entre gemidos—. Matthew no importa. —Ojalá no me costara tanto decirle lo que realmente he estado pensando: que se supone que yo soy la persona que la conoce más a fondo, aparte de su fama, pero que en mi cabeza ella siempre fue una persona famosa. He vivido para la excitación eléctrica de su atención, la sensación de que sus ojos son un reflector que me iluminan solamente a mí. Durante el tiempo en que ella desapareció del mundo y el policía dio por sentado que, por ser su hermana, yo podría saber dónde se encontraba, yo tuve ganas de decirle, justamente a él, la verdad: *No. Yo sólo la he estado mirando como todo el mundo. Tal vez durante más tiempo, pero de la misma manera.*

Ella me pregunta en voz baja:

—¿Tú lo amas? —con una voz bondadosa que sugiere que era posible que yo sintiera eso, aunque no fuera un amor recíproco.

—Creo que es posible que yo sólo quisiera amar a alguien.

—Deberías.

Y entonces sí que me largo a llorar.

—No sé qué hacer conmigo misma, siento que fracasé en todo lo que hice. —Podría delineárselo con más detalles, pero es obvio que ella no los necesita: la universidad, el romance, la fotografía.

Ella asiente y deja que esas palabras floten un momento en el aire.

—Pues yo no lo veo así —dice por último—. Eres fotógrafa. Deberías estar tomando fotografías.

—Es *difícil*... —de nuevo gimoteo.

—Por supuesto que es difícil. *Debería* ser difícil. Por eso la mayoría de las personas no lo hacen. —Come otro bizcocho. —No hace falta que me tomes fotografías a mí. *No deberías* hacerlo. Yo no soy la razón por la que tú sobresales tanto en lo tuyo. —Su voz cambia, se suaviza como si acabara de ocurrírsele algo nuevo. —A propósito, gracias por sacar de la muestra mis fotos. Lo aprecio mucho.

Dejo de llorar y levanto la vista.

—¿Cómo lo supiste?

—Fui a la galería y les dije que te estaba buscando.

—¿Y qué te dijeron?

—No mucho. Que eras una profesional excelente. Que deberías seguir trabajando. Que les gustaría que ampliaras un poco tus temas. Que te apartaras de los retratos de gente de cine.

—¿En serio? ¿Hablaste con Stella? ¿Eso fue lo que ella dijo?

—Sí, más o menos.

Lo más probable es que no sea cierto, y no es como si esto resolviera mis problemas, pero por un par de minutos me hace sentir mejor. Rozzie estuvo *allí*, en la galería, el lugar donde yo puse en juego mi futuro. Habló con ellos, alisó el terreno que yo rompí con mi destornillador y mi locura. Imagino sus caras cuando la vieron entrar; la sorpresa, el placer. La habían tenido en su exposición, la habían perdido y allí la tenían de nuevo: mi hermana. Mi hermosa y ciega hermana, la estrella de cine.

Rozzie

Sentada frente a Jemma, en el mismo panorama informe y gris en que había estado viviendo desde hacía meses, Rozzie comprende cuánto esperaba ver cuando Jemma fuera a visitarla. Ahora que su hermana está allí y trabajosamente mantienen una conversación, ella hace una pregunta, mueve la cabeza, los ojos, buscando en esa bruma deshilachada delgados jirones de claridad y sin encontrar ninguna, casi no puede ocultar su decepción.

Es una sorpresa, realmente, sentir un deseo tan intenso después de meses de plácida aceptación. Los ojos le pican por ese intenso esfuerzo por ver. Por último no tiene más remedio que cerrarlos por miedo de terminar llorando insensatamente cuando hablan de Maya, una amiga de Jemma a la que está casi segura de no conocer. Y aunque la hubiera conocido, esa muchacha no le interesa demasiado.

La decepción es tan grande que Rozzie comienza a preguntarse qué más esperaba. Con Jemma en la habitación, siente que su postura cambia, que su voz se altera, imperceptiblemente para nadie fuera de ella misma. Durante todos estos años nunca se dio cuenta de lo mucho que cambia en presencia de su hermana. Ahora que lo sabe, esa afectación le resulta intolerable, tanto como el esfuerzo que implica para ella. Empieza a dolerle la espalda por estar así sentada, tan erguida, tan derechita. ¿Por qué recostarse contra el respaldo del sofá y poner los pies sobre la mesa baja que ella sabe está allí, le parece tan inapropiado como ponerse de pie y quitarse la ropa?

Rozzie ya sabe que, cuando Jemma se vaya, ella se meterá en la cama y llorará como no lo ha hecho desde aquella noche en casa de

Daniel. De pronto es como si solamente su hermana —primero al perderla y ahora con su regreso— fuera la que despertara esos sentimientos. Esto la sorprende tanto que se pregunta si podrá esperar siquiera a que Jemma se vaya para echarse a llorar.

No es como si nadie más —ningún hombre, ningún amigo, ni siquiera sus padres— le importara tanto. Y ella no entiende —nunca lo entenderá— por qué se siente tan falsa frente a su hermana. Por un instante le preocupa la idea de haber hablado todo el tiempo, diciendo lo mismo que siempre ha estado diciendo en las fiestas, acerca de que se siente bien, más que bien. Un suspiro profundo le recuerda que no, que casi todo el tiempo ha estado callada o haciendo preguntas.

Dijo algunas cosas, aunque no sabe bien qué. Tolerará esa visita, llegará hasta el final, y esta fase mala pasará, como ha sucedido antes con las otras.

Sigue respirando, cierra los ojos y se enfoca hacia adentro.

Ella nunca entenderá esto.

Tercera parte

Jemma

Sólo me quedo una semana en Nueva York, lo suficiente para comprender que no soy de allí. Tampoco vuelvo a la universidad, porque mis instintos también me dicen que no es una buena idea. Regreso al único lugar en que puedo pensar, mi hogar, y haré algo que no planearé de antemano. Llamo a Theo y le pregunto si tiene ganas de cenar conmigo. Una vez en el restaurante, y con los menús entre los dos, hablamos de lo que sucedió con Rozzie y de lo que yo hice.

—Tal vez querías que ella siguiera siendo famosa —dice él.

Algo de razón tiene. Es tanto el tiempo en que me he visto en relación con los reflectores enfocados en ella. Ahora he aprendido a apartarme de esa luz, a descubrir sus bordes y moverme con ellos. Le cuento a Theo más cosas, en realidad todo acerca de la galería y la manera enloquecida en que saqué las fotos y me mandé mudar.

Cuando llego al final de la historia, él se echa a reír.

—¿Qué pasó después?

—No tengo idea. No volví y tampoco fui a casa esa noche. Nunca tuve noticias de los de la galería. ¿No es raro? O me eliminaron por completo de la exposición o pusieron en los paneles fotos mías viejas, pero no creo que hayan tenido tiempo de hacer algo así.

Él piensa en la historia, se ríe y sacude la cabeza.

—Deben de pensar que estás un poco chiflada.

—Seguro que sí.

—Pero no lo estás. —Su mirada sostiene la mía. —Creo que fue bueno que lo hicieras. Me parece que tenías razón.

Después de la cena, me pregunta si no lo quiero acompañar a su departamento, ver dónde vive en la actualidad. Supongo que eso significa que no está viviendo con Stacey, aunque todavía no tocamos ese punto. La sorpresa es comprobar que vive con su hermano. Después de todos estos años de hablar acerca de mi hermana, nunca supe que él tenía un hermano. Me siento mal cuando él me lo cuenta, y Theo parece adivinar lo que estoy pensando.

—Yo no suelo hablar mucho de él —dice—. Él es un poco raro.

Le pregunto entonces a qué se dedica.

—En este momento, a nada. Se lo está tomando con calma porque se lastimó la espalda. Era gerente en Taco Bell.

Me doy cuenta de que le cuesta hablar de ese tema. En lugar de decir algo más, seguimos avanzando en silencio en el auto hacia un complejo de departamentos que no queda lejos de nuestro antiguo supermercado. Una docena de puertas idénticas forman una herradura alrededor de una playa central de estacionamiento. Junto a una de las puertas se encuentra sentada en una reposera una mujer en avanzado estado de embarazo.

—Hola, Marie —le grita él mientras caminamos hacia la puerta—. ¿Cómo estás?

—Cansada de estar convertida en una pelota de playa, gracias.

—Apuesto a que sí —dice Theo y los dos se echan a reír.

—¿A quién traes? —pregunta Marie y me sonríe mientras Theo busca sus llaves.

—Es una antigua amiga mía —responde él y le sonríe a la cerradura—. Se llama Jemma.

—Hola, Jemma —dice ella y no estoy muy segura, pero me parece que sus cejas se elevan apenas, como si tal vez hubiera oído antes mi nombre. Aunque es posible que sólo me lo esté imaginando.

Paul es el opuesto físico de Theo: grandote y fofo, mientras que Theo es flaco y musculoso sin necesidad de ningún esfuerzo de su parte. Paul es también una cabeza más alto que su hermano, aunque anda siempre encorvado como si su postura fuera una disculpa perpetua de su tamaño.

—Escucha esto —grita en el momento en que entramos—. Mamá quiere que yo compre el viejo Chrysler de tío Walter. ¡Ja! Vaya chiste.

—Cuando me ve se echa a reír y me explica: —El Chrysler de tío Walter es casi tan viejo como yo, no importa cuántos años significa eso. —No me mira a los ojos sino que tiene la vista fija en mis hombros y mis rodillas mientras describe el automóvil.

Aunque entiendo por qué Paul pone incómodo a Theo, cuesta no tenerle simpatía y no notar su evidente ansiedad en presencia de una chica y la pernera de su pantalón que tiene metida dentro de una media.

A solas, en la habitación de Theo, le pregunto qué hace Paul con su tiempo.

—No mucho. Dibuja historietas. Durante otros seis meses puede cobrar el subsidio por incapacidad, así que supongo que ése es su plan.

Lo irónico es, desde luego, que Paul tiene un aspecto saludable y Theo no, pero no hace falta que yo lo señale. Me doy cuenta de que los dos tenemos hermanos cuya existencia nos cuesta bastante explicar.

—¿Por qué viven juntos?

—Mamá me lo pidió.

Hablamos de una cosa, pero estamos en un dormitorio y la puerta se encuentra cerrada. Nuestras miradas se encuentran y nuestros cuerpos se mueven al mismo ritmo. Su mano sana está sobre mi codo y me guía a un costado de la cama. Muy pronto nos estamos besando y yo ni siquiera le he preguntado qué pasó con Stacey. ¿Era éste el departamento que iban a compartir? En lugar de preguntárselo, deslizo las manos debajo de su camisa. Está bronceado y su piel está todavía tibia como si el sol hubiera quedado atrapado en ella. Su mano sana se abre bien para recibirlo todo; la enferma permanece curvada, protectora, pero él no la esconde. Me roza con el dorso de los dedos, rodea mis pechos con los nudillos. Esta actitud suya nada cohibida es parte de su belleza, de su fuerza. Es lo que yo necesito aprender de él.

Jemma

Tengo que conseguir un trabajo. El dinero que gané y ahorré en los sets de cine se terminó y no puedo esperar que mis padres paguen la película y el papel que necesito para seguir adelante. Ya son suficientemente bondadosos con dejarme vivir en casa y no hacerme preguntas acerca de cuáles son mis planes.

Voy a mi antiguo local de fotografía, donde una vez me dijeron que al dueño le gustaba emplear a muchachos. Esta vez pido hablar con el dueño y me sorprende comprobar que es una mujer mayor. Su nombre es Margaret.

—Soy fotógrafa —le digo—. Y necesito un empleo.

Ella pasa una mano por un mostrador que ya está bien limpio.

—Muy bien. Acompáñame a mi oficina y hablaremos.

Me pregunta dónde estudié y qué he estado haciendo. Le cuento todo: que estuve en la universidad, tuve cierta dosis de éxito profesional, pero todavía no estoy lista para ganarme así la vida. Que necesito tiempo, lejos del escrutinio de los profesores y de mis compañeros de estudios, para encontrar mi lugar, y que por el momento decidí quedarme en esa ciudad pequeña y hacer mis tomas allí.

—No hace falta que vivas en Nueva York —me dice—. Muchas personas no lo hacen. Por ejemplo, Sally Mann y Mary Ellen Mark.

Esas palabras me levantan el ánimo.

—Es verdad.

Resulta que ella también es fotógrafa y trabaja en un cuarto oscuro que instaló en el primer piso de su local.

—Ésta fue mi manera de seguir siendo independiente —dice y señala su negocio con la cabeza.

Muy pronto ya no hablamos de trabajo sino de fotografía y de su trayectoria.

—Déjame que te muestre mi laboratorio —dice, y yo la sigo por una escalera sombría hacia un ático. Hacia un lado hay un enorme estudio, y del otro, un cuarto oscuro.

—Yo solía hacer retratos. Gracias a Dios que terminé con eso. —Me lleva a su cuarto oscuro, enciende la luz y no puedo creer lo que veo: yo conozco sus trabajos.

—Estuviste en *Aperture* el año pasado.

No puedo creer el hecho de que yo me haya fijado en los trabajos de esa mujer lo suficiente como para recordar su nombre y que nunca supe que vivía aquí. Observo con atención algunas de sus copias y veo que el tema que desarrolla es *nuestra* ciudad. Ella parece leerme el pensamiento.

—Yo no hago aquí todas mis tomas. Viajo mucho. Pero sí me gusta hacer algunas. Tenemos aquí una interesante mezcla de gente.

Debe de percibir mi admiración porque me muestra más fotografías suyas. Abre el gabinete en el que archiva sus copias y abre los cajones. Sus trabajos presentan una maravillosa variedad y profundidad: retratos, paisajes, naturalezas muertas.

—Éstos son los trabajos por los que se me está reconociendo —dice antes de abrir el último cajón, el de más abajo. Sé que los guarda allí para una mayor protección: si algo llegara a volcarse, si un caño se rompiera, serían las copias menos afectadas.

Al principio me decepciono. Margaret saca una serie de fotos de chicas jóvenes en medio de la naturaleza, que nadan *topless* en nuestro lago o construyen castillos de arena. No es que no sean buenas fotografías: lo son. Pero en la actualidad es un tema un poco trillado: el último vestigio de inocencia, el primer asomo de sexualidad. Tantos fotógrafos han tomado ese tema hasta el hartazgo que a mí ni se me ocurriría trabajarlo. Cuando estoy en tren de sacar fotografías y una chiquilla prepubescente se aparece en el visor, bajo la cámara y doy media vuelta. Las muchachas jóvenes no necesitan cargar con este peso, ser miradas de esta manera.

Margaret saca sus versiones del cajón y las despliega sobre la mesa.

—Estas dos fueron publicadas en *Photography*.

Es evidente que se siente orgullosa de esas fotos y del éxito que probablemente siente como duramente conseguido. Miro con más atención la que estaba en *Aperture* y de pronto siento que mi corazón deja de latir. Es un retrato de mi vecina Wendy, aunque en ella parece tener catorce o quince años. Está de pie en el bosque que está al fondo de nuestra calle, justo al lado de una filtración de luz, así que ella parece formar parte de la sombra que hay debajo de los árboles, y usa un top que recuerdo que todas usábamos un verano: un pañuelo grande de colores atado con fuerza alrededor de nuestros pechos chatos. Mira hacia la cámara pero parece sorprendida, como si la hubieran pescado haciendo algo que no debería hacer. La tensión de la fotografía se origina en las sombras que hay alrededor y detrás de ella, el misterio acerca de de dónde viene y hacia dónde va.

—Todo el mundo llama a esta fotografía "La muchacha que va a encontrarse con el muchacho en el bosque". —Margaret ríe como si se tratara de una broma, un truco que ella le hizo a propósito al que mira la foto. Pero ni siquiera ella se da cuenta de lo que tiene. Sólo yo sé por qué esta fotografía es tan misteriosa e inquietante, y me maravilla la forma extraña en que, a veces, el pasado se superpone al presente. Quizá yo he evitado tomar fotografías de muchachas jóvenes porque me resulta penoso recordar cómo solía ser yo: una hermana que una vez decidió permanecer entre las sombras, en una espera eterna. Pero aquí hay otra y, al verla, odio menos mi antigua personalidad. Es conmovedora, un acto de un amor tan puro que desafía las palabras.

Wendy visita el lugar en el que cree que su hermana muerta sigue viviendo.

Margaret me ofrece un empleo, tres días por semana detrás del mostrador y dos días por semana copiando fotos para ella. Esta proposición parece tomarla incluso a ella por sorpresa, de modo que se apresura a agregar:

—Veamos cómo encajan nuestros respectivos estilos.

Yo lo tomo como que significa que ella está tan entusiasmada por haberme encontrado a mí como lo estoy yo por haberla encontrado a ella.

Floto hasta casa y llamo a Theo porque no hay nadie más con quién compartir mis buenas noticias. Él se alegra mucho por mí y parece entender que esto significará un paréntesis en mi negrura y ensimismamiento. Me sugiere que nos reunamos esa noche para celebrar.

Como no hay nadie más en casa, llamo a Rozzie, quien milagrosamente está.

—¿Quieres oír algo bien extraño? —Y le cuento toda la historia: que me encontré con esa mujer, que conocía un poco su obra pero no que vivía en nuestra ciudad. Y entonces le hablo de las fotografías por las que Margaret es más conocida y elogiada. Sin embargo, a mitad de camino se me ocurre que es posible que Rozzie ni siquiera recuerde la historia o la vez que Wendy vino a nuestra casa. Tal vez no fue algo que la impresionó. A veces parece que nuestros recuerdos son así, como si hubiéramos vivido dos infancias diferentes.

Entonces Rozzie me sorprende.

—Ella estaba visitando a su hermana —dice sencillamente.

—Correcto. Sin duda lo estaba haciendo. O pensó que lo hacía.

—Dios —dice Rozzie, y nada más.

Recuerdo lo que sentí en el hospital: como si fuéramos hermanas solteras casadas una con la otra. Ahora es como si fuéramos dos personas desconocidas en una cita a ciegas, que se cuidan y andan como en puntas de pie en sus conversaciones y cautelosamente eligen sus palabras.

Rozzie

Ella conoce a Timothy en su primera cita a ciegas.

—Yo estoy más que calificada para esta clase de cosas —le dice a él por teléfono. Bromea, aunque él no parece darse cuenta.

—¿Por qué?

—Porque soy ciega. —Curiosamente es algo que nunca le ha dicho a nadie antes, nunca tuvo necesidad de decirlo.

—Sí, de acuerdo. Suzanne me lo dijo.

Suzanne es la amiga mutua de ambos.

—Él es un tipo divertido —le había dicho Suzanne a Rozzie—. Y no tiene nada que ver con el mundo del cine.

Ése, desde luego, es el primer obstáculo: la perspectiva de pasarse toda una velada sin hablar de películas. En realidad, lo que ella quiere es una noche en que ni siquiera tenga necesidad de hablar. Desde que Jemma estuvo allí, ella se descubrió cayendo en sus antiguos hábitos sociales: ensimismamiento y silencio. Cuando va de visita al departamento de otras personas, es una huésped cortés y callada. Sigue la conversación, ríe frente a lo que parecen ser bromas, elogia la comida y se vuelve a su casa. Por ahora, decide que eso es lo más fácil.

No quiere provocar un impacto, afectar a las personas de la manera en que ha afectado a Jemma durante todos esos años, sin desearlo ni proponérselo. Es un peso, una responsabilidad para la que no está preparada. Quiere volver a las viejas épocas en que se movía a través de fiestas y de multitudes casi sin darse cuenta de lo que sucedía alrededor de ella. No registraba ningún nombre, les sonreía a todos, bebía soda con lima y al día siguiente no recordaba nada.

Seguramente por aquella época pasaban también más cosas. Sin duda ella hablaba, flirteaba y quizás incluso simulaba lo que, para la otra persona, era una nueva amistad. A la mañana siguiente de algunas fiestas, Miriam la llamaba por teléfono y le decía que había estado maravillosa, que tal y tal productor la amaba, la consideraba tan inteligente. Y ni siquiera después de que Miriam le describía a ese hombre, cuál era su aspecto, qué ropa usaba, Rozzie no lo recordaba ni recordaba ni una sola de sus propias palabras. Ahora, se pregunta si esa torpeza suya no fue la responsable de su éxito. Debió dar la sensación de que deseaba tan poco.

Le gustaría volver a vivir en esa antigua niebla, donde los trabajos y las personas brotaban de esa bruma, la tomaban de la mano y la reclamaban.

Se encuentra con Timothy en un restaurante japonés del centro cerca de Columbia. Es su primera salida de esa clase; camina sola hasta el restaurante, entra y le pide a la recepcionista que la escolte al bar. Afuera todavía hay sol, así que entrar en ese lugar es como internarse en una cueva. Todo es negro. No alcanza a distinguir ninguna sombra, ningún movimiento. Sabe que a sus ojos les llevará veinte minutos adaptarse. Cuando llega al bar los cierra para acelerar el proceso. Se obliga a no sentir miedo de esas oscuridad, a no pensar en una época en que tal vez esto sería lo único que vea.

—¿Ya tienes sueño? Ni siquiera empecé a hablarte de mi trabajo. —Tiene una voz grave, con un dejo de acento tejano, el mismo que Suzanne solía tener cuando se conocieron.

Ella sonríe y mantiene los ojos cerrados.

—Así se adaptan con mayor rapidez a la falta de luz.

Durante la cena, Rozzie se da cuenta de que él usa en la conversación los mismos trucos que ella. Con cada pregunta que ella le hace, la contesta y enseguida él le formula otra. Timothy le cuenta una larga historia acerca de su hermano y después pregunta:

—¿Y tú? ¿Tienes hermanos?

—Sí, una hermana. —Rozzie lo deja así y se concentra en su sushi y sus palillos chinos.

—¿Y?

—¿Y qué?

—¿La amas? ¿La detestas? ¿Cuál de las dos cosas?

—Bueno... —Ella nunca ha hablado de Jemma con un hombre. No tiene ninguna respuesta preparada, nada fácil de decir. —Es fotógrafa. Y, en cierto modo, siempre hemos tenido una relación estrecha. Cuando empecé a tener problemas con los ojos me apoyé mucho en ella, pero no creo que ella se haya dado cuenta de en qué medida. Creo que siempre sintió que yo no la quería lo suficiente. —¿Qué es lo que está diciendo? —Creo que mi éxito fue, en un sentido, fantástico para ella y, en otro, algo muy difícil. La hizo creer que ya no me conocía, pero no era así. No había nada más que conocer.

Ahora que empezó a hablar de eso, quiere seguir adelante, contarle lo que le sucedió con las películas, decirle que su hermana le rompió el corazón, pero, para su sorpresa, otro impulso acompaña ese primero. Ese hombre ya le gusta lo suficiente como para imaginarse reuniéndose de nuevo con él, y quiere que a él le guste Jemma. Quiere que él entienda que, aunque casi no se hablen, ella ama a Jemma. Siempre la amó.

Después de la cena él la acompaña a casa, que queda a unas veinte cuadras por Broadway. Rozzie empieza a caminar con su bastón, pero después de golpear un cartel de Prohibido Estacionar, él le ofrece el brazo y Rozzie se lo toma.

Timothy sigue interrogándola, haciéndole preguntas sorprendentes que la hacen pensar. Con dulzura le pregunta si su ceguera afectará su trabajo. Rozzie ríe un poco.

—Probablemente sí —responde, pero después le cuenta algo que todavía no le ha dicho a nadie: que es posible que tenga un trabajo. Esa tarde Miriam la llamó con una propuesta: narrar un documental. —Por ahora sólo se trata de una entrevista, pero ellos conocen mi situación y están dispuestos a reunirse conmigo. —En su propia voz, Rozzie percibe las esperanzas que esto le ha dado, la manera en que un llamado telefónico puede proporcionarle calidez y una visión más optimista del futuro. Ya sabe que tendrá que venderse, convencerlos de que bien vale el esfuerzo adicional que ella requerirá. No se lo ha querido contar a nadie por miedo de echar a perder el proyecto.

Están en el departamento de Rozzie. Él le toma la mano y la guarda entre las suyas.

—Mantendré los dedos cruzados —le dice.

Jemma

Tres meses después de trabajar con Margaret, ella me pide que le muestre algunos de mis trabajos.

Durante mucho tiempo pienso cuáles mostrarle. Cuanto más tiempo paso con ella, más me encanta oír lo que me cuenta acerca de la fotografía, pero sé que es una crítica severa y criteriosa. Habla mucho de los trabajos de otras personas y es capaz de analizar una única fotografía de manera sorprendente.

—Esta composición es sentimental —dirá de un paisaje—. No nos da la oportunidad de elegir cómo ver ese paisaje. Exige que lo veamos tal como lo ve su autor.

A veces su análisis se extiende más allá de la foto, hacia el fotógrafo.

—Lo único que le importa es la piel y sólo la piel —dice de alguien cuya biografía y personalidad se presenta en el ejemplar de este mes de *Aperture*—. Es superficial. No hay en él ninguna profundidad, ninguna emoción.

Estoy impaciente y ansiosa por oír qué dirá de mis fotografías. Le llevo un poco de todo: algunas de mis obras viejas, actores en sets de cine, otras de los alumnos de mi madre, algunas de Rozzie. Y también algunas de las nuevas. Sé que necesito retroalimentación; me digo que quiero oír qué tiene ella que decir de mis fotos.

Ella las va viendo lenta y pensativamente.

—Interesante —dice de una. Y luego: —*Muy* interesante.

Cuanto más tiempo se toma, más nerviosa me pongo. No estoy lista para que me diga que me he limitado a fotografiar la piel o la belleza de las cosas.

Finalmente ella habla:

—Éstas parecen ser todas acerca del aislamiento y las paredes que las personas construyen alrededor de ellas. Es interesante tener este grupo de chicos autistas en el centro, enmarcados en los dos extremos por celebridades y actrices. Las actrices han aprendido a ponerse ciertas máscaras para que no notemos su aislamiento hasta que vemos cómo armaste las fotos. Aquí hay una vela que *nosotros* miramos, pero ella no. —Margaret se refiere a un retrato de Rozzie sentada en un pequeño restaurante, detrás de una vela en foco rabioso. Ella no menciona la razón obvia por la que Rozzie no mira la vela: porque ella no puede *verla*.

—Con los chicos autistas, el aislamiento es más obvio y, así, la conexión es más fácil. Entendemos quiénes son al mirar estas fotografías. Los más difíciles de comprender son los que, teóricamente, hicieron más públicas su vida.

En el último año me he vuelto tan aprensiva con respecto a examinar mis fotos como lo hacía en la universidad que, en determinado momento, dejé de analizarlas por completo. No volví a la universidad porque odiaba la timidez o la falta de naturalidad que sentía al trabajar allí, la necesidad de examinar y explicar todo lo que hacía. En mi opinión, mi trabajo es más interesante cuando no lo planeo de antemano, cuando fotografío de manera intuitiva e instintiva las cosas que estoy mirando.

Pero, tarde o temprano, necesito reflexionar sobre lo que produzco. Sé que Margaret está en lo cierto, que mis trabajos son acerca de la soledad y el aislamiento. Yo no fotografío los momentos en que la gente se conecta; fotografío aquellos momentos en que esa conexión no existe. Últimamente he estado tomando fotos de madres y bebés en el parque local. En un ambiente lleno de lindos momentos, yo descubro los que están fracturados y son dolorosos: Un bebé que llora en primer plano mientras su madre mira en otra dirección, un chiquillo que sostiene una flor hacia la espalda de su madre.

Supongo que lo que trato de decir es que no es culpa de la madre, que también hay amor en las equivocaciones que cometemos.

Hace poco, Rozzie ha comenzado a llamar más a casa. Habla mucho con mamá, más de lo que recuerdo que hiciera en el pasado. Yo escucho la parte de la conversación que le corresponde a mamá, con frecuencia poco más que exclamaciones o preguntas. "Santo cielo, ¿por qué?" o "Dios mío, ¿qué dijo ella?"

Por lo que pesco, la vida de Rozzie anda bien. Ha tenido dos empleos desde que la vi: uno, un documental y el otro, en un anuncio de un servicio público. Ninguno era sobre la ceguera y supongo que eso debe ser lo que ahora prefiere ella. Sólo hemos hablado unas pocas veces, en una Rozzie reconoció que los productores del segundo proyecto pensaron en ella después de ver en el *Star* las fotos que yo le saqué.

—Así que me parece que debería agradecértelo aunque no tenga ganas de hacerlo —dijo.

En estas conversaciones, cada una se muestra cautelosa con la otra. Cuando una hace una broma, la otra ríe enseguida, tal vez con demasiado entusiasmo, como si se tratara de un tema fácil entre nosotros. Ella no me cuenta a mí las historias que le cuenta a mamá, pero sí los hechos más importantes: ha conocido a un hombre que le gusta, ya salieron juntos tres veces. Es un químico, un hombre bien conocido en su especialidad.

—¿Un *químico*? —digo, con incredulidad.

—Tiene una cátedra en Columbia. —Rozzie me cuenta que, si caminan cerca de la universidad, él es el famoso; los estudiantes constantemente les interrumpen la comida para hablar con él. Es evidente que Rozzie disfruta de esa nueva situación. La imagino sentada hacia atrás en su silla, sonriendo mientras se desarrolla una escena en la que ella no participa.

Ojalá entendiera más de su vida. Ojalá pudiera preguntarle si alguna vez tiene días realmente negros, en los que llora por la suerte que le ha tocado o se compadece de sí misma. Si es así, ella no me lo dice, y eso es parte de nuestro antiguo trato tácito de representar algunas cosas la una para la otra.

Me siento contenta y ella, también.

Quizás está bien que así sea.

Seguramente hay peores cosas que sentirnos animadas y corteses la una con la otra. A esta distancia, una calidez inesperada brota entre nosotras. Las dos nos ponemos nostálgicas, a veces por recuerdos que la otra no comparte.

—Él me recuerda a ese tipo Warren, que vivía en nuestra cuadra. O, por lo menos, su voz —dice, refiriéndose a un director que ha conocido hace poco para otro proyecto de voz.

Yo no recuerdo a ningún Warren.

—Claro que lo recuerdas. Es ese tipo con voz nasal.

No, no lo recuerdo.

Rozzie no puede creerlo.

—*En nuestra cuadra* —dice, como yo me estuviera olvidando el nombre de un integrante de la familia. Su irritación tiene también un dejo de orgullo. Durante años, ella no recordaba virtualmente nada de nuestro pasado; ahora, en cambio, está recuperando todos esos recuerdos.

Por momentos pienso que a lo mejor yo estoy aquí para ayudarla a reclamarlos.

Hablamos de Wendy, de aquella conversación que las dos recordamos bien.

—En realidad, lo que pensé fue "Esto es lo que sucede cuando se nos muere la hermana: una se vuelve loca" —dice Rozzie.

—¿En serio? —Esto es algo que me suena tan irracional, tan raro oírlo de sus labios. Se parece más a... bueno, a mí.

—¿Qué otra cosa podía pensar yo? —dice—. Aquí había una hermana mayor cuya hermana menor había muerto.

Rozzie

Ella no piensa más que en estar con Timothy, realiza intrincados viajes en subterráneo para encontrarse con él en Columbia para el almuerzo o un café, encuentros rápidos que duran menos tiempo del que ella querría. Después, durante horas, camina alrededor del campus pensando en lo que habían conversado y disfrutando del lujo de un paseo sin bocacalles. En una oportunidad camina durante tanto tiempo que vuelve a tropezar con él al final del día de trabajo de Timothy. Rozzie se pone colorada por el vacío de su propia agenda de actividades y, entre tartamudeos, dice que estuvo en la biblioteca buscando material que necesitaba. Él la rodea con un brazo.

—Es bueno verte de nuevo —dice.

Su empeño en lograr que esta relación funcione la pone muy ansiosa. Piensa en las formas en que es posible que cada uno decepcione al otro. En el pasado, eso sucedió con demasiada rapidez —en una única conversación o durante un viaje en taxi al centro—: *Este hombre no es inteligente* o *Detesto sus manos*. Ella nunca llegó a entender por qué sentimientos que en un minuto son tan intensos, en el minuto siguiente desaparecen. Nunca permaneció junto a un hombre el tiempo suficiente para saber qué se siente al amar durante un tiempo prolongado. Como referencia, sólo tiene su antiguo afecto por Daniel, que le resulta consolador y agradable, pero no suficiente para mantener conversaciones largas cuando están juntos. Se vuelven incómodas con tanta rapidez que Rozzie comienza a sentirse culpable durante las pausas.

Cierta tarde que se dirigía a encontrarse con Timothy, comprende con sorpresa que tal vez el problema fue siempre su propia inseguridad en las conversaciones. Siempre le significaron tanto esfuerzo: escuchar, escuchar, aguantar hasta el final. Años antes, solía decir que lo que le gustaba más de estar con Jemma era no tener que decir nada en absoluto. Todavía recuerda algunos de los mejores momentos de ambas: las caminatas en silencio por Broadway desde el centro del Village, kilómetros sin intercambiar ni una sola palabra. ¿Recordará Jemma esas caminatas de la misma manera, con cierto dejo de nostalgia, como si lo más cerca que estuvo jamás del amor fueron las horas que pasó sin hablarle a su hermana? Para Rozzie, en ellas había una serenidad que en otras situaciones no existía; caminar entre el público sin sentir miedo de los desconocidos o prescindiendo de sus ojos. Estudiaba el mosaico de manchas de goma de mascar en la vereda, sus propios zapatos que se movían alrededor de esos diseños. Cuanto más tiempo pasaba con Timothy, más cómodos se sentían ambos y más pensaba Rozzie en aquellos buenos tiempos con Jemma.

Jemma

Una mañana, Margaret me dice que tiene una propuesta para mí.

—Pero puedes decirme que no —me advierte—. Depende de ti. Todos los años yo organizo una muestra arriba, en el local de la librería. No es demasiado importante: casi nadie nos presta atención, pero este año pensé incluir algo distinto.

Calla un momento y yo siento que se me enciende la cara.

—Podríamos hacer una exposición conjunta. Creo que el trabajo de cada una quedaría interesante yuxtapuesto.

—Sí, claro. Está bien. —Me cuesta decir algo más. No sé cómo expresar bien mi gratitud.

La muestra se presentará dentro de seis semanas, pero cuando se lo cuento a Rozzie, ella dice que quiere venir a casa para asistir a la exposición y traer a su nuevo novio.

—¿Te parece bien?

—Por supuesto —respondo.

Margaret me deja a mí la elección de cuáles de mis fotos incluir, y sólo dice:

—Lleva lo que más te interesa a ti que la gente vea en este momento. —Y pone el énfasis en *a ti*, que yo decodifico como que significa: *No pienses en los otros ni en cómo crees que reaccionarán.*

Reviso las fotografías de los alumnos de mamá, en particular el retrato de una chiquilla que es la que he conocido más tiempo, Regina, que ahora tiene catorce años y es una belleza. Ha cambiado a lo largo de los años, ahora habla más, aunque su lenguaje es difícil de entender porque cambia todos los pronombres. *Tú* significa "yo", y *tuyo* significa "mío". Este error es común entre los chicos autistas y solía confundirme. Ahora lo entiendo más: *Tú* es lo que todo el mundo los llama. A pesar de su aislamiento, ellos siguen refiriéndose a sí mismos en el lenguaje que las demás personas les han dado. Esto lo entiendo y entiendo lo fácil que es cometer ese error.

Decido llevar adelante una idea que nació de la retroalimentación de Margaret: todas fotografías con una única figura en primer plano, estudios acerca del aislamiento. Una vez que lo decidí, no hago ninguna excepción: la bebita que llora en el parque, sentada en un arenero, su madre en segundo plano, borrosa por estar en movimiento. Es una foto que cuesta mirar durante demasiado tiempo: la cara de la bebita está desfigurada por la desolación de sentirse abandonada, pero encarna la emoción que el resto de los sujetos transmiten sin llorar.

Cuanto más reviso mis fotografías, más se me ocurre otra idea posible, un envejecimiento gradual de mis sujetos. Puedo empezar con la bebita y pasar por los más jóvenes de los alumnos de mamá a las primeras fotos de Rozzie con la pluma de pavo real y el chal de nuestra abuela. Cuando copio una nueva versión de esa fotografía, me sorprende comprobar lo buena que es y que nunca me haya dado cuenta. Muestra a una chiquilla hermosa que no usa maquillaje, pero ya parece tener conciencia del poder de su excelente aspecto natural. Mira hacia la cámara con una sexualidad más intensa de lo que yo recordaba, aterradoramente joven y hermosa al mismo tiempo.

Al incluir esta foto, la cara de Rozzie se transforma en un hilo conductor de la muestra, pero no en lo más importante, porque ese hilo termina en mí, en una de las tomas que me muestran corriendo hacia una silla. No sé cómo leerán esto los demás, pero para mí tiene sentido; significa que la historia de mi vida termina conmigo, mirando mi propia espalda, mis propias líneas.

Rozzie llega el viernes con Timothy en un auto alquilado. La encuentro diferente de la última vez que la vi: más clara y obviamente ciega. Por la ventana la observo bajar del auto y permanecer de pie junto a la puerta cerrada del acompañante. Aunque ella conoce bien el sendero —después de todo, ésta es *su* casa, no la de él—, espera a que Timothy rodee el auto y la conduzca a casa. Se me cae el alma a los pies al ver este gesto de servidumbre.

Durante el resto de la noche percibo ecos de esto. En un relato, se refiere a que Timothy fue al centro para hacer una diligencia para ella; en otro, habla de que Timothy eligió la ropa que ella usa ahora. *Aguarda un minuto*, tengo ganas de decirle. *¿Él te eligió la ropa?*

Sé que la única razón por la que estoy irritada es porque no puedo acallar la tormenta de inseguridad que se libra en mi pecho. Timothy parece un hombre agradable, sin duda inteligente, bondadoso con Rozzie y atento. Pero yo no quiero tener que pensar en él ni en ella. Con la perspectiva de la muestra de fotografías, quiero pensar sólo en mí, que todas las conversaciones tengan como tema central mis trabajos y mi persona. Quiero que alguien repase toda mi trayectoria, pedazo por pedazo, y que encuentre nuevos adjetivos para elogiarla.

En cambio, la noche transcurre haciéndole preguntas a Rozzie acerca de su vida en Nueva York y escuchando respuestas que nos sorprenden a todos:

—He estado cocinándole mucho a Timothy. A veces le preparo el almuerzo que él se lleva a la universidad.

Hasta mamá queda boquiabierta al oírlo:

—¿En serio?

La cabeza de Timothy sube y baja como la de una marioneta con anteojos.

—Sí, y cosas deliciosas.

Más tarde, de vuelta en el departamento de Theo, en su habitación, acostada en camiseta junto a su cuerpo cálido, repaso todo esto, lo distinta que encuentro a Rozzie, lo perturbadoramente transformada que está.

—¿Por qué no la dejas en paz? —me susurra Theo en la nuca—. Está totalmente ciega y vive en Nueva York. Por supuesto que parecerá depender por completo de él. Es forzoso que lo sea. Tu hermana tiene que encontrar a alguien a quien puede pedirle que la ayude.

—No es eso. Está muy bien que haya venido. Me alegro por ella. *De veras*. —Trato de decidir qué es lo que me tiene tan contrariada.

—Es sólo que en cualquier acontecimiento o reunión, aunque sólo se trate de nosotras dos, el contenido de su vida siempre llama más la atención que el mío. Tengo una exposición —bueno, en realidad, media exposición— y de todos modos pasamos la mayor parte de la velada hablando de la vida de ella.

Theo lo piensa un momento y asiente.

—Es verdad, lo hicimos.

—¿No te parece irónico? ¿O, quizá, mal? —En realidad no sé si esto es lo que me enoja tanto. Ojalá pudiera descubrir qué es.

—Muchas veces, eres tú la que le pregunta cosas, la hace llevar la conversación.

Y, por supuesto, tiene razón. Mis propios impulsos me desconciertan.

Rozzie

Mientras preparaba la valija para el viaje, Rozzie se sentía mareada frente a la perspectiva de tres días ininterrumpidos con Timothy; solos en el auto, él no tendría clases ni tendría que volver al laboratorio ni asistir a reuniones. Mientras metía en la valija sus blusas y un vestido para la fiesta, imaginó todas las cosas que quería decirle, los lugares que le mostraría, los hitos de su infancia que quería que él conociera.

Ahora que está allí, es más difícil de lo que ella pensaba. Aunque ahora ve menos que cuatro meses antes, siente la mirada de todos sobre ella, el peso de sus expectativas eternas. Timothy les cae bien a los de su familia, ése no es el problema. Es... ¿cuál es, exactamente? Que ellos quieren más de ella. O, al menos, Jemma lo quiere.

Después de la cena en su primera noche en casa, Rozzie y Timothy salen a caminar. Por un buen rato permanecen callados. Finalmente, él comienza.

—Tu familia es interesante —dice.

Dios mío, piensa Rozzie, *aquí viene.* Timothy va a decir algo desagradable o tan cierto que hará que ella se sienta al garete, perdida en algún lugar entre él y su familia.

Antes de que él pueda seguir hablando, ella dice:

—Hay algo que no te he dicho. Hace algunos meses mi hermana me sacó algunas fotografías sin que yo lo supiera y se las vendió a un periódico. Supongo que, en cierta forma retorcida, ella creyó que lo hacía por mí porque después me dio el dinero que le pagaron. Yo tomé el cheque, pero nunca más hablamos del asunto. —De pronto, esto me resulta tan raro.

—¿Qué hiciste con el dinero?

—Me compré una computadora.

Él conoce bien esa máquina, se ha maravillado por las cosas que puede hacer por Rozzie: leerle su correspondencia y un libro en voz alta; hasta es capaz de leer un guión con la lentitud suficiente como para que ella memorice su parlamento.

—De modo que te ayudó.

—Sí, supongo que sí.

—Así que a lo mejor no fue algo tan terrible.

Ella trata de explicar:

—En mi actividad, mi imagen es tan importante como lo es tu investigación en la tuya. No me gusta, pero tengo que cuidar mucho quién me saca fotografías y dónde se publican. Sobre todo, teniendo en cuenta lo que me sucede con los ojos.

—Está bien.

—Entonces no hay más que hablar. —Rozzie se pregunta qué estará pensando él.

Por un rato prolongado, ninguno dice nada.

Por último, él le acerca el hombro.

—No sé si esto tiene o no que ver, pero cuando yo estaba en octavo grado, mi hermano mayor se unió a una banda de jazz que resultó ser realmente buena y que tocaba durante los fines de semana en distintos lugares de la ciudad, en casamientos y fiestas. Él empezó a usar esos trajes grises con pantalones abolsados y a estar siempre con hombres mayores. Un año antes era un completo imbécil y de pronto se produjo esa transformación suya en el término de pocos meses. Pensé que quizá pensaba dejar los estudios o empezar a consumir drogas o algo así. No lo sabía, pero yo estaba tan asustado que una noche vertí aceite vegetal en su trompeta, algo que estropea las llaves y arruina el instrumento.

Ella aguarda a que él le explique por qué ha contado esa historia.

—Es difícil ser hermano menor. Estás obligado a ver cómo cambia tu dios. O diosa. —Le acaricia la mano. —Tal vez ella no quería que nada cambiara.

—¿Qué sucedió con tu hermano?

—Nada. Hizo limpiar y arreglar su trompeta. Siguió tocando. Tiempo después, yo empecé a estudiar artes marciales y eso dejó de preocuparme tanto. Me convertí —tú lo sabes— en lo que soy ahora: un yudoca increíble.

Ella se echa a reír. Durante tantos años se ha sentido distinta de los demás, viviendo una experiencia compartida sólo por muy pocas personas, todas las cuales se sentían demasiado tensas e inseguras de sí mismas como para ser amigas suyas durante mucho tiempo. Inevitablemente, el trabajo o alguna otra cosa se interponía entre ellas. Una verdad de la que casi no se habla es que, en medio de una habitación repleta de actores y actrices de renombre, es difícil encontrar a un grupo de personas con muchos amigos. Sólo su familia le suavizaba esa sensación de soledad que solía embargarla.

Por último, Rozzie comprende que lo que quiere de Timothy es algo parecido a lo que tuvo con su familia: un vínculo duradero, inevitabilidad. Ella y su familia han sobrevivido a los silencios, han capeado los secretos creados por la distancia. Los llamados telefónicos obligatorios, hechos semanas tras semana, por lo general hablando de nada importante, se convirtieron en una cinta de voces que la salvaron de la oscuridad. Para su gran sorpresa, de pronto comprende que ésas son las relaciones de las que está más orgullosa. El perdón ha hecho su trabajo silenciosamente, en las sombras de su familia. El hecho de que ahora estén todos juntos es una medida del amor que nunca expresan.

Jemma

A la mañana siguiente vuelvo a casa para desayunar con mi familia. Rozzie entra en la cocina y, en cuanto le parece que estamos allí solas, se me acerca más. Parece tener algo que estaba esperando preguntarme.

—¿Habrá fotografías mías?

—Algunas. No muchas. —Vacilo un segundo. —He elegido algunas en las que estás casi irreconocible. Una es una silueta. Otra es la parte de atrás de tu cabeza y otra es de hace muchos años. —Vuelvo a dudar. —Es la primera que tomé en mi vida. —Trato de que mi voz suene casual.

Ella dirige la vista a un punto junto a mi codo.

—¿No estabas en décimo grado cuando sacaste ésa?

—Sí, pero es una buena foto. O, al menos, es interesante. Combina bien con las otras que he incluido en la muestra.

En este punto, ella me sorprende.

—¿Por qué? —Su tono es simple: no se refiere a dónde entro yo sino a la fotografía en sí.

Hago una inspiración profunda y se lo digo:

—Son todas fotografías con sólo una persona en el cuadro. Casualmente la mayoría son chicas o mujeres, y hay una progresión de edades, así que es casi un llegar a la mayoría de edad. La forma en que las chicas descubren su cuerpo, su aspecto, se descubren a ellas mismas. Esa fotografía es buena para mí porque en ella estás muy joven, pero sobre todo porque es la primera vez que te recuerdo siendo realmente hermosa. Existe en ella algo de descubrimiento. —Vacilo un momento más. —Sé que esas fotos no te gustaban, pero realmente estás preciosa en ellas. Te lo aseguro.

Ella cierra los ojos y asiente.

—Está bien.

Supongo que la conversación ha terminado, lo cual está bien. Me siento agradecida por la oportunidad que Rozzie me dio de abrirme y hablar de mi trabajo, por haberme permitido usar su cara, que sé que, en un mundo perfecto, ella habría preferido no hacerlo. Éste es su regalo para mí.

Entonces Rozzie dice:

—¿Podría ir temprano a la exposición, contigo, y tratar de verlas?

Está de pie junto a la puerta, de espaldas a mí.

Esto es algo tan inesperado que no sé qué contestarle. Por alguna razón, pienso en la primera obra en que ella actuó y a la cual no quise asistir. Me pregunto si durante todo este tiempo ella ha sido más generosa que yo.

—Por supuesto. Podríamos ir ahora mismo, si quieres.

Ella asiente y retrocede volviendo adentro.

—De acuerdo.

En el viaje en auto no hablamos. Una vez en el estacionamiento, ella se apea y se queda parada junto a la puerta como la vi hacer en el sendero de casa cuando llegó con Timothy. Supongo, entonces, que no es el gesto de súplica por parte de una novia reciente; que ve tan poco que decidió que es más seguro esperar y ser conducida. Si es así, ¿por qué venimos a ver estas fotografías?

La conduzco al interior de la galería, hablo con la directora de reuniones especiales que está en la biblioteca, quien nos dice que está bien, que nos acompañará al piso superior y nos abrirá la puerta.

Me encanta este espacio: pisos de madera clara, paredes blancas, cielos rasos altos con claraboyas. Los días soleados, como éste, la luz llena la sala y rebota en las paredes. Todas las fotografías son en blanco y negro; aunque las de Margaret están junto a la puerta, las mías son más grandes, se las ve mejor desde la entrada. Cuando Rozzie entra, se encamina directamente a la primera mía, la de la bebita que llora, y yo me pregunto si ésta es la razón por la que he estado haciendo ampliaciones tan grandes, llenando portafolios que casi no podía sostener en el subterráneo, haciendo copias que cubrían una pared entera... todo para darle a Rozzie algo que tal vez ella pueda ver.

Y puede.

No cabe duda. Ella está frente a mi triste, triste bebita, que llora por una eternidad, y Rozzie está inclinada hacia la foto, mirando esos pies pequeños y regordetes. Cuando se vuelve, hay lágrimas en sus ojos.

—Es una bebita, ¿verdad? —pregunta en un susurro—. ¿Sí?

—Sí.

Cruzo el salón y me paro junto a ella. Rozzie empieza a reír y a llorar al mismo tiempo.

—No tiene sentido. A veces puedo ver cosas. Como pequeños destellos. Pedazos de cosas.

Ella gira, se acerca a la siguiente fotografía, el retrato de un alumno. Sacude la cabeza y dice en voz baja:

—Demasiado oscura.

No es una crítica sino una realidad para ella, y sigue moviéndose. Llega a una de ella en la secundaria y vuelve a girar, sonriendo ahora de manera inconfundible.

—Eh, tenías razón. Ésta no está tan mal.

Sigue avanzando, explica que lo suyo no durará, que le queda mucho por ver mientras tenga oportunidad de hacerlo. No llega a la última y a la foto de mi espalda. Unas cinco fotos antes, se da media vuelta y se aleja.

—Ya está. Déjame descansar un poco en este banco.

Se queda sentada un rato con los ojos cerrados y respirando profundamente por la nariz. Por último abre los ojos.

—Son buenas. Muy buenas. Me gustan.

Asiento y se lo agradezco.

—Este asunto de ver o no ver es imprevisible. Ojalá lo entendiera mejor.

—¿Se lo dijiste a los médicos?

—Se lo dije a uno. Y él me respondió que no sabía qué significaba.

—¿Esto les sucede a otras personas?

—Yo nunca conocí a nadie, pero sí he leído algo al respecto. Supuestamente no es algo tan poco común. En realidad, a mí no me gusta demasiado. Me confunde. Pero en este caso, es lindo. —Y aprieta los labios como si prefiriera no hablar más del tema.

Y, al parecer, eso es todo. No quiere hablar ni maravillarse de algo tan milagroso. Hasta me pide que no se lo cuente a nadie. Me pregunto si no habrá algo más que no me está diciendo, pero no la presiono. Sé que es suficiente que hayamos llegado hasta este punto: que ella haya usado la visión que tiene para ver lo que yo hago, para mirarme. Le tomo la mano y se la oprimo.

—Gracias por querer venir.

Ella asiente y sonríe, como si me hubiera puesto sentimental o divertida.

—Bueno, habíamos venido hasta aquí, ¿no?

Su última noche en la ciudad Rozzie me pregunta si no quiero caminar un rato con ella. Salvo ir juntas a ver mi muestra, no hemos hecho nada solas en los tres días que hace que está en casa. Hemos salido con nuestros hombres y permitido que ellos se ocupen de mantener la conversación. En general, he dado un paso atrás y permitido que Timothy haga todo lo que ella necesita.

Esta vez trae su bastón, pero no lo despliega.

En cambio, cuando salimos de casa, Rozzie me toma del brazo. Vuelve la cara hacia el sol y dice:

—Theo me gusta. —Parece el principio de una conversación, pero no dice nada más.

—Me alegro. A mí también me gusta.

—¿Cuál es exactamente su problema? ¿Por qué renguea?

Es un tema tan antiguo, que casi lo he olvidado.

—Tuvo parálisis cerebral. Pero fue leve. Ya no creo que sea un problema importante.

—¿Así que no va a empeorar?

—No, no lo creo. No ha empeorado en todos estos años.

—Qué bien.

Seguimos caminando un rato más.

—¿Por qué me lo preguntas? ¿Qué te hizo pensar en eso?

—Supongo que me preguntaba si en algún momento tendrías que cuidar de él.

—No. No creo que eso suceda.

Es una conversación extraña y es evidente que a ella la preocupa algo que yo ni siquiera he pensado.

—¿Piensas casarte con él?

—Todavía no estoy lista para casarme.

—Mmmm... —Lo piensa un rato. —Yo sí lo estoy —dice por último.

—¿Por qué?

—Ni idea. Sólo sé que quiero hacerlo. Quiero tener alguien que permanezca para siempre en mi vida, para bien o para mal. Esa idea me gusta.

—Qué bien —digo y le oprimo la mano con mi brazo. Es lo más sentimental que nos permitimos ser la una con la otra, lo más cerca que podemos llegar a decir lo que hemos sido. Pienso en el misterio que Rozzie siempre ha sido para mí y me pregunto si yo lo habré exagerado para mis propios fines, si yo necesitaba que ella me eludiera para sentirme siempre excluida. Sin duda no fue fácil encarnar este papel. Requería permanecer en movimiento, actuar perpetuamente para un público ubicuo, frente a un aire cargado de expectativas. Quizá Rozzie es actriz porque yo la obligué a serlo. O, quizá, también eso implica una exageración de mi poder.

No puedo decirlo con seguridad.

Pero aquí estamos ahora, caminando por la calle en que crecimos, sin ir a ninguna parte concreta, sólo hacia el sol, que nos rodea por todas partes.

—Llévame —dice, y por un largo rato caminamos en silencio.